CUNEI
F●RM
铸 刻 文 化

單讀 One-way Street

彭剑斌

寂静的连绵山脉

上海文艺出版社

图书在版编目（CIP）数据

寂静连绵的山脉 / 彭剑斌著. -- 上海：上海文艺出版社，2023
ISBN 978-7-5321-8342-5

Ⅰ.①寂… Ⅱ.①彭… Ⅲ.①中篇小说—小说集—中国—当代 Ⅳ.① I247.7

中国国家版本馆 CIP 数据核字 (2023) 第 012776 号

发 行 人：毕　胜
责任编辑：肖海鸥
特约编辑：陈凌云　郭佳佳
书籍设计：Titivillus
内文制作：何　况　刘一芸

书　名：寂静连绵的山脉
作　者：彭剑斌
出　版：上海世纪出版集团　上海文艺出版社
地　址：上海市闵行区号景路 159 弄 A 座 2 楼　201101
发　行：上海文艺出版社发行中心
　　　　上海市闵行区号景路 159 弄 A 座 2 楼　201101　www.ewen.co
印　刷：山东临沂新华印刷物流集团有限责任公司
开　本：850×1092mm　1/32
印　张：12.375
字　数：205 千字
印　次：2023 年 3 月第 1 版　2023 年 3 月第 1 次印刷
ISBN：978-7-5321-8342-5 / I.6829
定　价：59.00 元

告读者：如发现印装质量问题，影响阅读，请与出版社发行部门联系调换。

我的渺小（代序）*

一天深夜，我痛苦地在我的思绪里暴走，迎面遇上了我的渺小。难以置信，我们竟然阔别了这么久，而它激动地将我紧紧抱住，一瞬间便深蛰进我心里。我再也摆脱不掉我的渺小。

我想起我的书房，一整面墙的书柜，塞着满满的书，全是大师们的作品，竟然都属于我！它的庞大和我的渺小形成了鲜明的对比，令人晕眩。

我是怎样占有比我大的事物的？那难道不是一个稀里糊涂的奇迹吗？

我继而想到登记在我名下的这套房子，好几十平

---

* 本文系根据我在获第十七届滇池文学奖时发表的获奖感言整理而成，放在此处，权作代序。

方米，好几个房间，再乘以高度，啊，多达我数不清的立方——这个足以将我吞噬的大物，它竟然属于我，是任我处置的财产！何德何能？它比我大，比我硬，比我恒久。我站在它的虚空里，如同无物。如果我每天死去一次，我得死上多少年才能用尸体填满这些房间？可是它竟然属于我，怎样的反讽？我的渺小吓得一颤！我德不配位！我不如去抢！

还有我的车，庞大而威猛，我何德何能，奴役它，驱使它，使它属于我？它狂奔了几万公里，吞噬过多少立方空气？它已经庞大到无边，可是渺小如我，却视它为己物。

还有什么？（我的目光在房间里乱瞟……）我的打火机，哦，这个是没有问题的，它那么小，那么可爱，让我心里踏实了许多。我同时拥有很多打火机，放在屋里各个角落，但是这都没有问题，对于这一点，我的渺小还是很自信的。

我也有很多支笔，包括我手里这支正在写字的笔。它再怎么也不会吓倒我——我只是用它来写一些作品，仅此而已。我从来没有想过用它搞出很大的动静，因为我知道，我的作品写的都是我自己，并没有跟这个时代发生很紧密的关系。

我为什么写我自己？不是因为我觉得自己很特别，

恰恰是因为我觉得自己太普通了；也不是因为我很自恋，恰恰是因为我常常陷入自我怀疑……

我写我自己，是因为我觉得自己太渺小，如果我不写我自己，我可能会消失不见，被那些庞大的、宏大的、伟大的事物消化得连渣都不剩。

我觉得《滇池》杂志能把这个奖颁发给我，可能透露出一个信息：在宏大叙事的夹缝中，他们也给渺小的个体的心灵突破史留下了宝贵的空间。

2021年夏，长沙

目 录

被爱摧垮　　　　　　001
水晶　　　　　　　　013
墨渍　　　　　　　　055
天堂　　　　　　　　091
寂静连绵的山脉　　　127
贫贱夫妻　　　　　　213
人子　　　　　　　　235
希望你健康并且不害怕　283

被爱摧垮

我感到孤寂向我逼来。

——博尔赫斯《代表大会》

那时，我们刚从一场灾难中逃出。我们一行六个男人拖着累赘的行李匆匆登上一辆巴士。天黑的时候，终于到达一个偏僻的村子。

高层们因分赃不均引发了械斗，整个组织被公安机关取缔了。那个由高层们描画的财富神话，曾被我们矢志不渝地视为荣耀的理想，一夜之间无情地幻灭了。这一切都是咎由自取。因为已经哭过一场了，所以当我们六个人挤在一间临时租来的不足二十平方米的房间里时，并未再去悔恨自己的过去。我们趴在窗子上看着外面陌生的灯光和人。明天怎么办？明天，我们就要融入这陌生的讨厌的环境中去了。

何雪梅早已逃离了这一切，她比我们快。她及时地

（这个词用在什么时候都显得极为勉强）放弃了那个愚蠢的理想，因此在我们的灾难来临时，她本已不必承担这种后果。应该说她已经比我们更早地承担了这种后果，她早已见识过那场灾难，她的梦早就破碎了。在这方面，她和 H 一样，不及我们那么固执、怯懦。

但是，我没有想到当事情发生时，她和 H——那时他们都已经各自开始了新的生活——却不约而同地出现在大家面前。我们强颜欢笑的时候，她却哭了。我们反过来安慰她。我说："你哭什么？你的梦早就碎了。"

"现在才完全碎。"她说。她并不为自己的眼泪感到难为情。

那些日子里，我的脑子真是炸开了，但我能做到不动声色。当别人都哭泣、挣扎、咒骂甚至反抗时，我却一个人跑到旧书店去默默地摩挲着那套全新的《普希金文集》。我感到某种解脱，为抱着一个梦太久而付出了沉重的代价，现在这个可恶的梦终于不再压迫着我。我就是在那短短的一两天时间内，不知不觉地变成一个十足的坏人的——在只负责滋生恶意而不必真的付诸行动的内心层面，甚至更坏。为了庆祝这场灾难，我们准备大醉一场。就在我们买好酒和菜的时候，H 和雪梅就先后到了。这真是让人喜出望外。

这悲痛的酒，使我大醉不醒。我喝得很多，也哭得很凶。所有人都哭了。那是我唯一一次哭。无论什么场合，总有人是清醒的，这些可怜的人！事已至此，还不敢再醉一场。他们就扶着我们去睡。（他们只配干这个。）我安静地躺下了，可雪梅却在外面走廊上时而哭，时而笑，说一些孩子气的话。我真想爬出去，用自己臭气熏天的嘴堵住她那张嘴。我快要裂开的脑子里只想着冲出去，借着酒力把她按倒在地板上，用手狠狠地揉她的乳房，然后强暴她。我想她一定是爱我的，这样我就必须占有她。

我醒来时，头痛欲裂。一直到傍晚，都没有好一点。我和另外几个人送走了H，他现在身居要职，前程似锦，耽误不起工作。雪梅也想去送，但没让她去。第二天，她也走了。

我们就暂时生活在那个村子里，条件极其简陋。那里的工业十分发达，但大多数人的生活却异常艰苦。有的人拖儿带女从遥远的农村来到这里进厂打工，一家几口就住在一间狭小的平房里。大多数人还没有结婚，年纪轻轻就一头扎进这种低劣生活的泥淖里。至于我，我知道自己的未来不至于此，但幸福的程度也许还不及他们。

我真是痛恨我那时的那副样子。别人都不认识我们，可是我们自己却嘲笑自己。那真是不要脸。我们不止一次在房间里像排练一样争相表演我们刚刚摆脱的那种耻辱的生活，振臂高喊出那些我们曾经信以为真的洗脑的口号，而这一切只是为了打发时光和逗人发笑而已。那时我们已经差不多失去了尊严，像社会上的几粒渣滓。我们暂时没有工作，身上的钱所剩无几，更重要的是我们自己觉得没有人爱我们。

其实，我们都没有放弃努力。立中打听到有几个老乡在附近打工，便跑去借了两辆自行车。某天，我和立中骑着自行车到镇上转了一天，打听工作。傍晚回来时，我们比着谁骑得更快。在驶近我们那间出租屋时，我听到一个熟悉的女孩的粗俗的笑声。我进去一看，雪梅正躺在我的床上和他们说话。

是我在头天晚上打电话叫她来这里找工作的。她便真的过来了。他们都为此责怪我，但我觉得没什么，因为她自己有钱，不会用我们的钱。况且身边有个女孩子，就不会觉得闷了。

他们说这里不方便，只有一个单间，白天人挤得不能转身就不说了，而且只有两张快散架的床，上铺都不能睡人。本来就有两个人打地铺了，她一来又得占用一张床，把另两个人赶到地上去睡。

我说："将就点吧！况且雪梅跟男人有什么区别？晚上就我跟她睡一张床呗。"

她脱下凉鞋来砸我。

我们吃的是最便宜的快餐。晚上又没有电视看，便打打牌。公用洗澡房在外面，上了锁，我们拿了钥匙一个一个地出去洗。洗完回来换裤子时，就叫雪梅先回避一下。洗了的衣服都挂在外面的走廊上。只有一把风扇，晚上睡觉时，雪梅一个人霸占着它，放在她床尾，对着她那肥壮的身躯整晚地吹。风扇每晚都会被她翻来覆去的身体绊倒，掉下来砸在我头上。我们总共有四个人睡在地板上。第二天起来，雪梅就发现她昨晚刚洗的那条绿色的裙子被人偷走了。她哈哈大笑起来，似乎觉得很有意思。

有一天，她没出去找工作。她拉着我，让我陪她到街上走一走。她经常这样，以为我是她的女仆。我们并没有到街上去走，而是在楼下的快餐店门外找了两张凳子坐下来，晒太阳。因为刚下过雨，所以并不很热。

她说她想去当一名业务员，一名成功的业务员，像H那样。"你说我该怎么办？"她问我。

"什么怎么办？你去呗，又没人拦着你。"话虽这么说，我心里却有一点佩服起她来。

"人家是讲真的啦！"她扯着嗓子生气地喊，"我从H那里借了一些营销方面的书来看，觉得很有兴趣，我就应该去做这一行。但我没有把握能应聘上，我以前没做过，而且我——你也知道——我只有初中文化。"

"那你还是安安心心地进厂打工吧……"

"剑斌！"她严肃地叫我的名字，"你能不能认真点？我不想再去做那种重复的工作了，枯燥得要死，又没什么挑战性。我是真的想去跑业务，所以才向你讨教，你好歹做过一段时间销售。"

"做销售是最没有门槛的工作，谁都可以去做。只要你是个人，四肢健全，不聋不哑，你就已经成功了一半。"

"是吧？我也这么觉得，我还相信只要我能进这个行业，我就能成功另外那一半。不过万事开头难嘛，我就是不知道要怎么通过面试。你说别人考我时，我应该怎么说？"

"别问我。我以前做得很失败。我讨厌那种工作，讨厌跟人打交道，我跟你不是一类人，所以我也帮不了你什么。我的建议是——你刚才又不让我说完——你先进厂里当个普通的车间工人，然后尽量表现自己，老板看中你了就会不断地提拔你。如果你真有能耐的话，不要说业务员，就是销售经理也会让你做。你现在还小，才十七八岁，那样的机会总是有的。"

她想了想，又问："还有别的办法吗？"

"有。"我说，"你可以去找H，让他手把手地教你。

他那么优秀，你不仅可以拜他为师，还可以考虑一下做他老婆。"

"你去死！"

后来，她不再想这个了。"你吃雪糕吗？"她问。

"吃。"

"一块的还是两块的？"

"两块的。"

她去买了回来。她自己却吃一块钱的。

"不说我了。你女朋友怎么样了？"

"不怎么样。"

"她现在知道你的事了吗？"

"可能知道吧，她好像听说了什么。"

"你最近没打电话给她啊？"

"打了。"

"说了什么？"

"没说什么。"

"一句话都没说？"

"要我好好工作。"

"打了多久？"

"两分钟。"

"以前呢？"

"两个小时。"

"你没打算告诉她？"

"以后再说吧。"

"你很爱她？"

"废话。"

"那她爱你吗？"

我真想一拳打在她那张胖脸上。

她的脸虽然胖，却因为骨架小，所以也十分可爱。她笑起来总是露出两个酒窝和很多牙齿。她的牙齿很白，很大。她的乳房，在她弯腰的时候便可以看到圆圆的轮廓。

我不再搭理她。两个六七岁的脏兮兮的小孩在旁追逐打闹。他们的父母在附近工厂的车间里干活。我当时手上正玩弄着三张皱巴巴的角票。我把这三毛钱给了其中那个小女孩，条件是她得叫我一声爷爷。

"剑斌！你别这么无聊好不好。"雪梅对我的这种行为感到无语。

另一个小男孩便羡慕地看着那个小女孩。她不敢相信地接过钱走了。

"有时候，我常做一些梦。在夜深人静，四周一片漆黑和死寂的时候，我就梦到了死。"我把头靠在墙壁上，闭起眼睛，因为太阳正对着我们。

"那你就去死呗。"

"去死？是呀。第二天醒来，我回想起那个梦境，竟觉得那不是梦。那是我在深夜里，在临睡前尚清醒的头脑里反复想着的一件事。只不过我在想着它、看到它时，固执地认为自己是在做梦而已。"我停了一会儿，说，"你说如果我现在死了，会怎样？"

"你别疯了好不好？"

"只是想象一下那情景而已。"我说，"你也帮我想一想。那是很重要的东西，对每个人都至关重要，你知道吗？"

"人都死了，还有什么重要的？"

"想一想：有没有人为你哭泣，这是绝对在乎的。我就希望别人为我哭肿了眼。"

"你去死啊，没人会哭的。"

"所以我老想试一下。一个人要告别这个世界时，他最想知道的是一共有多少人爱他，爱到什么程度。这是他永远无法释怀的。人们对他的死的反应最能说明这个问题，可是如果他死了，他又无法知道这问题的答案了。"

"喂，你要死！你不会自杀吧？"

"开什么玩笑！不过，并不是没那个勇气，只是自杀也无法达到我的目的。我希望被人爱，希望自己感受到这种爱，但死并不能帮我实现这些。如果在我死后，我仍然可以拥有十秒钟生命，好看到别人怎么为我难过，怎么表示他们曾经爱过我，那我愿意去死。如果这十秒钟里我看到的是相反的情况，原来在我活着时根本没有人爱过我，那么说明我早就该去死了。"

关于这个话题，我们谈了很久，雪梅简直被我那些幼稚的观点给惊呆了。她一定觉得我比她还小几岁而不是相反。我们还谈到别的话题，比如当我们各自谈论起自己时，我就说："我讨厌我自己。这是一种本能，并不是因为我恨自己曾做过什么。"

她说："你一定是受了太多的打击。"

"没有。"我说，"我忘了自己受过什么打击了。也许遇到过一些倒霉的事，可我也忘了。并不是什么打击或是挫败使我产生这些想法，是因为这些想法本身诱惑着我，似乎有一种奇怪的魔力。"

谈到未来，我说："我一点也不担心，因为我根本不知道自己企求什么。我毫无所求，所以对一切都不热衷。我曾想拥有很多的钱，但一想到等实现这点后我又该追求什么时，我不得不放弃这个谈不上愿望的愿望。"

我本来还想说，在这个世界上我真正想要并且可以为之奋斗的，只有爱情。但我没说。

"天呐，爆雷的事对你打击太大了吧？"

"快别提，我已经忘了那事了。我倒希望能永远记住它，可是这才几天我就把它给淡忘了。没有什么事情能让我吸取到教训，我一直就这样子，你不了解我罢了。"

"你一直就有这些想法？"

"是呀。不过我伪装了一段时间，那时我装作自己十分热爱生活，想要去奋斗，连我自己都差不多信了。"

"像个正常人一样生活不好吗，你想那么多事情干什么呢？"

我也不知道。我说："为了让你开心。"

"关我什么事。你有病吧！"

我也是刚刚想到的，如果我这么狼狈的生存可以让她开心几分钟，那无疑也是值得的。

但她并没有开心起来。对于我来说，她只是另一个人。可我还是感到我需要她。

我的声音透着疲惫，或者说故意透着疲惫。也许我的话对她了解我起了一定的作用，可我宁愿说这些话对她误解我起了更大的作用。她完全看不清我了。我却希望她是爱我的，我需要她的爱，尽管我真正爱的却是我的女朋友。我说那些话的时候，便看着她。我想，如果她现在告诉我，她爱我，那么我一定会抱住她。我会感激地对她说，谢谢她，她的爱对我来说十分重要，请她务必相信这一点，但是我并不爱她，我希望她不必难过，因为我的爱和她的爱比起来，就显得微不足道了。

最后，她却嘲笑我的那些"幼稚的思想"。这说明我的想法是多么荒唐。我现在倒希望她能小看我，作为对这种可笑的心理的惩罚。

可我万万没想到，雪梅一直都在暗恋着H。这是在另一天的傍晚，她叫我出去散步时忍不住告诉我的。当然她并不是要我帮她什么，她只是非得让别人哪怕只能让一个人知道。她已经受不了了。她的爱来得很猛烈，当她产生爱他的想法时，爱早已把她摧垮了。她害怕爱他，但还是屈服于这种热烈的爱。

我陷入了绝望。我了解H，在被他骗来之前，我们一起共处过三年。他办事认真，表情严肃，也许这个傻女孩正是对他这一点心动不已。我能理解，这种爱是无望的，雪梅期待的结果昭然若揭。但是，她并没有什么期待了，她对自己感到失望，她很清楚自己不可以爱他的，那根本就是痴心妄想。

H，虽然曾短暂地来到我们身边，但他永远是那个优越社会的代表。他是高贵的，健康的。

水　晶

我哭！我看见黄金，竟不能一饮！

——兰波《地狱一季》

在立中真假难辨的讲述中，我脑海里逐渐浮现出一幅画面：他的姑父带着他的父亲在山地上寻找水晶王。他也说不清楚，姑父究竟如何透过地表轻而易举地锁定目标。或许他的秘诀就是首先观察植被的长势及土壤的湿度——如果地底下埋着一颗水晶王，我的乖乖，连上面的草丛都长得丰美一些，连树叶的颜色都显得鲜艳一些，连地上的苔藓都滋养得肥厚一些，踩上去松软弹足，跟走波斯地毯似的；刨开植被，表层的土壤即使一年四季不下雨也可以挤出水滴；往下挖几米，所见每块石头都是长条石，嵌满了指甲大小的亮片，朝向都出奇地一致，像是游弋在几亿年前的深海鱼群，瞬间被凝固成化石。以上征象足以断定，在地下若干米深处，那十二个面的水晶王正嵌在中心位置，俨然一位仪态威严、光芒四射的国王，难以计数的大大小小的水晶矿石层层簇拥着它，有六棱柱体，也有三棱柱体。有一回，立中的父亲和几个叔父一起连夜继续挖掘一个深邃的大坑，他的姑父站在一旁焦急地指挥着，叮嘱他们等下千万别碰坏了水晶王，而边上那些大大小小的水晶矿石已经被他们糟蹋了不知道多少。突然，一束亮光的锋芒射进每个人的眼睛里。"水晶王！"姑父兴奋得大叫一声，所有人都站在那里不动了。

立中说，那场面还真他妈的有些感人呢。

我和立中是在七中入校时认识的，这所县办中学就设在我们镇上。那时我和他都是十一二岁的孩子，又形影不离地度过了三年初中时光。尽管后来我们曾经阔别了十年，其间只短暂地两度重逢，而其他时间里都得不到关于对方的任何消息，但我始终相信我们的友情还是一点都没变。这么多年过去，我确实已经很少去回忆他了，然而就在这时，我们又再次偶遇。他当时的身份是一家小型印刷厂的普通车间工人，也可以说是最底层的穷苦劳工。

周末，我去找立中玩。下了公交车，就看见那些和立中一样显得对一切都无所谓的工人（有几个还是名副其实的童工）端着寒碜的饭碗在厂门口附近游荡，像是清风吹得他们在那里摇晃。他们认真地往嘴里塞着饭菜，有人犹豫要不要把肥肉扔到地上。一个嘴唇上沾着菜叶的老头，两眼浑浊、小心翼翼地打量着我。你找谁？我说找立中。他突然热情地问我，你是不是他老乡啊？我点了点头，他便说："啊，这么说我们也是老乡喽？我和立中是一个地方的。"可我对他根本没有好感，所以只给了他一个威慑的眼神。他终于不敢多嘴。

我转身朝立中的宿舍走去。老头竟又朝我追过来，"我带你去……"他说。我立即将他斥退了。一名留着长头发的工人在一旁大声嘲弄他；他以出人意料的敏捷朝那人扑去，然而人家早已跑远。他便又转身去掏一名童工的下身；小家伙正在全神贯注地吃饭，一下子跳起来；一伙人全都笑得东倒西歪。

立中的宿舍在二楼，必须通过一条狭窄的铁梯。我登上梯子，一抬头才发现上面还站着几个人，因为梯子只有一人宽，他们必须等我上去才能下来。他们就像从高更的油画里走出来的人，站成一堆，目光呆滞地望向我，显得木然、迟钝，既不苦恼也不快乐，在等待时既无期盼也不焦急。也许只是在数我的脚步吧！我发现其中一个十六七岁的孩子，似乎还记得我，因为我上次来的时候曾递给他一支烟。他认出了我，这使得他多不自然，仿佛衣服上扎了很多刺一样。他时不时向我投来不安的一瞥，一张拿不准要不要微笑的脸憋得通红。我从他身边走过去的时候，听到他鼻孔里使劲吸溜鼻涕的声响。

"立中！立中！"——我大声嚷嚷着，像一阵旋风冲进他的宿舍，我猜想他肯定又是在睡觉。他总是睡不饱的样子。结果那里一个人都没有。我担心这次又来得不巧，因为即使扎在这种低劣生活的泥潭中，他倒经常给自己安排一些让人觉得好笑的活动。比如，我有时过来找他玩，别人告诉我他打篮球去了，或者一个人跑到鬼知道什么地方散步去了，又或者骑自行车到镇上去打一个很长的电话。还好，这次他立即从厕所里现身了。他对我笑了笑，感到由衷高兴，又像有着难言的苦衷。就是这样的表情，要不还能怎样？我感觉自打我认识他起，他就没怎么变过。

立中马上开始发愁，因为他不知道怎么招待我。后来他终于想到一个主意，信誓旦旦地说要带我去爽一下。他知道有一个地方，两块钱就可以看一晚上毛片。有一次他一个人跑去看，旁边刚好坐了一个女的，他便摸了她的手，还抓了她胸部。那女的什么也没说，虽然有些紧张，但是什么也没说。"可我还没等录像放完就起身走了。那女的肯定莫名其妙。她很年轻，很丰满，长得也很好看……"

"可是你怎么敢？"

"有什么不敢？她一个人啊！"

我认为他根本就是在鬼扯，那种地方不可能"刚好"坐着一个年轻好看的女的。这怎么可能！一个又年轻又丰满又好看的单身女人——若无其事地坐在那里看毛片——还"刚好"坐在他旁边任他乱摸——这种事情他也能碰上？这种事情他也敢乱编？我妒火中烧：狗男女。

我冲上去将他扑倒在床上，正准备一根一根地拆他的肋骨，却发现他的整个胸腔都在震颤，间歇性的狂笑传到声带那里消失不见，没了笑声，只有随时熄灭又随时爆发的阵阵喘振，特别滑稽。我一下子变得快乐起来。我压在他身上，说："叫爷爷，快叫爷爷！"他笑得几乎断气，那笑声却卡在喉咙里喘呀喘的怎么也喘不出来。寂静地笑了很久，立中的喉结终于"咕噜"涌动了两下，像吐出两个气泡："爷爷……爷爷……"那笑声才顺畅地冒了出来。我说："哎！哎！爷爷还没吃饭呢。"他咯咯笑着，抬起一根手指冲着天上一指，大声吼道："好！去吃饭！"

我们将到镇上去吃饭。立中对着镜子把头发梳了又梳，脸上露着微笑。我朝镜子里望去，他的嘴奇怪地显得歪，使他看上去有了一丝腼腆。我们上路了。他命令那个一脸可怜相的童工把自行车借给他一用。我虽然乐意看着这样有意思的事情发生，但为了立中着想，我还是奉劝他："对你的工友客气一点嘛。"

"嘿嘿！不用怕，他是我儿子。"说完他撒腿就跑了起来，因为照他估计，我听了这句准会照着他背上就是一拳。而我确实正有此想法。他今天显得格外兴奋。我那些阴郁的念头一扫而光。

天已经黑了，黄色的路灯在马路两边的上空形成两条安静的长龙，它们惊讶地望着脚下这些人。立中用自行车驮着我，朝热闹的镇中心驶去。一束耀眼的灯光直射我的眼，接着便是乱了方寸的汽笛声，自行车剧烈地晃动起来。我们差点撞死在一辆迎面疾驰过来的大货车上。我并没受到一丁点惊吓，甚至有点说不上来的失落。立中也沉默了很久，他放慢了速度，倍加小心地掌握着方向。"我们差点死了。"他最后说了这句。我冷静地想：是的；可是对于生命，立中竟然比我还留恋。

我们不约而同地只要了一瓶冰啤酒。我和立中一直保持着这种默契。读初中那阵，我们激情满怀，经常在凌晨四点钟同时醒来，然后像两个幽灵一样流窜在各个教室里，摸黑熟练地偷光所有学生的钢笔。那些钢笔，后来大部分都被我们扔掉了，只留下几支用起来称心顺手的。我们偷过各种东西，每次都兴奋得要死。最刺激的经历是到校门口的小卖部去偷零食，趁着晚自习课间休息的十分钟，大家都闹哄哄地挤在柜台前买东西吃，这个时候最容易得手。小卖部的老板是本地人，据说心狠手辣，如果被他逮到，绝对没什么好果子吃，所幸我们从来没有失手过。那些放纵的经历曾经刺激过我们不甘平庸、躁动不安的心。但现在这两颗心早已冷静下来，甚至不屑于在一个重逢的日子里喝得烂醉。我们慵懒地碰一碰杯，不紧不慢地啜一口冰镇的啤酒，像是为了让自己更冷静。

我们边吃边聊一些乱七八糟的话题。我可不能跟他谈正经事，一说到那些，他又得发愁。他二十五六了，连一个女朋友都没有；在外面混了这么久，却还背着一身债，这是因为他对任何事情都不能坚持下去。"就说买彩票吧，"他灌了一大口酒说，"如果每次都买我生日这个号码，到现在早就中 500 万了！可惜，"我低着头吃菜，等他说下去。可当我抬起头时，发现他早就没有说下去的意思了。原来这家伙认为他把该说的都说完了。他一边嚼着菜，一边想别的事情，神情显得特别平静，目光却不甚坚定。

我们回到厂子里。立中竟然对那个借给他自行车的孩子说了声谢谢，不过语气有点捉弄人。那小孩就像白痴一样，任人摆布，有时也把嘴唇抿得尖尖的，好像在表明他也会生气。我真他妈觉得：我的好哥们立中在这样一群人中间真是显得太了不起了。立中摇摇晃晃地走进凄清冷落的宿舍，闭上眼睛倒在铁架子床上，嘴里叼着的烟头在蚊帐上烫出一个新的窟窿。"日他娘！"他咒道。不一会儿他又在那里发出笑声了，原来他正躲在蚊帐里看一本文摘杂志，书页上落了一大截烟灰，他也懒得抖掉，一翻页就将它夹在书缝里了。我钻进蚊帐，在他身边躺下，他的枕边放着好几本这种杂志和一大堆旧报纸。我抱着他，开始抚摸他的身体，他吆喝一声："别骚！"他从那叠杂志中拿起一本递给我："有很多故事蛮感人的。"我百无聊赖地翻了翻，确实挺感人，只不过都是些骗人的鬼话。我把脸埋在那堆散发出怪味的被褥里，故意发出了鼾声。立中的声音像是从老远的地方传来："兄弟，你没得救了，连这些故事都不能感动你。"我突然产生了这样的想法：每一个漫长的夜晚，立中就这样坐在这张光线明显不足且散发着异味的铁床上，内心平静如水地翻看着这堆下流杂志和几个月前的报纸。青春对他来说，就只剩下这样一份悠闲惬意的需求了。想到这里我就激昂起来，用拳头猛捶立中的背，有一拳可能击中了他的脊椎，他发出很惨的叫声，从书本上仰起他那张枯瘦而黝黑的脸，嘴巴张得大大的，两只黑眼珠吃力地转向我，那表情既痛苦又疯狂。我看到他眼里似乎泛出了泪光,便笑吟吟地望着他这副奇怪的模样,迫不及待地想知道他在这一刻感悟到了什么。

我们搂在一起聊了起来。说的东西可笑极了。我们回顾了一起行窃的岁月,他至今还后悔那一次他将从教务处偷来的崭新扫帚以过低的价格卖给了镇上棒冰厂老板的公子——我们班上一个满脸粉刺的怪人。至于那些我们在晚自习后躲在厕所的墙根下召开的会议,他今天想来还是觉得至关重要,因为每一次会议都及时调整了我们的行动计划。我们还谈论起初中的同学,他认为每一个家伙不是白痴就是怪胎,要不就一肚子坏水。他那时跟班上很多同学有过深入的交往,比我更了解他们的鬼把戏,他说:"有的人比我们坏一千倍。"而谈到那些女同学,他断定她们都是骚货,却个个装得一本正经。总之,他认为没有一棵正苗,全都在发育的时候就长歪了,但对于这一切他才不在乎呢,世界和别人怎么样并不妨碍他睡大觉。听立中聊这些的时候,我简直觉得,我之前把这家伙想得太简单了。他虽然只有初中文化,但在理解人事方面,并不比我这个大学生肤浅。他的脑瓜好使,他海侃的那股劲儿让人觉得没有他理解不了的事,至少他床上这一堆杂志和报纸上的事他早就研究得十分透彻了。

他天南海北地乱吹一气,又戛然而止,捏腔拿调地说:"不过有一件事我琢磨了很久,甚至做过很多次试验,还是没搞明白。我得请教你这个大学生。那就是——椭圆形的面积是怎么计算的?"

我叫他找来两颗钉子和一根绳子,用粉笔在地上画出一个椭圆。"妈的!原来椭圆是这样来的!"他惊骇地叫起来,"我现在明白了。"画出椭圆后,却任凭我冥思苦想,怎么也想不起那复杂的计算公式了。后来还是立中告诉我该怎么计算椭圆形的面积,他通过一番疯狂的推论后得出了正确的公式。

立中抽烟抽得可凶了,而且他抽的都是最便宜的烟。他一抽烟真是迷死人,因为他会不经意地现出一副似沉思又似心不在焉地应付着这沉重的现实的模样。你会觉得这个操蛋的社会虽然置他于这步田地,却仍然拿他没有一点办法。他经常从嘴里冒出一句刚刚学来的不知哪个地方的方言:"介是为什么哩?"那戏谑的语气就好像他早已知道一切问题的答案了。但他终究只是一只可怜的虫子,这个我十分清楚。

有多少人就像蚂蚁一样!似乎他们细小的身躯、木木的表情承载不了任何重大的意义。在我无知的一生中,我曾从内心里鄙视过无数这样贫乏的灵魂。我不否认,富人们永远不会引起我的这种感情,在我眼里,财富使他们拥有了优雅的姿态,从而很少能被我深刻地记住，他们炫目的光环使我避之不及，我往往无法真正了解这高贵的一族。而另一些人——我之所以常常接触到他们，显然因为我也是当中的一员——他们麻木地走在大街上，他们的生存让我厌恶，又深感同情，因为我敢断定：他们从未被人爱过，以后也不会。他们不仅心灵困乏，而且身无分文，前程灰暗，脸上却永远挂着动物般的笑容。对任何人来说，他们都是微不足道的，只有在我带着愤怒的同情心面前，他们的形象才显得无比丰满。对于这样一群人，我一刻也无法忘怀。这些可怜的虫子！又是多么可恶啊，我委屈地想，倒是让他们把我记住试试！那一定比任何事情都困难。他们只是想着：尽快把这一生过完算了……唔，也许就是这样。这唯一的、愚蠢的目的使他们无暇旁顾。

天哪！难道对我的好兄弟立中，我也是这样认为的？要知道，我们简直可以说是彼此生命中不可或缺的朋友。虽然我们确实在彼此的生命中缺席了十年，但友谊却丝毫没有因此而折损。即使在那些我几乎难得回忆他的岁月里，只要偶一想到他，心里就充满了自豪。但是阔别十年又遽然重逢之后，从他身上我并没有发现有什么具体的东西能使得我如此自豪——他多么普通啊！我立刻意识到：在这里面，显得如此重要的便是不渝的友谊，它一直在我们的心底成长着……

这么一个其貌不扬、丢进人群中就很难分辨出来的人，肯定早已消失在许多曾经认识他的人的记忆里了。我以前从没有意识到这一点：那就是他并没想要别人记住他，甚至他所做的一切都只是为了摆脱人们那对于细微事物的顽固记忆。而首当其冲的，或许就是他最好的兄弟——储存了最多关于他的记忆因此也是他最急于摆脱的人。

无论我们的友谊多么坚不可摧，不管中考结束后、离校之前的那个晚上，我们（和另一个兄弟一起）坐在学校围墙外面的桥洞里抽着烟聊得多么激动、多么难舍难分，都一点也不妨碍他从七中毕业之后，仿佛是有意地从我的生命中消失了整整两年。打毕业的那天起，以后的每一个给我们兄弟聚首提供便利的日子里，他都没有出现过。首先是去七中看成绩的那天，他没有来。在学校公布的中考成绩榜单上，我一眼看到了立中的成绩，考得非常差；而我和另外那个兄弟则一道考上了一中。然后是每一个寒假和暑假，那些只要他来我们家就绝对能见到我的日子里，他都没有来。立中家住在深山老林，交通不便，所以整个初中三年，他都没有喊我们去他家里玩过，这也就是为什么我只能被动地等着他来找我。那年头，电话线还没牵到我们那样的穷乡僻壤，远距离的联络仍然只能靠写信，但无论是学校还是我们家里，都从来没收到过他的信。高中期间，我和好几个人生轨迹各不相同的初中同学都保持着通信——他们有的在差一点的中学上高中，有的去了别的城市读中专，还有的留在七中复读——但是他们也都不知道立中的下落；我和另外那个兄弟虽然只同校不同班，但也经常在一块儿玩，时常念叨那句"遍插茱萸少一人"，并且忍不住去想：我们的好兄弟立中，他究竟流落在何方？

我俩曾无数次推测过他的下落：考得那么差，升学是不可能的；死也不大可能，一个少年的死无疑会传遍十里八乡；留在七中复读更不可能，那样的话我们早该知道了……我们推断来推断去，最终觉得他要么去了广东打工，要么留在家里锄地，要么就是去了别的学校复读。前两种可能性比较大，因为我们太了解立中了，他虽然脑瓜子灵活，但是对于读书他是真的一点也不上心。

高二下学期快结束的时候，从教室外面的马路上开过去的一辆中巴让我突发奇想。那辆中巴上扯着一条横幅："祝××中学初三学子考出水平！"

下课铃一响，我兴冲冲地跑到那位兄弟的教室里去找他："那我们就推断他是去了别的学校复读好了，不管是哪所学校，只要没出县，就肯定要来县城参加中考……"

那位兄弟听了也激动不已；尽管我们心里都清楚，找到他的机会太渺茫了——本来根据我们之前讨论的结果，他去复读的概率就非常小——甚至可以说我们根本没抱希望，但这样一次行动本身却能证明我们的友谊多么伟大，多么感人——至少足以感动自己。但是有一个问题：如果他从七中毕业之后就转到别的学校去复读的话，那么也应该是去年来参加中考。为什么不是一年前想到这个办法？

"那我们就推断他去年也考得很差，于是又复读了一年好了。"

想到自己的兄弟竟然这么背时，我们觉得特别可乐，都哈哈大笑起来。也许是因为我们脑海里不约而同地浮现出一个生动的形象——立中在七中的时候，就经常是一副愁眉苦脸的倒霉模样。

傍晚，我们来到街上，开始一家一家旅馆、一间一间招待所地问过去：这里有没有安排中考的学生来住？如果回答说有，我们就挨个房间去打听：立中！立中！有没有一个叫邓立中的人？喂，小孩儿，你认识邓立中吗？

和往后漫长而空虚的岁月相比，那真是一个充满奇迹的年纪。我们才跑了三间招待所，就在一个挂满了湿毛巾的房间里找到了立中。

地板又湿又滑，被沾满灰尘的鞋底一踩，像是拌了一屋子的水泥浆。有两个披着中分、打着赤膊的学生靠在门框上抽烟，他们吐烟子时没有一次不把那愚蠢的嘴唇用力噘起，好像必须靠下嘴唇使出吃奶的劲才能将烟子撬出去；其中一个手里还捏着一玻璃瓶快见底的汽水，每抽完一口烟就将吸管啜得滋滋响。

立中盘腿坐在离门口最远的那张床上摸自己的嘴唇——他的嘴唇哪怕在夏天也老是干涩开裂，他几乎一辈子都在撕他的嘴皮。

"崽呀，是立中吗？"

"哪个在喊我？"他迟缓地站了起来。

我和那个兄弟顿时很来火，冲上去把他压倒在床上，紧接着就是一顿拳打脚踢："是你爷爷！是你爷爷！你爷爷在喊你！你这个王八蛋，我操你妈的！我操你妈的！我操你妈的！"我们并没有跟他闹着玩——如果当时倒在床上的是你，你就会知道什么叫拳拳到肉。立中双手护头，痛得五官都移位了，可还是忍不住咯咯乱笑，甚至都忘了还手。

原来这家伙不好意思留在七中复读，就转到隔壁乡的乡办中学去复读了——在那里连鬼都不认识他。而且鬼知道他怎么想的，他不光是转去了更差劲的学校复读，还主动留了一级，从初二开始复读。如果我们去年也曾这样来找过他的话，哪怕是跑断脚也不可能找到他的……

推导出椭圆形的面积公式，让他大大地兴奋了一回。他开始脱光衣裤，只剩下一条裤衩。"我去洗个澡，你先看看那些杂志。"他老是忘不了那些杂志。立中出去之后，我才发现这屋子里还有一个人——坐在另一张床上的一个童工。他竟然只是干坐在那里，那副神态就好像他早已习惯将自己的生命交给那病毒一般的寂静。他的嘴角还残留着浅薄的笑的嘴脸，显然他刚才一直在欣赏我和立中之间的胡闹，而对于自己的存在，他早已意识不到了。他甚至不会去想：为什么我不可以像别人一样撒泼胡闹？为什么他们快活他妈还得在一旁老老实实地傻看着却不感到羞耻？看到这个混蛋就这样对待自己的尊严，像对待一条狗一样，我很想告诉他：我真是痛恨他，恨不得给他一顿拳脚。看到我望着他，他终于从别人的快乐中挣脱出来，似乎吓了一跳，感到极不自在。他低下头去整理一下他坐着的那张床铺，似乎以此表明，那是他自己的床，他坐在那里并没有错。他红着脸，有时抬起头来看我一眼，又赶紧往别的地方瞟去。有两次，他甚至想哼一句歌，但马上又胆怯了。我想，他就像被一场戏吸引着入了神，那场戏谢幕之后，他突然发现自己孤身处在黑夜里的荒野上，他一定十分渴望逃离这可怕的地方，却没有勇气迈开脚步。

这时走廊上的电话铃响了，小家伙终于迎来了脱身的机会。电话是找立中的，他便在浴室的门上轻轻地敲了一下："立中，你的电话。"那声音就像一个羞涩得快要哭出来的姑娘。立中开了门。他终于大松了一口气，郁郁寡欢地走下楼梯，消失在夜色中。

立中几乎光着身子去接电话。他的普通话真是笑死人了。"喂。喂，你好！"但紧接着他就用家乡的方言说了起来。突如其来的无聊将我裹了起来，我一头栽倒在床上，终于翻开了一本杂志。那些故事千篇一律，主人公似乎都是那几号人。我正在纳闷：这个风尘女子不是嫁给那个退伍军人了吗，怎么这会儿又变成了这个喜欢做慈善事业的富商的情妇，搞得他在她和糠糟之妻之间陷入了两难，并于灵魂深处引发了一场关于爱情与伦理、私德与诚实的价值之争？过了一会儿，我才恍然大悟，那已经是另一篇故事啦。每一篇故事里都有一个婚姻的插足者，每个出轨的男人都特别像哈姆雷特。立中在那边听着电话，似乎已经过了很久。刚才偶尔有几句飘进我耳朵里，什么"要不要告诉家里"啦，"怎么赔偿"啦，"严不严重"啦，"先别想那么多"啦，这会儿只剩下立中不停地说着"嗯。嗯"。

"有点倒霉……"立中告诉我。原来电话是他哥哥打来的。他哥哥在东莞的一家五金厂的车间里做事，因为也还没娶老婆，所以经常像发了疯一样卖力干活。今天凌晨，干了一通宵之后，他困得直打瞌睡，结果右手中指被冲压机切去了一小截。我说："啊？""现在在医院，止了痛，他叫我别告诉家里，免得他们担心。"立中笑了笑，"真的是什么倒霉事都让我家里碰上了。不过还好，不算太严重，只是切掉一点点而已。"我说："厂里会赔钱吧？"他吸了一口烟说："肯定赔！不赔我会闹翻天！"真是天有不测风云啊。不过，后来我和立中讨论了一下，觉得也不是什么坏事，因为厂里不但会出医药费、误工费、营养费，应该还会有一笔抚恤金什么的，反正这段日子里，他哥只管躺在医院，该得的钱一分不会少。"不过，那太痛了。我哥运气一直不好。我们兄弟运气都不好。"

我们谈论了一会儿此事，疯狂的本性又抑制不住了。我们开始开一些下流的玩笑。他说女人，他一点也不陌生，只是还没有谈过恋爱而已，所以他请我讲一些恋爱中的趣事给他听。我满足了他的好奇心。他也给我讲他的一些奇遇，仍然是邓立中式的真假难辨的奇遇。比如，他在乡里的中学复读的那会儿，竟然被选为班长。班主任十分器重他，因为他看起来忠厚老实，成绩在当地来讲还算拔尖的，所以经常请他到家里吃饭，把他当亲儿子一样看待。班上有好几个女生总是会望着他出神,而他则一门心思地只想着和她们做那件事,结果这个念头反而吓得他不敢靠近她们。在冬天,他经常在课堂上脱了鞋将脚塞到前面女生的屁股底下。我以为我听错了,叫他再说一遍。"你不相信?"他好像觉得这事理所当然,"我那时有好动的习惯,喜欢脱了鞋把脚搭在前排同学的凳板上。我前面坐了一个女的,经常在课间和我开玩笑,不过我开始还不知道她那么淫荡。不知道是不是感觉到了凳子有点晃,那女的就起身拖了一下凳子,我为了稳住,便把脚往前伸了一点,结果她坐下来时便一屁股坐在了我脚上。你想想看,大冷天的,那一下真暖和啊,兄弟!"他说着就咯咯笑,还兴奋地拍拍我的脸,"可是她竟然装作不知道,骗鬼哦!那么大一坨东西硌在屁股底下,竟然毫无察觉,你说可能吗?我的脚在那里待了一阵就不安分了,我缓缓地动着,把一只脚尖慢慢地探到她的那个地方,一节课不停地磨来磨去!哈哈!以后每次只要我把脚搭到她的凳上,轻轻地踢她一下,她便把屁股抬起来,好让我把脚塞进去。就这样过了一个冬天,没有哪个发现。"我觉得这一切太不可思议。我问他:"下了课你们怎么办?""就当什么也没发生啊,照样开玩笑。""那时多大啊?""大概十五六岁吧!"我们就这样聊了一晚,如天方夜谭,兴奋不已，一直到凌晨五点，才开始有了睡意。

第二天一大早，我被震耳的音乐吵醒了。看来又多了几个疯子。一个打扮得很入时的小伙子扮着鬼脸来到我和立中睡觉的床边，拍打立中的脸："黑鬼！告诉你个好消息，今天不用干活了，厂子快要倒闭啦！哈哈！你放心睡吧！"立中也早就被录音机吵醒了，不过他还想再睡一会儿。这时他睁开一只眼睛对那家伙咆哮："你叫老子怎么放心地睡嘛？你这个杂种！"看到这情形，我就知道，他们关系还不错。不过，我真的不喜欢那家伙。他幸灾乐祸地大笑："不骗你，今天真的不用上班，厂长亲自跟我说的。等下来跟你决一死战。"他摇头晃脑地出去了。我看看钟，只睡了两个小时，不过够了，我觉得精力充沛。对面床上的小家伙还在沉睡中，他张大了嘴巴，鼻孔里发出哀鸣般的微弱的鼾声。也许昨晚他一直被我们吵得无法安眠——我和立中一聊起来就忘了这屋子里还有别的人。刚刚跑出去的那家伙马上又兴冲冲地跑了进来，手里端着一盘摆好的象棋："来！来！决一死战。你这个黑佬！"他简直有点自我陶醉地笑着，一进门就大声嚷嚷。立中一看，立即爬了起来，连衣服都没穿。因为这宿舍里连一张桌子、一把椅子都没有，他们两个就蹲在那张没有人睡的空床上厮杀起来。我一下子觉得特无聊，重新躺倒在床上，打算再睡上一觉。我最后望了一眼立中，他把背弯成一张弓，黝黑的皮肤底下隆起一身的骨头，那简直是另一个形象：一个苦难的劳动者和一只枯燥的灵魂，他们在这里碰到一起，愤怒地控诉着立中——一个可笑地活着并剥削自我的剥削者，一个令人气愤地抛弃了理想和责任的主人。

我脑子里一片昏昏沉沉，好不容易才睡着。差不多到中午我才醒来，立中盘坐在我身边，十分投入地边看杂志边用两个手指摸着自己的嘴唇。他一看到我醒了，便破口大骂："你他妈的终于醒啦，爷爷肚子都饿瘪喽！"他决定午饭就在厂里吃，他可以在食堂里多打一份饭，因为他实在快要饿死了，恨不得立马吞一碗米饭下去。其实我知道立中没有钱，又不愿我请客，毕竟我是客人。这个畜生！打来了饭，我们就坐在床沿上吃，那些菜被我们扔了一地。吃过午饭，我们到镇上闲逛了一下午。当然又少不得动用别人的自行车。立中教我认街上的车，随便一辆车，他看一眼就知道是什么牌子，什么价位，是国产车、合资车还是进口车，产地是哪里。他告诉我，他以前在汽车美容店干过几个月，学了一点皮毛，但现在全忘光了，除了那些车标一个没忘。我问他，你还干过什么？他说数不清，服装厂、五金厂、塑料厂、模具厂、食品厂、印刷厂……还有很多，他自己都记不起来了……我说,你进过那么多厂,如果随便在哪个厂子里一直干下去,你现在就是老师傅了,你就可以带徒弟了。你每进一个厂就要学一门手艺,好不容易掌握了,又换一个厂,又要重新去学,然后就把前面学会的全忘了,你永远都是新手,永远不能精通,你为什么呀?你也老大不小了,你以后究竟想要干什么,你到底考虑过没有?他惊讶地瞪着我,像瞪一个怪物,吼了起来:在一个厂子里?一直干下去?你去试试!我说,就算实在待不下去,要跳槽,你可以在同一个行业里找啊,这样你之前积累的经验都还用得上……

"看到没有,迈凯伦!"一辆造型夸张的跑车从我们面前小心翼翼地开了过去,他正好以此岔开话题。

"是啊,迈凯伦,我听都没听说过。可是这跟你又有什么关系呢?"

于是立中有点赌气地讲述起他的另一段奇遇。他说他在汽车美容店上班的时候,差点爱上一名有夫之妇,那女的每隔十天就开一辆红色的迈凯伦过来,点名让他洗车。她不像别的车主,把车扔在那里自己就忙别的去了,她会站在一旁欣赏立中干活,还会一直陪他聊天。她每次都会带些他以前没吃过的糕点过来给他和他的工友们吃,不过她从来不亲手给那些工友,而是一股脑儿地全丢给他,让他去分。她老爱问他有女朋友没有,摸没摸过女孩子的手,是否还是处男。立中就说,手还是摸过的。那女人就扑哧一笑,笑得"口红都从嘴唇上坐了起来"——我不知道这句话什么意思,总之他原话就是这么说的。我尴尬地等着故事中不堪入耳的部分,但立中竟然就这么仓促地结束了他的讲述,以一句强说愁式的感慨:"不知道她现在怎么样了……"

我就知道,对他来说,要讲下去还是有一定难度的。他毕竟不了解有钱人的生活,不要说在床上如何,即便是约出去吃个饭,都缺乏令人信服的细节。与其说他会爱上一位贵妇人,不如说那只是他出于无聊而做的一个梦而已,就像他信以为真地认为他确实亲历过的诸多奇迹一样。

那些奇迹,我亲眼目睹的只有两次,都集中发生在短短三天之内。其中之一便是我们歪打正着地在招待所里找到了他。那是第一次重逢,我以为我们从此不会再失去联系。结束了第二次中考之后,立中决定先不着急回家,而是留在一中陪我们玩两天。傍晚,我们拉他一起到街上去打台球。走在路上,我们进店里买包烟的工夫,一出来就找不见他的人影了。我们有所不知:商店旁边有一条短短的巷子,他从那里跑了。

第二天中午,我和那位兄弟正在一中的食堂里吃饭,他郑重其事地跑来道别:他找到他失踪多年的姐姐了，他必须马上赶回家里去。这就是发生在他身上的第二个奇迹。

——和充斥在往后漫长的、注定虚度的一生中那无数甜腻的、虚头巴脑的、假得仿佛贿赂过命运似的"巧合"相比，那真是一个充满了奇迹的人生阶段哪！——

根据他的讲述，我们刚进去买烟，一个载客的摩的司机——可能是为了抄近路——就拐进了旁边那条巷子。他觉得那个摩的司机特别像他们村里的某个人。他撒腿追了上去，追到巷口的时候，又顺手召了一辆空摩的，一路尾随着。如果一直跟下去，立中担心身上的钱不够付车费，好在送完客人之后，那人就骑着空车朝郊区驶去。立中冷静地跟着他，一直跟到他家里。那是两间临时租来的简陋的小木屋，灯光昏暗，人影摇曳……他在屋外紧张地徘徊，观察了很久，直到确定里面那个女人是安全的，她和那个男人之间的相处是和睦的，甚至在听到她发出好多次笑声之后，他才终于走进那间小木屋……那真是如假包换的奇迹！不存在对命运的贿赂，因为他从来没有为这个姐姐向任何一位神仙祈祷过——他从小就认定这姐姐死了，在父母和村民们的口中，那个和她同一天从村里消失的男人被渲染得一无是处，甚至凶暴残忍。可是现在，他却亲眼见到姐姐活得好好的，那个男人在外面勤勉地劳动，回到家里对她言听计从，他们生下的小女孩活泼伶俐，都已经会踩在凳子上帮爸爸妈妈舀饭了……

立中说他再没心思陪我们玩，他必须连夜向父母汇报这个喜讯，同时替姐姐姐夫探探口风，看二老是否愿意接纳这一家三口。

我和立中第一次奇迹般的重逢，因为另一次奇迹般的重逢而迅速中断。我们只待在一起重温了三天的兄弟情谊，从此他便再次在我的注视下消失，直到几年之后再度重逢，可那已经很难称得上是一个奇迹了……

那一年，我从大学毕业，尝试过不同的工作之后，感到前途一片灰暗。一位玩得好的大学同学打电话给我，得知我处境艰难、心灰意冷，他竟然哈哈大笑。他说他们单位在招人，待遇如何好，工作如何轻松。我有点心动，答应他周末过去看看。他却叫我立马辞掉工作去报到，晚一点就会被别人捷足先登。

我一点也不怪我那位同学，因为他——就跟后来的我一样——是真的相信那个由高层们精心编织的财富神话。跟你们想象中的情形有所偏差，在这里不存在暴力、不存在胁迫，甚至不限制人身自由。全靠精美的谎言、能把自己都绕进去的诡辩、从一切细微处入手却又毫不刻意的关怀，甚至不惜把心窝子掏出来的自我剖析，让人不知不觉地卸下防卫，努力想要去理解——

那个令他们如此激动、迫不及待地想分享给你的崇高事物，究竟建筑在哪一层逻辑基础之上？他们津津乐道、无比崇尚的光荣理想，到底以什么经济学原理为现实支撑？然后在某个发出"叮"的一声的时间点上，你突然想明白了，逻辑的难题被你攻克了，你觉得一切如此奇妙，再没有比这更简单明晰的道理，再没有任何思维比这一思维更具有形式感和几何美，像是某种晶莹剔透的矿物晶体在你脑中以慢动作旋转闪烁，仿佛幸福的命运向你呈现了一朵玫瑰，你突然感到幸福溢出了胸口，突然变得和他们一样，迫不及待地想要将这种幸福分享给你最好的朋友。

我忘了我是如何辗转联系上立中的，总之并没有想象中那么困难，至少其困难程度与数年杳无音讯不相匹配。第二天他就风尘仆仆地出现在我面前。同样毫无困难的是，立中瞬间就理解了我之前费了老大劲才理解的一切。他脑子里那"叮"的一声出现得特别快，快得令我担忧：他是不是为了显示自己聪明而假装理解了？但是听到他躲在屋里打电话四处借钱，我才明白过来：他是真的笃信这一次可以翻身。

没多久，他把他弟弟叫来了。他弟弟笑起来憨憨的，一副智力不逮的样子。他完全不可能理解，那对他来说太深奥了，听久了就会头晕，但他又完全不必理解，因为"反正我听我二哥的"。

我事业的起步非常迅猛。短短一个月，不但成功发展了一名"家人"，而且家人又发展了家人。但是在接下来的两个月里，我的事业可悲地陷入漫长难熬的停滞——我、立中和他弟弟，都没能为我们这个小小家庭带来新的成员。

为了付房租，我们只能继续打电话四处借钱。我们不得不啃馒头吃青菜度日，有时甚至还要靠别的家庭接济。之前被我们想得非常通透的那个简单而美妙的道理，我们都不敢再去细想回味。别的家庭中，不断有成员向家长请了事假，去了老家或别的城市，然后就再也没有回来……

就在最煎熬的时候，一场自内而外的灭顶之灾解救了我们——高层们因分赃不均引发了械斗，整个组织被公安机关取缔了。我们一行六人乘着夜色逃往一个偏僻的村子。那附近有一片刚建成不久的工业区，我们打算在那些工厂里找一份事情先做着。

我们像蟑螂一样挤在一间不足二十平方米的出租屋里。有人睡床上，有人打地铺。我最难忘的是，有一天中午，我刚从外面的洗澡房用冷水冲完头回来，推开房门，只见一个哥们正打着赤膊躺在地板的凉席上，鲜红的嘴唇一张一合地跟他们聊着什么。我愣住了。因为我越盯着他看，越觉得他像一只又短又肥的虫子，那松松垮垮的内裤丝毫不能赋予他人的属性；而相反，虫子的属性在他光溜溜的、完全独立于周遭环境的身体上，立体起来、膨胀起来，吞噬了一切。后来，我至少用了三年时间，才把这个无比恶心的印象从脑海里清除出去。

那时，立中打听到有几个老乡在附近打工，便跑去借了两辆自行车，我们两个骑着车到镇上转了一天，打听工作。太阳晒得睁不开眼，我们停在一片树荫下面乘凉。我问立中恨不恨我。

立中撕着嘴皮，腼腆地笑笑，赶紧低下头猛吸一口烟："莫提了……"

我隐约感到立中苍老的内心深处（至少在那一刻是苍老了）掩藏着一股子不安：他不好意思见证了我的愚蠢，更不好意思让我因为自己的愚蠢而背负上了巨大的亏欠——对他的亏欠。是他，让一个他向来认为比他优越的哥们，丢了脸、露了怯。他不好意思。

没多久，我们便先后找到了工作，我继续跑业务，他则和弟弟一道，在不同的工厂车间来回跳槽，似乎永不安分。他没有再联系我。

四年之后，我在中山古镇推销灯饰，坐在一辆公交车上，看到窗外一间灰头土脸的工厂门口，像远古时期的巨石阵一样，一堆高矮胖瘦各不相同的工人七零八落、或站或蹲地端着碗在那里吃饭，从他们当中，我一眼就认出了立中……

从镇上回到厂里，正好赶上晚饭时间。立中丢下自行车，以冲刺的速度跑到食堂，又打了两份饭菜来。我们照例把菜扔得满地都是。这时，那个老头进来了。他那双贼眼就像一对忠诚的奴仆，无论他走到哪里，都要先为他探路。经过昨天下午的事，他自然对我耿耿于怀，但还不敢明显地表露出来。立中抬头看了他一眼，也马上厌恶地扭过头去不再看他。正当这老头被他弄得狼狈不堪、很没面子的时候，立中又迅速改变了主意，冲着他热情地打了声招呼："你好，老乡！吃过饭没有？"可怜的老头受宠若惊，立即以双倍的热情同立中寒暄起来。其间，他的目光一直躲躲闪闪地在我和地板之间瞟。我以为他要多管闲事，叫我们别把菜扔在地上，没想到他却冲着那些菜啐了一口，咬牙切齿地说："妈妈的，比猪食还难吃！"看得出来，他是想用这句话来恭维我们。最后他终于结结巴巴地把话题扯到了正事上（他是这家厂子的门卫，就像立中说的——"一条看门的老狗"）——"呃，这是你朋友？""是的。"立中说。"他今晚在这里过夜？""当然。"老头便提出，立中应当填一张单子叫厂长签字，免得让他为难。立中当然不答应。"签个卵字，"他说，"你当我们是贼吗？

他又不是头一回来，他昨晚还住在这里。"但这老头竟敢再三要求"这事得按规定办"。立中坐在床头，闷着脑袋一个劲地抽烟，那气氛有点紧张。我以为他会站起来扁这老头一顿。可最后他却低着头不声不响地出去了。过了几分钟，他拿着厂长的批条回来了。老头赶紧向立中解释"我也很为难的"，并不停表示歉意。立中只不咸不淡地说："哦，哦，哦。"老头走了之后，我问立中："这么快就批了？"立中居然神气起来，说厂长只不过是他儿子，不过还算是他众多儿子中比较听话的那个。我们又一起骂了那老头一通。

后来我跟立中说，明天一早我得回去上班了。

"也好。"他说，"明天我也要做事了，兄弟，不可能像今天这么走运。听说下午厂里来了一笔订单，十有八九会连着赶几天工，说不定还要加夜班。有时候做到大半夜，第二天早上又是八点钟上班，还不能请假。唉，想起来就脑壳痛。这真不是人过的日子，兄弟！你说为什么不在一个厂子里干下去——干久了会要人命的啊！你会觉得你不是在做事，是在卖命。总觉得换个地方应该会好一点吧？卵嘞，后来才发现，到哪里都一样。像我们这种人，一辈子就这样了，就卖命吧。其实很多时候也不是我想跳槽，老是这样没日没夜地干，谁吃得消呢？你总想休息几天吧？但是人家不给你休息，事情不能耽误，几百万的生意不能因为你说累，搞得交不了货。那就只能辞工喽，等休息够了，再花时间找呗。可是时间过得好快呀，一晃就混成了这副模样……我还记得那一次，你们到招待所去找我，好开心啊，那时根本想不到以后的生活会是这样，连想都不敢想，真的……你看，我家里虽然也是农村，但从小我爸连锄头都没让我摸过，我也一直认为那些卖力气的事嘛，应该是别人去做的，我哥、我姐，或者我弟。谁能想到呢，收拾行李从那间招待所里出来以后，所有的事情就已经被决定了，没办法挽回了，以后就只能在社会上苦混……就好像命中注定的一样。"

我不知道该说些什么来安慰他。

我去洗完澡回来，发现又一个一眼便可以看出少不更事的家伙坐在立中的床上，同立中一句没一句地闲聊着。他简直像个中学生，不过他不像别的童工那样胆怯、寒碜。他大胆地同立中东拉西扯，看似超然、对立中抱着无所谓的态度，其实这傻瓜内心里倒是挺崇拜立中的——这一点再明显不过。他讨好似的（又故意显得漫不经心）谈到立中的弟弟，说以前立国也在这家厂子做事的时候，跟他是最能玩到一块儿的。接着他向立中问起立国的近况。立中坐在那里，低着头，我拿不准他是在敷衍他呢还是在认真倾听。他对那人的问题总是给出最简洁的回答，却又能做到（鬼知道他怎么做到的）每问必答，没有透露出丁点儿的不耐烦，而这无疑又极大地鼓舞了对方提出新的问题。就这样，两人把这场沉闷的谈话持续了个把钟头。我干坐在一旁，真是烦躁得要死，又不屑于加入他们的交谈。我差点就要被他们无限放缓的谈话节奏催眠了，这时那小畜生却站起来说要请我俩吃夜宵。立中说："不用啦，大家都不是很宽裕。"于是他终于告辞。我怒不可遏地大骂那小子不识趣，立中却笑笑说："这孩子还可以。"

  立中洗完澡后，又一个奇怪的家伙跑进来。这人给我一个很鲜明的印象：他的样子非常精干，说话走路都匆匆忙忙，似乎漫不经心，又似乎对某个早已认定的目标迫不及待。小说《了不起的盖茨比》中描写黛茜时，说她的声音里充满了金钱的味道。当时这个人给我留下的这种印象也越来越明显——他的每一个眼神、每一个动作都似乎在向金钱致敬，尽管他每次提到钱的时候，都装出满脸不屑的表情。不过，立中对这家伙倒也蛮客气。他向立中打听："看到肥佬没？"立中说："没有。这两天都没有见到他的影子。""妈的！"那人说。立中关切地问他："怎么样？他带来了没？是不是真的有十二个面？"那人气急败坏地说："这头肥猪很可能在撒谎！"他们又站在门口谈了一会儿。我听到他们说"开采""资金""国家允不允许"什么的。然后那人就慌慌张张地跑了。

我问立中:"怎么回事?这人是谁?"

"哦,他呀?"立中说,"我工友。他老子在老家做点小本生意,也算是赚了些钱,所以他老是异想天开。上个月他听销售部的肥仔说起他们村里发现了水晶矿石,他脑壳顶上就开始冒傻气了,想跟他老子要一笔钱,到肥仔的家乡去开采水晶。他天天缠着肥仔,让他回家去带点矿样过来。最后肥仔也动了心,因为他答应给他一笔佣金嘛——如果开采的话。肥仔回了趟家,这两天好像过来了,却一直没见着他人影,他怀疑他去找了别的主顾。"

"水晶?"

"是啊。不过我怀疑肥仔是在吹牛,如果真的是十二个面的水晶矿石,那不得了——那是水晶王呢!"

我何尝听过这个?虽然水晶这东西并不罕见,但我却从来没去琢磨过它,不觉得它跟我有什么关系,我甚至从来没想过它是从地底下开采出来的。我突然很好奇水晶矿石是什么样子的。

立中说:"形状很规则,一般都是六棱柱体,透明、光滑、棱角分明。"

"哦?大小都一样吗?"

"不一样。有大有小，"他比出小拇指，"小的只有这么点儿，大的像砖头那么大。但形状都是一样的。"

"一模一样？无论大小？"我开始觉得有点神奇了。

"那当然，就好比相似三角形……"

我顿时想踹他两脚。我受不了他一本正经地张嘴就来，更受不了自己还老是听得津津有味。我说："说得好像你见过一样，你怎么知道这些破玩意儿的啊？"

"我怎么知道？我老家是全国有名的水晶矿床，还上过报纸……"

"你老家？还全国有名？我怎么不知道？"

"难道我以前没给你讲过？那是九十年代的事了，我只有几岁……现在当然没什么人知道了。那时，我爸他们兄弟几个成天只顾着挖采水晶，连田土都荒废了，我叔叔他们说还种什么田喽！后来，我家里差不多堆了一屋子的矿石……"

"那些矿石呢？后来都被你们家当成白米饭吃了吗？"

"他妈的！你爱信不信……"

"我信你个鬼！有一屋子水晶，现在还至于落魄到这步田地吗？"

"看来我真的没有跟你讲过……那时候，国家的勘探队不是到我们那里勘探吗？结果挖出一颗水晶王。我告诉你，有水晶王的地方就绝对有大量的水晶矿石……

当时我姑父不是正好在国家地质勘探队吗……"

"立中，你这个畜生！你怎么就有个姑父在那种地方上班呢？"

立中无辜地笑了笑："我说了你又不信，可偏偏就是这样！我有什么办法？又不是我安排他去那里上班的，国家给他分配工作的时候，还没有我邓立中呢。那时，国家不是规定了所有的水晶矿石只能由政府开采吗？不过，我姑父已经听到风声，说很快就会允许私人承包开采，只要拿到政府的开采许可证。于是，我姑父就从勘探队辞职回到家里，只把这事跟我爸说了。不过，那时还是不能开采，所以我姑父整天带着我爸满山坡转悠，探测哪些地方有矿，都做好了记号。一年之后，政策果然下来了，于是，我们家便在做过记号的地方挖了几个坑，占领了大部分矿，等别人反应过来，已经晚了。这时他们才明白，为什么我们家把田土都荒废了一年。"

"可是你们怎么知道哪些地方有矿呢？"

"你傻啊？我姑父不是勘探队的吗？这东西难得了他？"

接下来立中讲述的内容——关于他姑父如何勘探水晶、他父亲和叔父们如何挖到水晶王，关于开采商们如何找上门来骗走他们的矿石，关于那一大箱子钱，我都半信半疑。但我没有再打断他，我完全陷入了他用声音描述的那个神奇的、黑白分明的世界，那样一个世界恰恰因为黑白分明故而显得颇不真实，但不管他只是根据自己的愿望做了一定程度的夸张，还是整件事情根本就是他别有用心地编织的谎言，我都听得入了迷。

堆了一屋子水晶矿石之后，立中的姑父就说，不要再挖了，太辛苦了，还是应该先找到开采商，要不挖了也是白挖。

事情传开来，省城的记者一脸疲惫地来到这个大山深处的小山村，回去之后立马在报纸上刊登了一则报道，说是发现了水晶之乡。没多久，一些主顾陆续找上门来。至于他们如何跟姑父商讨开采事宜，如何敲定将来的合同条款，年幼的立中一句也没听明白，或许是他觉得枯燥无味，干脆没仔细听。他只讲了一个令他记忆深刻的画面：有一个号称很有钱的开采商，五根手指上至少有三根戴着金戒指，捻起一颗水晶矿石，对着太阳翻来覆去地看，一条七彩的光谱在他鼻梁上颤动，搞得立中无比期待他的结论，可他最后只说了一句："有点玄。"真搞不懂他什么意思。成批的开采商匆匆地来，又匆匆地走，有的人很没诚意，连立中的母亲劳神为他们沏好的茶都忘了喝上一口，但来的时候他们不会忘记带一口麻袋来，临走时也不会忘记装一袋矿石走，各种尺寸的都装一些，说是带回去鉴定一下，看是不是具有开采价值。就这样，这些人总共带走了几百公斤的矿石，有一个竟然趁他们不注意偷走了一颗水晶王。

"以后我们就再也不敢相信这些自己找上门来的开采商了。这些人只是嘴上说自己多有钱，也不知道是不是真有钱。"立中说。

直到那个香港人提着一箱子钱找上门来。那一箱子钱，立中说，他姑父估计了一下，至少有一百万。香港人来了之后，也不急着谈生意、看矿样，就说好困呀，好累呀，"你们计里的三落太难久啦，累洗我啦"，说立中他们那里的山路很难走，他很累了，只想睡觉。立中赶紧把床指给他，他二话没说倒下就睡。他睡觉时，那箱钱就撂在墙角，连锁都没锁。一家人紧张得要死，香港人却躺在床上鼾声如雷，立中的父亲就坐在门口死死地守着那箱钱，一步也不敢离开。从此，那个香港人就在立中家里住了下来。"我们也不知道怎样招待他呀！他喜欢吃什么，喝什么，住不住得惯……我们生怕怠慢了他。他倒是挺随意，有啥吃啥。我们那里逢二五八才赶一次集，不赶集的日子可能连肉都没有，他也能吃两碗米饭，打一个饱嗝，说'七得好饱好饱'。"他喜欢喝立中家里自酿的糯米酒，餐餐都要陪立中的父亲喝上两杯。他不像前面来的那些人，他一点也不着急，不说要开采，也不说不开采，更不急着走，每天就跟着立中的父亲和姑父到山上去转悠。那一箱子没上锁的钱就摆在立中家里，立中的妈妈成天提心吊胆地守着它。只要村里一有陌生人出现，他妈就特别紧张。那时，有一对外地来的中年夫妇，连续两天跑到村里来收鸭毛——"巴掌大点地方，哪有那么多鸭毛？"他妈说。立中的父亲就专门到镇上买了两条大狼狗回来拴在家里，后来收鸭毛的两口子便再也没来过了。人家都担心得要死，他自己却跟没事人似的，仿佛那箱子钱早就被他搞丢了一样。

有一天，香港人在饭桌上宣布：他已经决定了，他百分之百地相信立中的家人，同他们合作他根本不需要担什么心。他说，这里的人个个都很纯朴，就算不是为了做生意，他也愿意多跟他们打交道。他决定马上回香港调动资金、选购设备，至于请专家鉴定他也觉得没有必要了（他果真没带走一块矿样），因为立中的姑父就是一个非常专业而且人格也足以信赖的专家。他说，这些天来他受到了这辈子最好的款待，为此请允许他拿出一笔钱来作为酬谢。他的意思是给他们十万，如果他们愿意，他不在乎再多给几十万。但立中的父亲代表全家婉拒了这份好意，他一分钱也没要。他说："我们不要这个，"——这个憨厚朴实的农民，甚至羞于说出"钱"

字，而且他的普通话说得很吃力，"你给我这个，我不开心；我开心，因为你是这个，"他朝香港人竖起大拇指，"你是个……了不起的人……朋友。"那香港人流着泪，依依不舍地走了。

那场面还真他妈的有些感人呢！可是，我脑子里想到的却是他床上的那堆杂志。我说："唔……立中，香港人和你父亲都很了不起嘛……简直就是他妈的圣徒！我感觉跟他们比起来，我他妈的啥也不是，畜生都不如。"

立中说："我知道你想说什么：换作是你，你肯定会要。换作是我，我也会要。但问题是，现今这世道，你我都碰不到这种好事。问题就在这里：你觉得这都是我编出来的，现实中从来不会发生。有时连我自己都怀疑这一切是不是我凭空想象出来的，我怀疑我的记忆出了问题。我那时还小，根本就理解不了这种事情。别说我，大人们也不理解。我印象中，香港人走后，我叔叔他们还怪罪过我爸呢：就算真要了那笔钱，谁又能说我们半句闲话？但事实就是我爸一分钱也没要。他可能是不敢要；也有可能觉得这是香港人对他的考验，通过了这次考验，以后有的是挣大钱的机会。但真实情况如何，我爸心里究竟是怎么想的，只有他自己知道。我现在倒觉得，幸亏他没要，不然，后来发生了那种事情，他很难说得清楚的。"

"后来？那香港人回去之后，又发生了什么？"我突然被自己这个问题拉回了现实，不由得打量了一下立中身处的这个猪狗窝般的环境，心里似乎有了答案："他……是不是再没回来了？该不会又是骗你们的吧！"

"他死了。"立中一声叹息，"当天晚上就死了。"

"啊！怎么死的？"我竟然感到一丝莫名的兴奋。

"被我们镇上两个后生杀死的。唉，可能他真的是有点天真，去过我们家之后，便以为我们那地方的人个个都那么安于本分。他大大咧咧地提着那箱钱去了县城，因为买了第二天的票，便在火车站附近的一个酒店住了下来。他哪里知道自己早就被人一路盯梢上了。在酒店的房间里，那两个王八蛋用水果刀捅死了他，抢了他的钱跑了。"

我惊愕不已，想不到结局是这样。我们沉默良久。我突然觉得活在这个世界上真是太不自在了。这种不自在的感觉现在就开始笼罩着我。过了很久，我说："立中，那你们家现在还可以找人开采水晶啊。"

"水晶早就不稀罕了。"

"那个香港人死后，你们家就没找过别的开采商吗？"

立中沉默了一会儿，好像不愿意提起某件事情一样。后来他说:"当时出了这么大的事,在我们那里影响很坏。县公安局派专案组来进驻我们村,查了好些天,成天在我们家出出进进。村里人都有些幸灾乐祸,甚至传言说专案组是专程来审我爸的。他们也确实缠着我爸问了很多问题,可能只是为了搜集线索,但给人的感觉就好像他们已经认定了我爸是幕后主使一样。我姐就是在那时离家出走的。她后来跟我说过,她是承受不住那种压力。和她一起离开的,还有村子里的一个后生,也就是我姐夫。他们这一走,我们家的嫌疑就更大了。有人甚至提议让警察将我们全家控制起来,同时分派警力去追拿我姐。我爸也急了,去追啊,谁不去追谁是王八蛋!他那时忙着应付警察,根本脱不开身,女儿被拐走了,他巴不得警察去帮他找回来。他其实是有一点怀疑我姐夫的——如果香港人真是他杀的,那我姐在他手上岂不是很危险?现在回想起来,我倒是挺佩服我姐夫的,那种情况下还敢带我姐出走,一点也不怕惹火上身。好在那时警察已经查到了关键线索,没多久就破了案——是我们镇上的人干的。破案那天,我爸大哭一场。他当着全家人的面把水晶矿石都倒进粪池里,说,自从挖了水晶,就没给我们家里带来好事,来的都是些骗子、拐子、杀人凶手,好不容易遇到一个那么好的人,还把人家的命给搭进去了,以后都给我离那灾星远一点。"

从那以后，立中全家再也没有指望靠开采水晶来致富了，又重新回到了长满荒草的庄稼地里，仿佛一艘沉重的货轮，刚一望见岸却突然掉转船头，复又一头扎进了茫茫的大海。看到立中家丢弃了矿坑，邻居们纷纷将它们占领，并将所有的希望都寄托在这个上面。但最后，他们也没有找到一个靠谱的开采商。过了几年，水晶便没那么值钱了。

那天夜里，我们并没有聊得很晚。立中很快就酣睡了，他的呼吸似乎有点沉重，从喉咙里艰难地滚出，痛快淋漓地喷向空气中，像是从内心深处向这个世界吐出的一口口痰。我想，他一定在睡梦中惊恐地忏悔着，为某种他能想象到的可怕的罪行及下场，向着他的同伙——所有和他一样受苦的灵魂，向着他从未善待过的自己，向着他的父亲，不停地忏悔。我侧过身去，轻轻抱住了我的苦难的兄弟。

"别骚！"他闭着眼睛吼道，然后发出一串短促而响亮的笑声。

墨　渍

1

一大早，老丁老婆的哥哥板着脸坐在店里。老丁尴尬地站在一旁，心里想：这个时候，顾客们八成还在床上赖着；而她呢，几点钟醒来也没个定数，我出门时，她睡得正酣；反正店里现在还不缺人手，我去仓库。

仓库是机床厂里头一个废弃的旧车间。他刚迈进机床厂的大门，迎面走来那两个工人。他们睡在仓库里，眼下才刚起床。老丁感到很奇怪，今天好像开不了口训他们。但老这样下去也不像话，天天起得比老板还晚，怪不得老板一大早就坐在那里生闷气。他决定说说他们，好歹也是老板的妹夫嘛。

在相对而行、越走越近的这段时间里，两个工人——既是装卸工、搬运工、仓管，在店里时又是营业员、收银员，小何同时还兼任货车司机——走起路来一点也不雅观，东倒西歪，腿嘛，软绵绵的像要化掉，双臂却摆得比鸟翅膀还快。老丁看了心里很不爽：难道走路也要费那么大的劲吗，还不是睡过头，把骨头都睡酥了。他们笑着朝他走来。他望着这两只流浪的小麻雀：一个的老婆几天前刚在家里给他生了个儿子，除了右手多出一根手指头，其余一切正常；另一个，老婆已经死了两三年，现在岳父正张罗着把小女儿也嫁给他——他也有一个三四岁的儿子，住在郊外乡下由爷爷奶奶帮他看养。他们脸上时时流露出得意的神色，好像天底下的好事全让他俩给占了。

老丁话到嘴边又咽了回去。笑着笑着，人已到了背后（走到跟前时，互相望着的就不是对方的脸了，而是彼此的脚尖）。他们笑得挺殷勤，似乎还在他耳边发出了"嘿嘿"或"嘀嘀"的声音。老丁准备回应他们的笑，但好像有点困难，他努力抬起上颚，舌尖在下嘴唇上舔了一个来回，一双小眼睛半闭着。不说就不说了，大清早的（希望明天能自觉一点），可是该吩咐的事情总要吩咐吧。于是站定，转过身去，尽量随和地："小周，吃完早餐来仓库理货。"

"哦。"那人回答。接着两人又不知何故笑出声来。

老丁推开仓库的大门，硬纸板包装箱散发出来的清香钻进鼻孔里。这么多年来，工人换了一批又一批，但这股气味一直没变，只要打开仓库门，就能闻见。所有的货物都整齐地码着，空间被充分地利用，过道也腾得比以前更宽，找起货来就快得多。里面几乎不透光，一堆一堆、一件一件的货仿佛在黑暗中沉睡，做着不安稳的梦。他毫不留情地摁下开关，最里头的那盏日光灯最先亮。他呆呆地立在那里，等待着。在一阵嗡嗡乱响中，楼下、楼上所有隐藏在方木梁柱上的日光灯像纷纷睁开的眼睛，亮了起来。货一件一件被灯光刺醒，它们欢天喜地："干活喽，干活喽！"

老丁喜欢听它们吱吱叫唤着"干活喽"。他走上楼去，每次走到那布满尘埃的木梯的第七级，都会下意识地停下：有一双眼睛。他继续朝楼上走去。倚借仓库里现成的两面墙壁，他曾亲手搭建起这间木阁楼，现在用来供工人们休息。他推开阁楼的小木门，里面乱得像狗窝，他没有哪一天见到被子是叠好的。有一股橘子皮的酸香味。啤酒瓶扔了一地，书桌上也倒了两只——空空的酒瓶，一滴不剩。最初是他住在这里，那时他还不是老板的妹夫……那是什么年代的事了哟，他闪念，那时的老板，说得不好听，抽的烟比我还便宜。

书桌上最抢眼的是那只塑料烟灰缸，烟嘴子挤了一层又一层，像一座下胖上尖的塔，顶上的那只还在微微摇晃。烟灰缸压着的是一本从中翻开来的杂志，他伸手小心翼翼地将它抽了出来。书到手上，他松了口气——那只摇摇晃晃的烟嘴子到底没有掉落下来。书里面讲的是最完美的交媾，最符合男人的梦想，每行字都那么赤裸、甜蜜。他读着，陷了进去。他想起自己年轻时，最爱看这种黄书了。他抬起头，想了想，没错，是最爱看。

性欲起来了，他痛苦地将书丢在床上，翻起书桌下的几只抽屉来。他现在像一个值勤的警察，检查抽屉里都有些什么。一只手表，秒针断了一截，表盖却好好的，只是披满了细尘。他笑它，你知道现在几点吗你转转转？一台收音机，或者说样子比较像一台收音机；一只袜子，完好无缺；一个没填写完的信封；一支牙刷；最离谱的是：一只扁了的蟑螂。他做了个十分夸张的表情，将这个抽屉啪的推了进去，好像在说眼不见为净。另一个抽屉有点沉，他先用手托了托它的底部，接着推了出来。里面除了叠放整齐的几本厚厚的书，没有别的，干干净净。他逐本抓起来：《古希腊悲剧集》《爱伦·坡集（上）》《爱伦·坡集（下）》《奥尼尔戏剧选》《蒲宁短篇小说集》。最后一本比较薄，他快速地翻开，审视了一下，没有他想要的字眼。那些字密密麻麻，一眼望不到边似的，像另一个陌生的仓库，而不是他精心打理的这个。他的目光顿觉艰涩吃力。他又拿起最厚的那本，在打开之前瞥了一眼封面：古希腊……连同另外几个简单的字眼，趁他恍惚之际，在他脑子里烙下深刻的印象，令他觉得好没意思。一缕阳光从墙上排气扇的缝隙间照进来，洒在书页上——他像是捧着一沓金箔。一个问题在他一声不响的大脑壁上撞来撞去："这些书是谁的？"

书页洁净平坦，不留任何痕迹。没有购书人的姓名、购买日期和地点，没有画过一笔，甚至找不到——他鼓起眼珠，鼻尖紧贴着纸页——指纹。

"这些书是……那个人的。"一起理货时，小周告诉他。他不知道老丁知不知道他说的是谁，可他一时也想不起我叫什么名字，他只能这么说了。

2

一年前，我被公司派遣过来负责西南这边的业务。在这篇小说开头的几天前，李经理一个电话，将我召回公司开会去了。

没想到这次回公司开会，竟然开了两个多月，我被困在了南方炎热的天气、每天无所事事，以及因此而滋生的那种顾虑重重的对女人的渴望中（塞林格的那句"想触碰又收回的手"用在这里倒刚好合适）。

那段时间，我们这些从全国各地赶回来的业务员被统一安排在镇郊的一家前不着村、后不着店的宾馆里入住。那真是一处极其荒凉的所在。我从未像住在那里时那样迫切地渴望得到一个女人，将自己的生活和她的搅在一块儿，管它会开出什么花、结出什么果。

一天傍晚，我坐在宾馆楼下唯一的一家小炒店的露天餐桌旁吃饭。除了旁边那桌刚刚落座的两名少女，再无别人。像是要下雨的样子，天气突然转凉，风卷起小股的沙尘往她们裙子底下塞……我还记得她们走过来的情形：两人漫不经心地走着，其中漂亮的那位被风一吹，差点栽了个跟头……其实没么夸张啦，只是裙子猛地裹住了她的左腿，裙尖朝右边挣去，一伸一缩地抽打着地上的几粒小石块，嗖嗖作响。但是她没有出声，而是立在原地，缩着肩膀，侧斜着脑袋，朝天空中做出一个表情，一个故作坚强且不无滑稽的表情。反倒是她的同伴，显得不够淡定，仿佛裙子已经不翼而飞似的尖叫起来，三步并作两步跑到桌子跟前一屁股坐下，疯狂地跺脚。而她仍然迎风而立；风一停，裙子像条饱食过后趴在地上的狗一样，软化在她的腿上，于是左腿的曲线再度隐藏进裙子的布料里，她这才从容不迫地走过来，坐在她朋友对面。她很漂亮，高挑而匀称的身体里装着一种饱涨骇人的俗气，那正是像我这类人无比向往的健康气息。我一见到她就很想和她搅在一起，但我不知道什么时候还能再见到她。对另一位，我很难做出更多描述——我的目光完全被她的漂亮朋友牵引着。但是，一旦发现自己确实很喜欢她，我反而不想再去看她了。我起身就走。

付完款，从店里出来时，那女孩（漂亮的那位）正看着我，招了招手："过来，到姐姐这里来。"她坐的方位正冲着店门口。我紧张起来，开始变得不清醒。这时，我感觉有一个畸形的身影从我身旁蹿了出去，原来是个小男孩，我差点以为是个侏儒。他是小炒店老板的儿子，我刚才进去点餐时看到他正坐在电视机前写作业。他快速移动的身影在我眼前画出一道弧线，跑到离她最近的点时，敏捷地一扭身，又朝着离她越来越远的方向跑去。"蟋蟀！"他一边逃离，一边扭过头来叫"蟋蟀"，接着发出一串尖锐的笑。女孩轻轻地拍了一下桌子，或是软绵绵地做了一个拍桌子的手势："谁教你的？叫姐姐！""蟋蟀！"那男孩站在一个安全的距离，又连叫了几声蟋蟀。她站起来，要去杀了那个调皮的孩子。

3

有一双眼睛在跟着他。老丁和小周在午饭时间回到店里，因为没有看到老板，他脑子里仿佛有些情感隧道在施工抢修。他在水桶里洗了洗手，然后一摇一晃地走到老婆身边。老婆怀里抱着一个不满周岁的婴儿，那是他们的第三个女儿。他笑吟吟地望着母女俩。她则总是将两只眼球滴溜溜转到右侧的眼角，像是觉得有只苍蝇总在她右太阳穴边上飞舞。他俯身用食指掸了掸女儿的脸，小家伙缓慢地闭起眼皮来，不搭理他。他老婆干脆将她举起，推到他身上。他顺势让她躺在臂弯里，捧起了她。

"大哥呢？"他瓮声瓮气地问道。

"不用等他。他去学校了，今天下午阿春他们班上要开家长会。"回答的是老板娘，他们的大嫂。

店里只留小周和老板娘看店。老丁夫妇则抱着婴儿同小何一道先回，等他们吃完再下来换小周回去吃。家就在市场后面，走几步就到。那其实是大哥的房子，老丁一家都寄居在大哥家里。上楼梯时，小何表演"一步五级"给这对夫妇看。他在狭窄的楼梯间作短促的助跑，然后起跳。那双腿似乎还以电影里的定格镜头停留在空中，身子却已岌岌可危地站在第五级台阶的边沿上了。他的腰令人担忧地向后倾斜，他只有飞快地扇着双臂使身体保持平衡，以免朝后倒下去，把脑袋瓜摔裂。

老丁的老婆哈哈大笑，整幢楼都在笑声中摇晃。

老丁爬行在楼梯上，爬爬爬。

进了门，二女儿告诉他们：还没开饭。饭没煮熟，小女孩吃了一碗之后才发现。她得意地向她妈妈邀功："我吃了一碗夹生饭！"老丁整个人处于一种梦游状态，像是魂儿丢在了半路。他目光急切地望向他老婆，发现她正在对他的那个女儿说："作业写完没有？"他觉得体腔内回荡着一阵嗡嗡响，四处一片宁静，嗡嗡来自他自己，他听到的一切声音也从他大脑里发出，他成了一堆嘈嘈切切。他移动着脚步，从客厅到露台，从露台到客厅，又从客厅到卧室——他得让声音流动起来。他回顾了（向自己说明了）一些简单的情况：大女儿在揭阳的奶奶家；大哥去了阿春的学校；阿春是大哥的儿子；大哥是她的大哥；我没有大哥，也没有儿子；书是"那个人"的；小周在店里看店；饭还没煮熟；嗡嗡嗡嗡嗡嗡是我自己；是我在流动。

他坐在床上抽烟。干了一上午活，他实在饿了。读中学时，有一个农村来的同学跟他说过，抽烟可以充饥，因为烟是固体颗粒，这话被他牢记了半辈子。小何明明还在门外探头探脑，转眼已经出现在卧室。他来向老丁讨根烟抽。老丁揭开烟盒，从中挑出一根，递给他，同时狡黠地笑着，望向他。小何被他望得不好意思："操，你笑什么啊？"他又笑了："仓库里那本黄书是你买的吧？"小何将手一挥，刚点着的烟掉到了地上，他赶紧弯腰捡起来，说："早就在那里了，我都看了无数遍，没感觉了。"

老丁叼着烟，眼睛被熏得完全闭了起来。"哪天借我看看。"他边咳嗽边说。

"操，要看拿去，我和小周都看腻了。"小何在这局促的房间里走来走去，四处瞟瞟。他看到老丁老婆的红色胸罩，松松垮垮地扔在枕头上，像两只万念俱灰、没了力气的手掌。他立刻将目光移开，仿佛多看一眼就要倒霉似的。

"操，"他摇着头，一副不可思议的样子，"你这里都有些啥啊？你平时都干些啥啊？"

老丁顿时来了兴致："我写写毛笔字呀。"他走到床头边，从地上的一个脸盆里头拣出一幅他写的行楷来，放在床上，仔细地摊开，抚平。上面用一种可笑的字迹写着：

何处望神州满眼风光北固楼千古兴亡多少事悠悠不尽长江滚滚流年少万兜鍪坐断东南战未休天下英雄谁敌手曹刘生子当如孙仲谋

那是一些规规矩矩的笔画，不敢长一分，也不敢短一寸，不敢胖毫厘，也不敢瘦毫厘。尽管写字的人如此克制，小心翼翼，但写到后面，笔画却渐渐变得扭曲，像是要从纸上跃起来，幽怨地咬住那管颤抖不停的毛笔。

小何看得如坠云雾，莫名其妙。在结束这难堪的应付之后，不得不深吸一口气，用力甩了甩头——主要是想甩一甩眼珠子。"看不懂。"他说，"我下午有点事，跟你请个假。"

老丁这时也发现了枕头上老婆无精打采的内衣，听到小何说请假，他心里划拉过一道锋利的疼痛。"小姨子来看你啦？"他仍勉强地笑着，内心里却性命攸关地期待着他的回答是否定。

"没有，我儿子发高烧，要去趟医院。"

又是一道锋利的疼痛。他闪念：太准了！

再次发现嗡嗡响的时候，他无奈地想：反正一直在嗡嗡。

4

下午，他整个人轻松起来。店里只有他们夫妇俩，小周在仓库，老板还没回来，老板娘在家里睡午觉，孩子们……不见了。老丁坐在柜台后面，为自己倒上一缸热乎乎的普洱，心里盘算着等它凉了后痛快地喝一气。他拿出一根烟来，缓缓地抽。他老婆背朝着他，站在店门口，望向外面的马路。老丁也透过门口她的背影留下的缝隙，看走来走去的路人。他看到有个熟悉的身影从店门口走过，眼睛望着店里，甚至还与他的目光对视上了，脸上却无所表示。那是他们的老顾客，几天前刚打电话来从他们这里补了点货，叫货运站送过去。他今天人来了，却没进他店里来。老顾客及时地止住脚步，把手放在谢了顶的头上挠了挠，又一声不吭地走到马路对面去，进了另一家铺面。他走起路来，腿是绷直的，这让他的上身显得滑稽。老丁的老婆无动于衷地站在那里。她怎么不跟客户打声招呼呐，真是的。他望着她的背影，刚好有两个娇小的女中学生一前一后紧挨着从店门前经过，她们一块儿被她的背影吞没了。他觉得她的背实在太粗了，而她的腰更粗，腰上像缠着一条大蟒蛇，谁都知道那是肥肉。她真是又矮又粗，她的屁股一点也不好看，像只倭瓜似的在那两条啤酒瓶似的腿的上端摆放着，好像还没放稳。她突然转过身来，面无表情。老丁这才发现她嘴里一直在嗑瓜子，下巴上还粘着一片瓜子壳。

  老丁冲她善良地笑了笑，手掌在自己的下巴上抹了一把。她照着他的样子，将瓜子壳拿掉了。她的眼睛老是斜视着某个地方，不是同一个地方，她只是有斜视的习惯而已。她留着女运动员的短发，看上去像一个举重冠军。她的上唇向前突，勉强包住一口龅牙，过长的人中看上去很像面包车的引擎盖，掩盖着一两百匹马力。老丁不停地盯着她看，目光涣散。他的嘴已经提前张开，手却还在桌子上摸索着茶缸。她像是从没发现他在看她，一直看她。

一个客户走进来，老丁马上把心思转移到生意上来。看到这个客户，他并没有变得高兴，反而感慨起来：今天的生意真冷清啊！

"廖老板，你好久没来了呢。"老丁强作欢颜地跟客户打招呼，顺手丢给他一根烟。廖老板是个寡言的中年人，一个心思简单、性情随和的生意人。他手里拿着一张从烟盒上拆下来的锡箔纸，上面用圆珠笔写好了他要开的货。他自己搬了一条凳子，坐在柜台前，和老丁面对面。他照着纸上写的念起来。老丁咬着根烟开单，烟子熏得他眯缝着眼。开好了单，在一台带语音功能的计算器上合计了总价，两个男人对望着，好像想不出有什么话要说。

小周接过单子去仓库配货。(他从仓库回来还不到五分钟。)

"老廖，你好像是一个月来一趟吧？"老丁老婆不知什么时候站在了廖老板身后，她突然开口问他。

廖老板惊讶地扭了一下脖子，又转回去，望着老丁的眼睛说："是的，我一般都是一个月来进一次货。"

"好像每次都是你一个人来，你家的那位怎么不来呢？"她又问。

"她在家里看店嘛。我们的生意好得很，人走不开。"他边说边把锡箔纸卷成一个喇叭筒，套在指尖上。

老丁猛然一阵止不住的激动，因为他那么好运气地回想起来：廖老板的老婆两年前来过几次。他忍不住把这一重大发现讲了出来。他激动地等着他乖乖承认，他望着廖老板的目光不仅是急切，甚至有点贪婪。

廖老板点了点头，说："嗯咯，那一年我有病，所以她替我来过几次。"

老丁感到失望，他现在又觉得廖老板不应该回答这个问题。他的回答带给他一阵空虚。他的眼神渐渐失去了之前那束闪烁的光芒。

刚才那阵惊喜像是一个皮球，它现在又从老丁身上弹到了他老婆那里。她莫名惊喜地问："老廖，我看你身体好得很嘛，你会得什么病呢？"

廖老板十分轻松地将整个上半身转过来冲着她，像是屁股上装了一个齿轮一样，诚恳地对她说："我那年运气不好……我那年得了一种怪病，得了抑郁症……"

夫妇俩差点没笑疯掉。廖老板也跟着他们一起笑。

老丁老婆一边笑一边流出了眼泪,她喘息着说:"老廖,你怎么搞的嘛?你怎么会得抑郁症哦!"

老丁心想(就好像他刚才没有跟着她一起哈哈大笑一样):这个女人怎么回事,那么容易快乐?

5

在销售部召开的那些没完没了的会议上,我常常走神。我在想自己是否适合这份工作。有一次,董事长在会上让各地回来的业务员给公司提些建议,同事们大谈市场动向、行业前景,以及各自负责的区域内的城市发展规划(那意味着给公司在当地开展业务创造了新的商机)。我脑子里一片空白,觉得自己对这些东西一窍不通,也丝毫提不起兴趣。轮到我了,我能想到的就只有鸡毛蒜皮的退货问题。我说,我在市场上体会最深的就是退货问题非常容易引发矛盾,为这事我没少跟代理商的妹夫扯皮。我叭啦叭啦说了一大堆,董事长最后只是面无表情地点了点头,说知道了,这个问题很好解决,以后公司将专门委派两名退货专员,全国各地跑,及时处理代理商的退货,免得它们在代理商那边积压,错过了保质期。

"你,"董事长拆开烟盒,抓出一把香烟来,只往他熟识的几个老业务员面前抛,"还有别的问题吗?""没有了。"我没有得到董事长的烟。我懊恼不已,觉得自己刚才的发言毫无技术含量。

待在公司的日子真他妈无聊!而在宾馆里,我又好久都没见到蟋蟀小姐了——事实上,打那之后就再也没见过她。我开始淡忘了她,转而去留意起我们办公室里一个百看不厌的文员来:十八九岁的年纪,拥有老鼠那样细密的门齿、长而匀称的手臂、一股淡淡的狐臭,还有活泼开朗的性格。办公室的男人们总喜欢拍她的肩膀,亲切地叫她小妹。我怀疑小妹也有一点喜欢我。在一次公司聚餐时,小妹特意叫我坐在她旁边。当我还在顾忌是否可以在喝酒时帮她挡一挡酒,而又不被同事异样的目光所围杀时,她已经细心地往我碗里夹我喜欢吃的菜了。我却仍在爱与不爱的算计中度日如年,一心只想躲避她,像在考试时先跳过一道没有把握的选择题。

正当我缺乏勇气而左右为难之际,我又见到了蟋蟀小姐。

那天晚上,我关在房间里写一封邮件,打算第二天带手提电脑去公司连网,将它发出去。写完之后,我才发现房门一直开着一条缝,肯定是刚才来串门的同事走的时候没把它关严。我走过去,准备把门关上,而且是用力地关上,让它发出一声巨响。我拉开门缝,正准备用力一甩，让它发出那声巨响，却不由得愣在门口，望着对面的房间：它房门大开着，蟋蟀小姐坐在一台台式电脑前上网——它正冲着她发出密集的滴滴声，就好像那里面养了一群正等着她投喂的雏雀。我走近那门，敲了敲门框。"打扰一下。"等她转过脸与我对视上了，我才接着说，"你这里能上网吗？"

啊，想不到在这里能见到她。我有一种预感：以后还会经常见面。我指了指我的房间，说："我住对面。能借用一下你的网线吗？发个邮件，一分钟就好。"她迟疑了一下，说："你用吧。"说完她站了起来。我赶紧跑回房间去。当我再次返回时，她还是站在原地，不过网线已经被她拔出来了，正蜿蜒在地毯上。见我端着手提电脑，腾不出手来，她又拾起网线，递给我；我说，哦，我先找个地方放下；于是她又让它掉到了地上，转身从墙角给我搬了张凳子过来。我大大咧咧地坐在她原先坐过的，还留有她体温的椅子上，把电脑搁在她放键盘的桌面上，键盘被我移到了一边；她只好自己坐那张搬来的凳子——她把它放在离我很近的斜后方。抓紧时间聊吧！我这样想。但是不知出于怎样一种骄傲心理，或者胆怯心理，在发邮件的时候，我一句话也没跟她说。"我知道你叫什么——你叫蟋蟀。"我想我会这样跟她聊。邮件立马就发出去了，一行特别显眼的字在提示我发送成功，想必她也看到了。这时我傻了眼，因为我该走了。我后悔什么也没跟她说。

"好了，"我说，"谢谢你。"

"你会修电脑吗？"她说。

6

"会一点。"我说，"你电脑坏了吗？"我把自己的电脑合起来，搁在一边，又帮她把键盘放回原位，然后钻到桌子底下把网线插好。滴滴滴的声音突然响了。我站起来时，她已经迅速关闭了QQ。"好卡的。"她说着又坐回那张凳子上。我也坐了下来，不想让她觉得我急着走。我一边帮她看电脑，一边和她说话："你住在这里吗？""是啊。""来出差？""才不是，我还在读书。""在哪里读书？""就在本城，职业中学。""那你为什么住宾馆？""我家就在这里啊，这是我爸的宾馆。""这个房间就是你的专用房吧？"她笑了笑："差不多。""怪不得有网线。有钱人家的孩子真好。"她没接话，可能是不知道要怎么跟一个家里没开过宾馆的人聊天。"你每天都回这里住？""哪里哦！"她看上去非常震惊，"只有周末或放假才回来住。"那语气似乎在质疑我有没有念过中学。"这层楼只有你的房间有网线吗？""还有两间也有，211……""我能搬过去吗？"我说。"跟我来。"她说着将一条手臂越过我的肩膀，拉开电脑桌的抽屉，从里面拿出一大串钥匙，哗哗地响。我恍然大悟："哦！我想起来了，我们住进来的那天在前台登记的原来是你！""帮家里干点活呗，有钱人家的孩子早当家。"她自己把自己给逗笑了。

我跟随她穿行在那条仿佛没有尽头的走廊上，像坐在一列神奇的列车的车厢里，看着那些没完没了的房门从眼旁掠过——它们有的漏出欢声笑语，有的却保持沉默——最后停在了211的门口。我头一回感觉到这宾馆大得骇人。她镇定地举起拳头，在211的门上轻轻地叩了两下："你好？服务员。"

里面一片死寂。又等了几秒钟，她才将钥匙捅了进去。

7

晚饭是在露台上吃的。老板上身脱得只剩一件白背心，一伸手夹菜，左边的乳头老是露出来。老板娘坐在他右侧，阿春走近来夹菜，她就劝他："夹些青菜。"他夹了两个煎蛋，鸡腿也是两个，把碗装得满满的。老板娘一把拽住他的裤头："你吃得了吗？""给弟弟夹的！"他挣脱了她，跑回客厅去了。孩子们擎着碗在客厅里，看电视的看电视，跳皮筋的跳皮筋。老丁坐在角落里，一直没到二女儿出来夹菜，心里有点动怒（他怨恨她长得太瘦了）。他老婆搬了一张椅子，独自坐在那张堆满脏衣服的大桌子旁，喂婴儿吃饭。她把那些米饭拌着青菜一块儿嚼碎，又吐在两个指头上，塞进小女儿的嘴里。

孩子们再也没有出来过，饭桌上安安静静。

老丁本来想去夹那块肥肉来吃，但他突然失去了主张，握筷子的手停在桌子上方。老板也伸手去夹菜，却被老丁的手臂挡住了。他好奇地看了老丁一眼。老丁的手又缩了回来，就着碗里的榨菜扒了几口饭。他低头扒饭的时候，看到了那个东西站在自己的大腿上。老丁仔细地看了看，那东西只有一根小拇指大小，并不怎么突出，跟他裤子的黑色相近，甚至也不立体。比裤子的黑色还要深一点，他想，可能是写毛笔字时不小心溅在上面的墨汁，因为它的形状十分随意。老丁盯着它看，直到它突然开口说话："老丁，你干脆去死好了，当然我只是随便说说。"老丁笑了笑，它的确说得很随意，好像出于无聊，或是为了报复他一直用失礼的目光盯着它看，才说了这么一句。他低着头吃饭，找机会（他觉得所有人都没注意他时）冲它挤了挤眼，咂了咂嘴，那意思是说，我现在不方便说话，不过你有何高见，不妨继续说下去。

那东西从他左腿跳到了右腿上，不过老丁定睛看时，它还是在左腿的那个位置上，一动未动。它虽然站着，但是它的边缘却好像被裤子的纤维给紧紧地缝住了。它真的继续说下去。它说：

啊！

差不多就说了这么多。

"哈哈，你把事情说得太严重了。哈哈，我哪有你说的那么可怜？哈哈，我……你……"老丁流着老泪，声带颤抖地说。他听到自己的声音在露台上响起，他知道这声音钻进了每个人的耳朵里。他真担心会发生那种怪事，别人都听不到他的声音之类的怪事。

8

还是没什么变化：店铺在傍晚六点半左右关门。老板娘会准点来店里喊吃晚饭。老板像石礅一样端坐在柜台后面唉声叹气，摇晃着脑袋对工人说："小周，没生意嘛！有个鬼生意，你看一天又过去了……不好搞啊，你以为老板好当吗？我一天的开支有多大，说出来吓你一跳！要不你来坐在这里试试，我给你打工？我巴不得像你一样领死工资。"

小周冲小何递个眼神，默不作声地咧开嘴笑。

"唉，关了吧，关了吧。"老板起身，拖着沉重的身躯和一连串长叹朝家里走去。其他人等——老板的家人和工人们——全都跟在他身后走出店门。最后走的负责关灯锁门。如果当时店里还有生意没做完，就留下一个看店的。

这个家里留给工人的特权就是，他们可以先洗澡。因为他们是干活的，身上容易脏。家里共有两个卫生间，他们各占一个，利用吃饭前的十分钟空隙把澡洗完，然后甩着湿漉漉的头发，将换下来的衣服丢到阳台的大桌子上。家里的保姆会负责将脏衣服——包括主人家的和工人的，男男女女、老老少少的，贴身的和外穿的，全都一股脑塞进洗衣机里去洗，晾干之后又全部搭在藤椅背上，等着他们自己去认领。白天，老板娘和老板的妹妹会将自家的干净衣服整理好，收进衣柜里，所以等小周和小何来取衣服准备洗澡的时候，藤椅背上就只剩下他俩的了。

这天傍晚，等小周和小何取完衣服后，椅背上还剩下一件军绿色的汗衫，像一张青蛙皮，孤零零地搭在那里。

孩子们仍然捧着碗在客厅里磨磨蹭蹭，一顿饭吃上个把钟头；老板的妹妹仍然将饭菜嚼碎，喂给小女儿吃；老板仍然穿着他的白汗衫，露出左边的乳头；老板娘仍然忧心阿春挑食，像母鸡护雏一样地护着餐桌上的荤腥。座位空出来一个。小周和小何暗地里较着劲似的麻利地夹完菜就往客厅里跑，混在一堆小屁孩中间吃，因为溜得慢的那个极有可能会被老板留下来，坐在那个空位上吃。饭桌上大家一声不吭，了无生趣。

小周和小何快速地吃完，拿了钥匙急匆匆地出门，说是回仓库睡觉，但其实他们还会到街上闲逛一会儿，去搞几把老虎机，或去货运站找搬运工们打一块钱的手搓麻将，等到十点钟以后，街上都冷清下来了，他们才会回仓库去休息。

出了门，他俩逃命似的拽着楼梯的铁扶手，一步十级地往下跳。四层楼下来，他们的脚总共沾地不到五次。在楼梯拐角，他们（身体横着）可以先将脚蹬到墙壁，再利用回弹的力带着身躯在空中转一个弯，双脚稳稳地落在某一级阶梯上。

"我的妈呀！我的妈呀！我的妈呀！"一到楼下，小何就激动地嚷起来。

"我知道，我知道！"小周从他身后巨大的暗影里撵上来，好像害怕自己一个人落了单似的，想跟小何并排走。他对小何想要说什么心领神会。

"那是老丁的吧？我没看错吧？"

"除了他还能是谁的？只有他有一件那种绿色的青蛙皮。"

"我的妈呀！说又不好说，我操！"

"他老婆还跟没事人一样，坐在那里吃饭呢。"

"操。晦气！"

9

下了班，我回到宾馆里。宾馆的老板像尊石狮子一样，坚硬且目光无神地坐在大厅的沙发上抽烟。除了前台值班的服务员和两名正在办理入住的客人，大厅里冷冷清清。穿着灰色工作服的保洁阿姨正在他边上拖地。老板挪了挪脚，冷笑一声，说："这一天天的……你也看到了，总共才来了几个客人？每天一睁眼就是上万的开支，房租、水电、你们的工资……这都是要从我口袋里掏的。你倒好，每天只要把地拖干净，一天的工资就挣到手。我呢？弄不好是要往里面贴钱的！你以为我吓唬你？要不你来当这个老板试试，我怕你一夜之间会愁白了头！"他一边发着牢骚，一边困惑地盯着他的员工看，好像在怀疑她到底能不能明白有钱人的苦衷。

保洁阿姨咧着嘴笑了："你有钱，你亏得起。我没钱，我亏不起。"

"哼，你说得轻巧。我不用养家糊口的吗？我不要留点棺材本啊？到时候老了喝西北风去！"说到自己凄惨的晚年，老板不由得换了一副可怜巴巴的眼神望着她，像在乞求她的同情。

"你这么大的老板都要喝西北风，那我们这些干活的人就不用活了。"那保洁员根本不打算施予他怜悯，她继续兢兢业业地拖着地，瞅空揩了揩额角的汗说，"你就一个女儿，再读两年书，毕业就能自己挣钱了，以后成了家又不用你养。我还有两个儿子，彩礼钱还指望我给他们挣呢。我都没说要喝西北风，你有啥好担心的？"

"哼，说的什么话！女儿就不是亲生的吗？"老板哀嚎道，"我就一个女儿，我能看着她过穷日子？我为什么让她去学酒店管理，还不是想着将来把她留在我身边，好接手我这一摊子买卖？"

我当时就想到了老丁。老丁的形象刚从我脑海中闪现，我就知道自己绝无可能接受这个操蛋的方案：我打死也不做第二个老丁。我就算做上门女婿，也不做有钱人家的上门女婿。

过了两天，便接到公司出差的通知。我立即买了一张当天半夜的火车票。

还在火车上，我就迫不及待地思念起我的小妹来：细细的牙齿，丝瓜一样的手臂，哦，还有那一缕若有若无的汗臭，多么狡猾的气味，多想趴在她身上闻个够……我想起那次公司聚餐，她主动大方地给我夹菜的样子。带着这份美好的回忆，我来到了高原这边凉爽而肮脏的街道。

高原这边发生了一些变化：我放在仓库里的几本书不见了；小何辞职了，新来的小杨顶替了他；老丁死了。

10

丁家的二姑娘，那个刚刚丧父的小女孩被电视里一档非常闹腾的户外探险节目给迷住了。那场过家家似的探险已经持续了个把钟头，意味着那顿饭她也吃了个把钟头，碗里的菜都结了一层油脂；她只在开饭时夹过一次菜，后来就一直捧着碗站在客厅中央盯着电视机，再也没有靠近过饭桌。一个多钟头下来，她活动的范围（如果她有活动过的话）不超过一块地板砖。所有人都吃完走了，只有老板娘和保姆还在露台上打扫卫生，孩子们也都……不见了，整个客厅里只剩下我和这个小女孩。

小女孩站那里看傻了，不时发出"呃呵呵——呃呵呵"的笑声，那准是又一个倒霉蛋掉进了水里。我吃下去的饭菜开始消化,我的头有点胀胀的。我实在不想去店里,虽然我吃了老板家的饭,好像确实应该下去帮点忙,哪怕给上门来的客户介绍一下新产品,如果实在没生意,就去仓库帮忙理理货也行。但是我的腿不听使唤,屁股陷在沙发里不肯挪窝。我脑子里转着一个主意:要不,出趟差?我这么想,跟我本该十分在意的业绩无关,只是为了离这家人远远的,到下面的县市去转悠几天,权当散散心,尽管那样一来吃饭投宿都得自己掏钱,那也总比跟这家人待在同一个屋檐下更自在。但考虑的结果连我自己也大吃一惊:我不想出差,我也说不清楚为什么。

趁着插播广告,二姑娘像一头被惊起的小鹿,猛回头——发现我正目光涣散地盯着她的背影看——下一秒便迈开她长长的小细腿跑去了露台。"搞什么!又吃饼干,你饭没吃完啊?"是她舅妈大惊小怪的斥责,隔着一堵墙传进了客厅,但我久久没听到她的回应。当她抹着鼓鼓囊囊的嘴迅速跑进客厅时,广告正好进入五秒倒计时,她脸上预先备好了笑,仍然站回她刚离开的那双看不见的脚印上,至少是同一块地板砖上。

"起来吧,您嘞!"我往沙发靠背上一仰,身子被弹了回来,腿在地板上一蹬,便站了起来。我想好了:出差!他妈的。经过小女孩时,从背后抱了她一下。

我记得去年刚来时，这小姑娘还坐在我腿上吃过我买的薯片。她转过身来，脸自然而然地埋在我柔软的腹部，仿佛想将自己闷死一样，鼻梁用力地往我肚子上的肉里揳进去，细小的胳膊箍紧我的腰。我摊开手掌在她背上抚了抚，心想，这也太瘦了，两片肩胛骨像两片饭勺一样耷在衣服底下，脊柱像一把缝在布料里的铁链子锁，摸着都硌得慌。不过她这身板倒是遗传了老丁的好基因，结实而匀称，手、脚、脖子都又细又长，皮肤也细嫩白净；除了嘴大，她真是一点都不随她妈。不过她爸在的时候，她可没有这么瘦。她妈只知道让她学习、背课文、写作业，而不大关心她的发育。她喜欢吃零食，不爱吃饭，这也是她身上不贴膘的原因。可是，哦，痛！一种绝对的痛，在铰我的肚子，像吃了不干净的东西一样立竿见影。我一把推开她，掀起衣服看时，肚皮上留下两排深浅不一的红牙印，渗出血来。她有一口和她妈一样的牙齿！小女孩歪起脑袋与我对视，那眼神明面上佯装无辜，暗里却充满了挑衅。

11

因为——据小周说——我的书都被老丁给撕了（至于为什么撕，小周也无可奉告），我只好郁闷地再去了一趟二手书店，这次没什么收获，只买回一本西班牙作家伊巴涅斯的小说集《卢娜·贝纳莫尔》。里面有一篇，写一个男人被狗咬之后，染上狂犬病不治身亡。那惨烈的场面令我印象深刻。

我绝不能那样死掉，原因是我恶心那种死法，像一条疯狗似的绝望地狂吠、孤独地死去。为此，我去找小杨请教。

新来的小杨二十出头，刚毕业；留着短发，看上去憨厚守分，说起话来细声细语，却不可思议地斩钉截铁，底气十足。他自称他拿的是医学院的文凭，但他一点也不想当医生，只想回老家去开家五金店；之所以来这里当小工，是因为老板是他的族亲，他可以在店里边干活边学经验。

小何大闹一场之后，甩手不干了，货车现在是小杨在开。

小杨一袭（干活的人穿的）蓝大褂，下摆垂到膝盖以下，似乎他弃医从商仅仅是因为喜欢蓝色更甚于白色；长着一张皮肤紧致的胖脸，又爱笑，笑得眼睛都眯成了一条缝，像只肥猫；不过肥猫可没有他那样前凸的大嘴，以及那两排大猩猩才有的龅牙。或许血盆大口外加两排龅牙是他们这个家族的标配，不过相比起老板和他妹妹，小杨这副尊容却让我平添了几分好感和信任——虽然同属于大型动物，但小杨和那对兄妹之间的区别，正是食草和食肉的区别。

小杨抿嘴一笑，没抿住，两片肉唇像潮水般退去，露出龅牙的河床："你怎么让她给咬啦？""就是抱了她一下嘛。你看看是不是出血了？"小杨细心地察看伤口，用食指在舌尖上蘸了点口水，均匀地抹在牙印上，像是在我肚皮上画了一个清凉的圈，然后就将我的衣服下摆放了下来。

"不用打狂犬疫苗，打什么狂犬疫苗咯！哈哈，你真搞笑。"小杨发自内心地大笑；我之前的担忧（就像碰到了对的人）被解读出某种幽默来。

12

老板的妹妹一天到晚管不住自己的嘴。店里没什么生意，她搬了张板凳抱着婴儿坐在门口晒太阳，看到那个挑着火盆的老头经过，就鼓起眼珠子瞪着他："老头！你等一下，烤点洋芋吃。"语气也不怎么友好，不知道谁触犯了她，或许只是怪这老头竟然没有主动问她要不要吃点啥。

老头肩一斜，就把担子放了下来。担子的一头是一盆快要燃尽的炭火，另一头是用一板豆腐盖住的木桶，底下是半桶洗得干干净净的洋芋、满满的一塑料盒卤香干，以及装在矿泉水瓶子里的各种调料，桶耳上还挂着一把便携式的小马扎。老头将小马扎叉在地上摆稳，然后一屁股坐下来，麻利地往火盆里添了几团麸炭，很快，一股青烟冒起。老头将脸凑过去鼓起嘴巴吹了吹，一匝浓密的灰白胡须像刺猬的毛一样立了起来，腾起的几粒红火星儿，精灵一般，趁机一头扎了进去，烫他的唇。

老板的妹妹要了五颗洋芋，豆腐只剩一板，她干脆全要了。当地的洋芋只有鸽子蛋大小，皮薄肉实，吃起来粉粉的。豆腐比手掌略薄，上面像棋盘一样用铲刀划了很多小格，一格就是一小片。这也是当地特有的一种豆腐，有一股淡淡的酸腐味，专门用来烤着吃，撒上研得极细的辣椒面，一口一片，味道独特。

"再买点这种香干吧？"

"不要。"

"蛮好吃的。"

"蛮好吃也不要。"

老板的妹妹两眼放空，眼珠鼓起来，有点吓人，含混的目光（像死水表面浮了一层油污）笼罩在炭火上方青烟弥漫的铁丝网上。老头推销遇挫，便噤了声，惆怅地用筷子在洋芋身上戳了些孔，又翻了翻烤出一面金黄的豆腐，然后抓起装有辣椒面的矿泉水瓶，倒过来，挤一挤，在食物上空降下一场呛人的红雨。

中午正是生意最萧条的时候。这时老板一般在家里睡午觉，小周和小杨则在仓库理货，只有老板的妹妹一个人抱着婴儿守店，幸亏可以打打牙祭，她才不会无聊得睡着。

当她吃到第五块豆腐的时候，我带着两名同事小黄和老廖回来了。我因为常驻这边，老板就是我的代理商，所以我跟这一家子都很熟了，平常不出差时就和工人们一起睡在他的仓库里，吃饭也在他家里吃。但是这两人初来乍到，又碍于自己的特殊身份，生怕吃人家的嘴软，便拿出一副公事公办的态度，尽管老板一家盛情邀请，仍执意不肯到家里用餐。我只好带着他们到街上随便吃点。

老板的妹妹老远看见厂方的三个人吃完饭回来了。

"老头，再烤十个洋芋！"

13

我现在就来说说小黄和老廖是怎么回事。

好像是在我出差的第五天，我被老板一个电话叫了回来。"李胖子说明天你们公司要来两个人？"李胖子就是李经理，公司的营销总监。我挠着头皮说："不知道，完全没接到通知啊。"老板露给我一个苦难的笑："哼，不好搞！哪有什么生意？等他们来了，你带他们到下面去多跑一跑，让他们也知道生意没那么好搞。"

第二天，那两人就拎着可怜巴巴的行李，像两个钱包被窃、沿路乞讨过来的人，出现在老板的门面里。人家根本就不是来帮他跑市场的，人家是董事长派来的退货专员。

其中那个年长者，也就是老廖——跟得过抑郁症的廖老板同姓，不过这也没什么奇怪的——大约三十八九吧，身材修长，眼神阴郁，话不多，一副胸有城府、深不见底的样子。而另外那个，小黄，应该才二十出头，略显活泼，给人感觉头脑比较简单，很容易被收买。

我见到老廖的第一眼，就觉得这人从样貌到气质，甚至连说话时的神态，简直跟老丁一个模子里刻出来的。我等着有人来分享这显而易见的发现，但奇怪的是，似乎除了我，别人都没有这觉得。

我带他们去街上吃饭时得知，这两人是从公司的生产车间里临时抽调出来的，小黄来自质检部，老廖来自组装车间。他们出来一个多月了，全国到处跑，上一站是武汉。公司给他们的任务是两个月之内处理完全国的退货，然后继续回车间上班，直到下一次出差。我说："这样也好，出来透透气。对了，你们老家是哪里的？"小黄说:"我是江西的,那个屌毛广西的。"他用筷子指了指老廖。我说:"我们销售部有个文员,是个小妹子,她也姓廖,好像也是广西的。廖大哥认识她吗?""认识。"老廖笑了笑,说,"咦,你住哪里啊?"我说:"我没租房子,晚上跟工人们一块儿睡在代理商的仓库里,省钱嘛。"小黄说:"我们在附近的宾馆开了间房,你晚上过来玩不?"我说:"再看吧。"

那天中午,在外面吃完饭回到店里,老板的妹妹请我们吃烤洋芋。我没吃,这玩意儿我早就吃腻了。老廖只吃了一个意思一下,似乎还觉得过意不去,便回赠他的善意:伸手轻轻地弹了一下婴儿肥嘟嘟的脸蛋,笨拙地笑着对老板的妹妹说了一句什么,然后两个人同时笑了。那一刻,他真是像极了老丁。老板的妹妹便将婴儿举起来,老廖顺手接了过去,小心翼翼地用臂弯抱起了她。

14

小说到这里本来可以结束了,但有一个无关紧要的结尾仍不妨加上去。

小黄——他当时正站在小说结束的地方——从裤兜里掏出一包皱巴巴的烟来:"我们这种便宜烟你抽得惯

不？"我善良地接过一根，宽慰他："我抽的比你还便宜，我都不好意思拿出来。"我一边点烟，一边带他往树底下走去，以便抽完之后在树干上捻灭烟头。那棵树早已被我烫得浑身黑疤。

小黄猛吸了一口，轻蔑地吐一缕烟雾，缓缓说道："你以后别在他面前提小廖，他们是一个村的……哼！我就直说了吧，据说他是她爸，在公司那边，他们住的是一个出租房。但在外人面前，他都说自己是她叔。不知什么原因，他好像不想让别人知道他们的关系。小廖也是，在别人面前只管他叫叔。"

"为什么？"

"谁知道呢！谁也不好去问……对了，你以后回公司也最好不要在小廖面前提那个屌毛。"

我吐着烟圈说："我知道了。"说完又快速地吸了几口，便在树干上捻灭了——还剩好长一截。

天　堂

1

在杭州，我睡在出租屋的地板上，因为我没有钱买床。我睡在天堂的地板上。天凉了，秋天可能来了吧。

两天没去人间烟火喝酒了。也没见到小渠。怀念她掐我脖子时的感觉。

今天晚上，我去了人间烟火，还是像以前一样，点了瓶啤酒和一个凉菜，让小渠给我送到天台上去。天台果然没有客人。我坐下来，点了根烟。不一会儿就听到脚步声，她提着酒上来了，另一只手倒提着一只玻璃杯子。我问她："我的菜呢？"她大声说："还没做好！"我就笑："为什么不一起端上来呢？为什么要跑两趟？"因为她想找机会跟你多待一会儿。她说："要你管，没事我下去了。"我从桌底下拖出一把椅子，请她坐。"不坐。"她说。低着头，看自己的手藏在围裙兜里玩弄一个什么东西，似乎挺无聊、挺沉浸。

我进来的时候，楼下还有两桌客人，他们已经吃得差不多了。

喂，她问我，你眼镜多少度的？我说，三百度。不会脏吗？会啊。我取下眼镜吹了吹，用衣襟擦了擦，又戴上。她乐了，哪天我帮你洗洗，我可会洗了。你怎么会洗眼镜呢？你猜？

我没猜，我大概知道怎么回事。她终于把那个东西从兜里拿了出来，是啤酒起子，过来把啤酒瓶开了，帮我倒酒。"因为我洗过。"她说，"我下去啦。"

酒面微微晃荡，泛起雪白的泡沫。

楼下门口传来一阵很闹的说话声。那些客人吃完走了。

可能是收拾碗筷了吧，我慢慢地喝完一杯啤酒，她才把菜端上来。是卤鸡爪。我问她要不要一起吃点，她摇摇头，看着我说："你真的好奇怪。"

帮我倒完酒，她就站在我身后，跟我说话。

"你那个猪一样的老板呢？"

"他不是我老板。"

"你不是叫他黄老板吗？"

"他是客户，我们公司的客户。"

"哼！那么胖的客户。"

我再次确认四周没人，然后弯了弯手指，示意她伏下身来，要跟她说悄悄话。

"什么嘛？"她笑着把脸凑到我嘴边。我用我沾满菜油和酒的嘴唇在她脸上碰了一下。她赶紧跑远了。并骂我流氓。直到我下楼买单，她都没有再上来。买单的时候，她拿眼睛瞪我。我说，干吗瞪我？一个菜吃这么久，她气呼呼地说，我要下班了！

于是，我就在外面等她。

她表姐没来店里接她，她一个人走了出来。我和她一块儿走，她故意一会儿快，一会儿慢，不愿跟我并排。快到路口的时候，我说，我带你去找你媛媛姐玩。她见过媛媛一两面，还有她那个利用暑假过来体验生活的高中生弟弟。他好像有点喜欢小渠，他们年龄相仿。

我不等她回答便拐进路边的巷子。她慢吞吞地跟了来。

杨柳不在。媛媛把院子里的灯开着，大家就站在院子里，闲聊。也许是因为见到媛媛和她弟弟，她今晚非常开心，和媛媛站得很近地嘀嘀咕咕，两个人时不时爆发出一阵咯咯的、裹挟着秘密的笑。她们那些长长的手指，似乎也一见倾心，时不时自然地碰在一起，相互轻轻地捏一捏，又松开，你帮我扫一扫刘海，我帮你掸一掸袖口上的毛絮。

媛媛个子娇小,有一口参差不齐的牙齿,特别可爱。三个月前,在公司的时候,我曾经跟她说过一次我喜欢她。我那样说是因为我以为她也喜欢我。但我真的很喜欢她那口牙齿。可她说她一直把我当好朋友,她很快就要辞职回老家了:"我只是有点舍不得你这个朋友。"我问她,是不是因为杨柳在追她?快别提他了,她说,他好恶心的。

公司临时把我派来浙江,协助杨柳推广新产品。浙江市场一直是杨柳在负责。没多久,媛媛就带着她弟弟从老家过来了。当晚,黄老板设宴给姐弟俩接风洗尘。媛媛在公司销售部做文员的时候,黄老板就是她对接的客户,早就很熟了。那也是我第一次去人间烟火吃饭。我注意到一个留着男生头发的女服务员,英气的长相配上一副看起来性格直爽、时常恍惚的神情,让我忍不住多看了她几眼。但我当时的心思并没有在她身上。我沉浸在原因被深深埋藏起来的快乐中。媛媛的弟弟也很兴奋,他第一次离开农村,来一个大城市,坐在一个包厢里吃饭——和一个胖胖的、充满活力的老板,还有两个连名字都没问就直接叫他弟弟的大哥哥,他可能感受到了我们身上有一种天然的亲和力,以及他非常向往的社交能力。再加上他还喝了点酒——姐姐说不要给他倒酒，他举着杯子凑到瓶口："我下下下个月就满十八岁了！"——似乎有点晕乎乎的，于是显得特别放松，看上去那么腼腆的小男生，竟然时不时爆出几句让我们笑得发抖的俏皮话来。

我问媛媛怎么想起来杭州玩。来看你啊，她笑眯眯地望着我说，没有啦，我来给黄老板打工。

"真的吗？"或许是因为从来没想到过这一层，我当时觉得，这真是太好了。

"你猜。"她仍然笑。

是真的。随后黄总也正式宣布了这个消息，媛媛的弟弟也会在他这里实习两个月。又是一轮碰杯。

当我还不知道在为什么事情开心的时候，杨柳（已经有点醉了）站起来说，我先送媛媛回酒店吧。我顿时警觉起来，仓皇四望。黄老板在翻他的皮包，媛媛别过脸去喝饮料，她那个傻弟弟已经离开餐桌，跑到门口跟那个留着男生头发的服务员说话去了，两个人都低着头，似乎聊得很生硬。黄老板从包里拿出房卡，递给杨柳："房已经开好了，你先把媛媛的行李搬上去。房卡上写了房号。"杨柳接过房卡，用他那中气十足的声音说："好的，好的。"那是他最常对客户说的，混含着赞同、迎合、感激、承诺、爽快的意味。接着就是——"走吧，媛媛？"声音瞬间降到了温柔的刻度。

媛媛慢腾腾地站起来，她不敢望我，目光直接越过我和杨柳，搜寻着。"我弟弟呢？"弟弟跟那个服务员（她仍一脸恍惚）礼貌地挥了挥手，低着头小跑过来，还没来得及藏起那一脸的兴奋。"我们去酒店了，你去吗？"媛媛厉声问弟弟，似乎有点生气……

但她今晚的心情很好，搂着小渠的长腰，眼神间溢出蜜意："姑娘，你怎么长的，比我高出一头。"细细的手指有半截躲在衣袖里，贴着自己的头顶平移出去，在空中滑翔，稳稳地抵达小渠的下巴尖。又顺势一把捏住它："嘿，竟敢比我高这么多！"

小渠就说，可是你比我漂亮啊，他们都说我不像个女的。

我心说：荒唐！你不用留长头发也很美啊。而媛媛只是因为年龄的优势，显得比你成熟，女人特征更明显，更有韵味而已。

"我比她高，我比她高！"弟弟兴冲冲地跑过来，突然想到了一个激动人心的点子，跑到跟前却又迟疑了。姐姐立即化身慈祥的长辈，露出洞明且宽厚的笑，一手拨一个，将他俩拉到一起，背靠背。

弟弟稍高一点。（弟弟的神情是幸福中夹杂羞涩的，眼睛里颤动着清辉。）

小渠气坏了，不甘心，扭头望向我："你！过来比！"

你刚才已经偷吻过她了。在天台。在脸上。

我不想离那姐弟俩太近。我当时站在院门外边，自己在路灯下踢路边的石子玩儿。见我不动，她自己气呼呼地跑过来了。

和她比身高的时候，又趁她挨我很近的机会偷袭了她，这次是嘴唇。我闻到一股气息。她拍打了我几下，"我看到你就讨厌！"她恶狠狠地说。有一下拍在我脸上。很重，还好声音是浑的，不响。

媛媛说："小渠，打闹可以，但是你不好打他的脸的。你打他的脸，他就没脸了。"

"可是他那样！……流氓！"

弟弟装着笑，不说话。我又想起——他刚来杭州的那天晚上，最终我们都去了酒店。好像是说，因为行李太多了吧，就干脆都去帮忙了。

"房间不错，房间不错。"黄老板在房间里巡视一圈，然后拍拍杨柳的肩膀，"早点休息吧，你今晚喝了不少，还行不行？"

"好的，好的。"

表情近乎谄媚，那两个朝天鼻孔被笑了一下的脸皮扯得更塌了，浓密的鼻毛探了出来，粗得骇人。"他好恶心的。"

床铺摆在房间中央，白色的被子，蓬松，没有光泽，像泡水的馒头。媛媛走过去捏了捏，若有所思，不知道是不是担心它太软，太厚……

只有一张床。可怜的弟弟被遗弃了。我看得出来，他还一直被蒙在鼓里。在来酒店之前，他还不知道姐姐今晚会被一个他才初次见面的男人压在身下。在刚才的接风宴上，他对这个有着磁性嗓音的男人毫无戒备，甚至充满了崇拜。

准备离开酒店房间的时候，我听见裤兜里手机在响。我接起来时，感觉像一个人带着密封的面具在跟我说话，那些声音被闷在里面，撞得支离破碎。我说了声信号不好，朝门口走去，想趁机离开这里，到外面去接听。可是对方却那么急着将电话挂断。我大吼一声"我去你妈的"，将手机摔在了地上。我的眼镜也飞了出去。

我蹲下去找眼镜的时候，听到他们在我头顶上说："他怎么啦？""我不知道啊，突然就……""可能是喝醉了吧。"他们蹲下来，帮我找到手机、散落的电池和键盘……

从酒店出来后，黄老板自己开车走了。他叫我将弟弟送到杨柳的住处——这个带院子的出租屋里来。那天晚上，弟弟一路上也是这样装着笑，不说话。我觉得他身上有一种痛苦赋予他的魅力，当他选择承受和慢慢消化（而不是试图立即赶跑）这种痛苦时，深沉的魅力就显现出来了。我真是虚长他几岁啊！想到摔手机一幕，我脸发烫，太丢人了！

像两个哑巴似的走了一阵之后，我终于开口问他，刚才跟那个服务员聊得怎么样。他立马就兴奋起来："啊！你觉得她好不好看？是我接触的女生太少了吗，我怎么觉得她那么好看！"我说："好看啊。"他这才放心了："我怕你们笑话啊，好像没见过世面一样。我以前没去过大城市，怎么一来看到一个女孩子就觉得好看得不得了。"我说："喜欢就去追啊，你问她要号码了吗？"你姐姐就是这样被人家追到手的。他羞愧地低下头，说："没要到。她说她没有手机。她的工资都交给她姐姐了。也不知道真的假的，可能是不想给我吧。""没关系，"我说，"你还是找得到她啊，你可以去她店里找她——对了，你知道她叫什么名字吗？""她说她姓渠。""可以啊，弟弟。"

我回去之后，躺在地板上，睡不着。不断地想到媛媛的脸——被杨柳的鼻毛扎得很不舒服。

2

昨晚，第一次送小渠回家。虽然因为她表姐在，我连牵她手的机会都没有，但我还是很开心。不过，她这个人说话不算数，说好今天一起吃早餐的，竟然不来，害得我白等。

中午，小渠终于从那恼人的工作中解放出来。她借别人的手机打电话给我。我叫她来家里坐坐。她答应了。结果，跟昨晚一样，还有她表姐。她们一起来的。她那个傻傻的表姐（又矮又胖），一见到我就想用我的手机打电话，不知她哪来那么多电话打。我亮出一台刚买的PHILIPS，薄薄的白色机身，真是漂亮。"咦？怎么有两台呢？"那个傻表姐还说着这样的傻话。"我买的。"我说。"什么时候买的？"表姐又问。我想，其实小渠一定是知道的。怎么回事她早就猜到了。"我刚买的。""多少钱呢？"那人怎么这么喜欢问？"两三百咯。二手机嘛。可是真的很漂亮。"我说。表姐还在感叹："怎么这么便宜。"好了，我可要说了。虽然小渠肯定猜到了。我说这是为小渠准备的生日礼物，虽然旧了一点。"不要说！不准说！"小渠双手直冲我的脖子又过来。"过来！"她好像变得严肃了。"到那里面去！"她把我叫进卫生间，又狠狠地瞪我两眼。"我叫你不要说……把门关上。"于是门也关上了。一开始，她肯定是似笑非笑的样子。又好像在生气。"怎么啦？"我说。"不准你说。""为啥呀？""不说！""是不是不喜欢？""不是！"卫生间真是太狭窄了，我们几乎无法转身，肢体磕磕碰碰。那个表姐又在外面用我的手机打电话给谁了。"不要让她知道！"小渠这才说。可是她一直是知道的啊。是她把表姐扯进来的。后来，我们一起坐在洗衣服的台子上。瓷片使我们感到冰凉。我把脚搭在对面的墙上。她非要拔我的腿毛，痛得我嘴都歪了。表姐的电话打完了，推门进来看我们在干什么。小渠说是在帮我清理卫生间。她又出去了，说是还要打一个电话。我们开始搂在一起。说了些什么有点记不起来了。过了一会儿，她好像累了，把头埋进我怀里，说是让她睡一会儿。由于没开窗，不一会儿，她的脸上冒出了汗。表姐在外面说好无聊，问我们出不出去。我们已经不想理她。小渠的脸红红的，她干脆把门给反锁了。这时，我才鼓起勇气寻找她的嘴唇。我们在里面待了差不多一个小时。不断地吻啊吻。那个表姐，招人嫌的监护者，爱情的绊脚石，一个劲地催我们出去，我们一声不出。外面又传来打电话的声音。（我的电话费！）当我问小渠爱不爱我的时候，她不再像以往的调皮，直说好爱。我搂着她；她像刚睡醒的样子，又像是大病一场，头上冒着汗，发丝粘在额角。她再也不舍得出去了。后来，才开始清醒过来，我们亲密地谈着话。她说她妈肯定不会同意，因为太远了。四点半，她表姐才见到我们，她们两个一起匆匆忙忙跑去上班了。那些吻——她会跟她表姐讲吗？

只剩下我一个人的时候，我躺在地板上。想起刚刚离去的小渠（临别时，趁表姐转身，我们匆匆一吻），感到那么美。不一会儿我入梦了。在梦里这个可爱的影子还是不断亲近。后来，窗外一声粗鲁的呼声把我从睡梦中唤醒。那似乎是在呼唤我的名字。天色已晚，我懊恼不已：一切，又随梦而去了……

坐起来，过了片刻才明白过来：那些事发生在做梦之前。是真的。

3

我接到一个让我心碎的电话，小渠用我买给她的手机打来的。她心事沉沉地说，要把手机还给我。她不要我的手机。她说等我回了贵州肯定不会再回来了，我肯定是个骗子。我们不要再见面了吧，她说。你也不要去店里找我了，她说，我过几天就辞职。她说，我觉得自己很不好，可能会让你失望。说着说着就哭了。她说她以前不懂事，在学校的时候和一个男生好了，她本来不喜欢他的，看到他就讨厌的，是因为他给她写了几百封情书，让她不知道怎么拒绝，她没办法才跟他好的。你都不知道那些情书堆在一起有多可怕，把我课桌都塞满了。但那人是个骗子，他还让另外一个女生怀孕了。这件事情她家里人都知道了，他们都骂她，让姐姐把她带到杭州来打工，看管好她。她说，我觉得自己很坏，可是你老说我很单纯，让我觉得你是不是在讽刺我。我还是把手机还给你吧。她哭得很伤心。

可是我的心在那一刻碎了。我觉得自己更需要安慰。我在电话里哀求她，你快别说了，我不行了，我不行了，你让我透一口气。我轻声地咆哮（根本提不起力气大吼），你不要说我是个骗子！（这个词让我怒火中烧。）我注定没有当骗子的命。我说，我也不知道……我脑子里一片空白……我不同意……但是我也不知道……我先挂了，我真的快不行了，我要去透透气。

外面下很大的雨，我开了窗，被雨沫打湿的空气中夹杂着一股呛人的泥腥味。看到雨，眼泪便汹涌而出，像泥石流一样滚落，擦伤了我的脸。我想起媛媛的脸，怎样被一撮鼻毛刺伤。我以为小渠那么小，总不至于也曾被爱情所伤。你以为她只是为某个人洗过几次眼镜而已。但现在……我望着雨中的世界，才发现它那么冷漠无情，尽管被雨水浇得像只落汤鸡，却仍然强大无比，不但已经发生了的不可挽回，就连现在和未来都不容改写，如同铁板一块。我的目光仿佛看完了整个世界。整个世界都在下雨。整个世界都布满了我爱的女人，过去、现在和将来,她们都躺在布满整个世界的男人的怀里……

第二天下午,小渠到我家里来还手机。她神情恍惚,跟我第一次见到她时一样。但是她吻起来多么用力!我们倒在地板上,钻进又脏又破的被子里,这回,她没有像之前那样推开我的手。她的牛仔裤很难脱。我不得不掀开被子,跪在她脚边,俯下身去扯她的裤管,可是纹丝不动。直到她稍微抬了一下屁股,那裤管才顺利地沿着她的双腿滑脱,仿佛两列平行的火车在雪地上急驰。我看到了女人雪白的身体,与其穿着之间形成了巨大的反差,存在本质的殊异,有如天壤之别。这一闪念在我心尖上犁过,翻起一片哀凉。小渠坐起来抱住我的头,用力地吻我,使我无法盯着她的身体看。后来她一把拖过被子,盖在我们身上。

不久之后,我回到贵州。

4

到年底,我决定去看小渠。我先在网上查了贵阳到杭州的车次,然后去火车站花五块钱买了一张贵阳到贵定(附近的一个县城)的站票。我凭票上了火车。火车上挤满了人,我挤在人堆里站了三十六个小时。看到有穿制服的过来查票,我就躲到厕所里去。列车在杭州境内的一个小站停靠，我主动找到乘务员补票。乘务员问我从哪里上车的，我说，我就从这个站上车的，我买了去杭州的票，进站后不小心把票弄丢了。补票花了九块钱。

出站后，一股冷空气迎面袭来。我不由得抱紧了身子。正是凌晨，马路上车辆稀少，亮着车灯速度飞快地从我眼前驶过，轮胎碾在路面上的声音显得潮湿、绵长。我拎着行李袋，站在冷风中抽了根烟，等来了一辆出租车。上车后，往座位上一靠，顿时感觉腿已经没了，浑身瘫软如泥。我干脆蜷缩着躺倒在后座上，不一会儿就睡着了。

是司机把我叫醒的。到了。我站在人间烟火外面，透过紧闭的玻璃门看见那些桌椅的轮廓从一片暗色中显露出来，这才开始有了那种感觉——回到一个熟悉的地方的感觉。天色渐亮，路灯次第熄灭，从一些巷口开始有零星早起的人汇入街道，或骑着电动车，或介于疾行与小跑之间……这些零零星星的人，像约好了似的朝着某个地点集合，很快就聚起一小堆，又一小堆——在附近的公交车站台，或围绕着路边的早餐摊。卖早点的少妇（颇有几分姿色）抱起几层蒸屉，一团白色的水汽似浓雾腾起，马上被风卷着，张牙舞爪地往人们脸上扑去。风钻进我的毛衣，刺在皮肤上，寒凉啮骨。

在一条巷子深处，有一间小酒店，开张还不到一年，给人的感觉挺干净。我在离开杭州前，就已经相中这家酒店，当时想，如果有一天回来看小渠，就住这里吧。房钱差不多花光了我逃票省下来的盘缠，贵是贵了点，但房间的装修和布置都让我挺满意，跟上次黄老板给杨柳和媛媛开的那间房相比，虽然档次低了一点，但是胜在温馨。那家酒店的房间更大，床也更宽，而且还垫着厚厚的地毯（拜它所赐，我的手机才没被摔坏），但这些对我来说都没有多大的意义。一米五的床足够了，十平方米的房间足够了，再大则适得其反——特别是想到我在火车上站了三十多个小时才将我们之间的距离从一千公里缩小到相距几条街。我脑子里还闪过不久前看过的一本小说，里面有一句话被我划了波浪线：这世界哪有那么大，可以让两个相爱的人去退缩？不过当我试图将这句话套用在我和小渠身上时，又觉得未免有些夸张——我们好像并没有爱得那么深刻。

我洗了个热水澡，用手机给小渠发了条短信（她应该还没起床吧），然后就上床睡了。

醒来是下午两点多钟。没看到小渠回短信，也没有未接来电。我出去吃了一份炒年糕，然后慢慢地走到人间烟火门外，拨通了她的手机。我感觉一首彩铃都快唱完了，她才接。她问我，你在哪儿？我说，我在人间烟火的门外。她咯咯笑了，好像特别开心，但是又不无置疑地说，你真的来杭州啦？我说，是啊，我骗你干吗？啊！真的来了？她又笑，可是我不在那里做了啊。我马上意识到，她可能已经离开杭州了（她居然从没跟我说起过），所以听到这句话之后掉头就走，我怕被人间烟火的老板看到（他可能已经透过玻璃门看到我了），那将被传为笑谈：那个傻小子横跨了几个省来看——甚至可能被粗暴地言说为"来睡"——他店里的一个女服务员，殊不知人家早已不在杭州了。那你在哪里？我耐着性子问她，并已经准备好当场发飙。我现在在延安路上班。哦，幸好还在杭州。你跑去那里上什么班，那么远？卖衣服啊。帮你姐姐卖吗？不是啊，我姐姐是在服装厂上班，又不是开服装店。

我们约好在西湖边碰头。我打了个的过去。她还是一头短发，恍惚的神情中透出一丝羞涩的笑，我朝她走过去。她背着手，看我走向她，不时垂下头，一条腿离地，作金鸡独立状，仿佛生怕我对准她身上一头撞过去，在我快靠近她的时候，轻轻地往一侧跳了一格地砖的距离。我已经从现场微妙的氛围中预感到了，这将是一次平淡无奇的见面，不会有牵手，不会有拥抱，甚至不会有情人之间轻佻的玩笑。如果这时候能从口袋里掏出一个礼物就好了，说不定立即可以冰释这种距离感——爱情中这种怎么挤也挤不破的气泡。可是我什么也没给她带。我们像是又回到了恋情开始之前，在去看媛媛的路上，她不敢和我并肩走，时而走在我前面，时而又落下一段距离。我感觉我们的爱情正处在无处不在的严密监视下，我们必须躲躲闪闪，装作没谈恋爱。

我问她："怎么你换了工作也不告诉我？"

她说："我为什么要告诉你？"

不知道如何打破这种僵局。更不知道如何将她带回酒店的房间。

我们不知不觉离开了西湖边，朝那些熙熙攘攘的街巷深入。在拥挤的人潮中，爱情中不容忽视的距离得到了掩饰，我们行走得更加自然，和不同的人接踵摩肩、擦身而过，不断地与陌生肢体发生碰撞，隔着衣服也能感受到肉身的柔软和骨头的坚硬。但是没有人会对这个现象生出狐疑，或在它面前停下来想一想它的合理性与正当性。有一次，正低着头走路的小渠，一头撞进一个高大帅气的男生怀里，那男生举起一只手来挡在胸口，非常绅士地说了一声："对不起。"小渠吐了吐舌头，一脸窘迫地急于从他身边溜走。我忽然心情大好，追上去，摸了摸她的头，肆意将她的头发揉乱。我发现这样做并不需要很大的勇气。她笑了。

在一个蹲在路边的中年女贩面前，她突然停下来。"我想吃核桃，"她扭头冲我说，"你给我买一点嘛。"

核桃在竹篮里堆成小山包,"山头"插着一块硬纸板,上面写着"正宗萧山薄壳山核桃,35元/斤"。我说:"你真的要吃这个吗?"她充满期待地点点头:"嗯嗯!"我说:"看上去丑不拉叽的,一点都不好吃。"她说:"好吃!不过有点贵,买一点点就好了。"我确实也没买多少,接过女贩递过来的塑料袋,抓了两捧放进去,看上去未免太少了,于是又添了一捧。没想到这东西这么吃秤,女人捡起脚边的杆秤称了一下,说:"老板,五十块钱。"说着又抓了几颗放进袋里。我脑子里嗡的一声,顿时想到可能被坑了,但又不可能不买,只好硬着头皮,默不作声地掏出钱包,把钱付了。

我提着袋核桃,刚走出几步,她就追上来,两只手拖着我的衣袖说:"对不起对不起!"语气急切,好像闯了大祸一样,边笑边不安地望着我。我说:"怎么啦?""这也太贵了!"她说,"我以为只要十块钱就能买很多。"

5

第二天,我就把酒店的房间退了。

在这个我只住了一晚的房间里,并没有如我所愿发生爱情。那天下午,我们只在街上逛了不到一个小时,她就回去了。她说："我要回去了。""啊？那我怎么办？"她一脸茫然，好像根本没意识到这个问题。她甚至没问我这次来杭州停留几天，所为何事，住在哪里。我提醒她："我是专门来杭州看你的啊。"她挠挠头说："我出来没有请假，只是跟同事说了一声，让她临时替我顶一下班。"所以她不能出来太久。我说："那我等你下班？一起吃晚饭？""不用。"她爽快地回绝了，"我要晚上十点以后才下班，晚饭就在店里吃。"我说："那么晚下班？你怎么回家？""跟我表姐一起坐公交车回去。"我早该想到她那个傻表姐，一定也在这条街上，甚至很可能跟她在同一家店里上班。不过我已经懒得问了。我只想知道什么时候能再见到她（我们单独相处，很久很久），她说明天不行，明天是周末，店里生意很忙，不能请假。"那后天呢？哦，后天也是周末。""对不起对不起！"她急死了，又开始愧疚起来，"你放心，我一定会抽天时间来陪你的。等我电话呵。"她提了核桃走了。我只吃了两颗——是她剥给我吃的。

正因为是这个情况，所以我当机立断联系了宝玉——他是我在杭州时认识的另一厂家的业务员，八月份刚被派到杭州来的时候，还短暂地在我那里借住过，和我一块儿打地铺，直到他找到合适的出租屋。宝玉说，我可以在他那里住几天。于是第二天我就把酒店的房间给退了。宝玉还住在原来的地方，离我之前的住处以及杨柳的住处都不远——为了方便和客户保持联系，我们一般会住在市场附近。"就是以前那个小姑娘啊？"宝玉给我开门后，饶有兴趣地问我，脸上带着那种长者的微笑。我说："就是她呀。"宝玉见过小渠，以前他还住在我那里的时候，有一天我和小渠躺在地板上亲嘴，他进来了。当然，他啥也没看到，因为一听到开门声，小渠就像只兔子一样蹦起来，跑到窗边去了，假装在看外面，只剩下我一个人躺在地板上，显得特别怪异。"靠，你玩真的啊？"他说，"我还以为你过来谈业务呢。居然是为了一个女人。"我说："人各有志，我对谈业务没兴趣。"宝玉便看着我，像看树上的果实："你还是太嫩。大学才毕业吧？""毕业两年了。"我说，"我只是不懂人情世故。"宝玉哈哈一乐，不予评价。这使我感激。我其实挺喜欢和这位前辈相处，他敦厚温和，不具备侵略性，在同行里面算是很有教养的。他虽然调侃我的爱情，但并无不敬，语气和眼神中透露出的鼓励成分比较多。所以我有什么事情都喜欢跟他讲，而他不经意间也都听进去了，仿佛他是一块海绵，能吸纳我所有的泛滥，使自己变得饱满。我好像还跟他说起过媛媛，尽管我已经忘了我说了些什么（我根本就说不清楚内心的那些芜杂的枝节和缠绕的藤蔓），但我仍记得他听完之后整个人神采奕奕，满脸红光。

"媛媛还好吗？"

"分手了。"

"啊？为什么？"

"你去问杨柳啊！"

我才他妈的懒得去问。"那……媛媛，"我本来想问有没有伤心什么的，话到嘴边却变成了，"还在老黄那里干吗？"

"她已经回老家去了。"

"就因为跟杨柳分手吗？"

"才不是，他们早就分了。好像是因为家里出了什么事吧。"

啊，会出什么事呢？虽然心里咯噔了一下，但我其实什么也不想知道了。一切都与我无关了。明确了这一点之后，我如释重负。原本还计划着下午去黄老板店里看她的，又实在不想碰到杨柳和黄老板，但现在不必了，一身轻松自在。

宝玉上午十点出门见客户，要到晚上才回来，所以整天就我一个人待在他家里，幸好我随身带了两本小说，可以消磨时间。

我想起——不是突然想起，其实是一直记得的——上次回贵州之前，因为提前把出租房给退了，临行前的两天就是在宝玉家里蹭住的。想到爱情才刚开始，就要面临分别，心里多有不甘。小渠白天上班，晚上住在姐姐家里，要约她出来很不容易，经常三天两头见不着面。我还是得像追她的时候一样，必须去人间烟火的天台上装模作样地吃个夜宵，才能趁她的工作之便见她一面。我走之前一天，在我的再三恳求下，她才翘班跑了出来。我将她带到宝玉家里（他白天都不在家）。还不小心弄了一点在宝玉的被子上。

6

周末的第一天就在宝玉家里看看小说便过去了。我故意没有联系小渠，她也没有联系我。第二天是周日，宝玉在家休息。我睡到十点多钟才醒，看了一下手机，发现有一通未接来电，是小渠打来的。我立马按了回拨。"喂。"她接通了，声音里毫无波澜。我也说："喂。"见她没说话，又问："你找我啊？""嗯。你还在杭州吗？"我说："在啊，我在朋友家里呢。怎么啦？""没怎么呀。"她说，沉默了一会儿，就笑了，"我告诉你，我和同事把核桃吃光了。""你分给同事吃啦？""嗯。""你在上班呀？""我在家。今天请假。""啊！你怎么不早说？""怎么啦？"天哪，她好像什么都不懂！我说："那……你能出来吗？中午一起吃饭吧！""好。"她说，犹疑了一会儿，"要不你来我家里吧，我给你煮东西吃。"我说："你姐不会把我赶出去吧？""她今天加班，我姐夫也陪她加班去了。我一个人在家。"

我认得路，有几个晚上，她下班后，都是我送她到楼下的。

小渠穿着家居服跑来开门。"要脱鞋吗？""不用脱。"我正要跨进来，她又说："你还是脱了吧，换双棉拖鞋暖和。"房间很局促，狭小的客厅一角放着一张很窄的床，上面的被子还是乱的，小渠捂住我的眼睛不准我看："我还没起床的！"在远离床的另一个角落里摆着一台机器，用一块布盖着。小渠说，那是她姐姐的缝纫机。我说："你跟你姐姐姐夫睡一张床啊？"她使劲捶了一下我的背："你神经病！他们睡那间房。"她指着缝纫机的后面，有一扇房门，是关着的。房门的旁边是一扇小一点的铝框门，嵌了磨砂玻璃，一看就是厕所。城中村的出租房都不带独立厨房，所以他们在客厅的另一角（缝纫机的正对面）自己搭了排洗碗槽和一个简易的碗柜，又在窗前靠墙摆了一张小方桌，上面放着电磁炉（油烟刚好可以通过窗户上的排气扇排出去），电饭煲则挨着冰箱搁在地板上，地上还搁着一个插线板，上面插满了白色和黑色的插头。而冰箱离床只有不到一米。床头和一边床沿都靠墙，床头上方是另一扇窗，关得严严实实的布窗帘已经泛旧。除了床上，根本没地方坐（其实应该是有凳子的，但我没去找），再加上她已经冷得钻进了被窝，所以我也很自然地躺倒在床上。漫长的接吻。有几分钟我一直睁着眼睛，看她紧闭的眼皮和两排翘檐似的睫毛，离我如此之近！后来，我仿佛感应到了她心里轻微的波动，知道她马上会睁开眼睛。她的眼皮果然撑开了一下，又闭上了。然后细细的手指从天而降，冰凉的，将我的眼睛捂严了——她闭着眼睛完成了这个动作。我笑了一下，说："好，我不看。"我说这话时，嘴唇仍然轻轻地贴在她嘴唇上，像是在吹一个柔软的乐器。她这次的衣服很容易脱。这身画着卡通图案、起着坨的家居服多半就是她的睡衣。如果说以前脱她那些坚硬的外套、牛仔裤甚至显得孩子气的背带裤，像是在剥一个柚子或橙子，那么这一次，简直像是剥了一个熟透的橘子。她的胸罩，小巧的两瓣，白底黑纹，一边绣着一只可爱的小猫。我说："你睡觉也穿着它吗？""不啊。那不是因为你要来吗？"她曲起一只手臂护着它，但随即被我摘除。她吻起来仍然很用力。

她跳下床，光着屁股跑去厕所，拿了一沓粗糙的厕纸丢给我，然后又朝卫生间跑去。她关在里面很久才出来，腿上还沾着水珠。我拿纸小心翼翼地帮她擦干。她穿上内裤和裤子，又拿起那两只可爱的小猫，被我一把夺过："别穿了嘛，好不好？等下又要脱，多麻烦。"其实我就是想让她不穿内衣跟我待在一起。她笑，没再坚持，直接套上了家居服，然后又在外面披了一件外套。天气有点冷，我也把衣服穿上了。穿好之后，我拿起眼镜，哈了哈，正准备用衣服擦。她伸出手来："我帮你洗。要用洗洁精才洗得干净。"她拿去洗碗槽那边洗，把水龙头开得很小，水流声淅淅沥沥。不一会儿，"给！"非常得意，像是在邀功。我接过眼镜（确实很干净），逗她："你把镜片扔啦？看不到镜片！""瞧你那傻样。"她说。

除了躺在床上，这小小的房间里似乎没有我们的容身之地。长时间静静地抱在一起，有时漫无目的地接吻，除此之外，面对时间的流逝，我感到束手无策，只能每隔几分钟就掀起她的衣服，亲吻她的小腹、肚脐和乳房，我感激她没穿内衣，使得我这样做非常方便。

后来，她下床去煮开水，说是"等下给你泡面吃"。插好烧水壶之后，她不知从哪里变出一桶康师傅红烧牛肉面来朝我晃了晃，然后就站在房间中央，窸窸窣窣地拆。我伸了个懒腰，手伸进枕头底下，摸到一只手机，拿出来看，正是我送给她的那台PHILIPS，机身上已经镶了一圈假钻，摸上去有点硌手。这时，她提着一串钥匙走过来问我："这是你的钥匙吗？"我看了看——其实我不用看都知道那不是我的，因为我只有一片钥匙，塞在我的钱包里——说："不是我的。"那串钥匙沉沉的，把她的食指都压弯了。"奇怪。"她嘀咕一声，歪着脑袋在想什么。但是水壶突然发出呜呜的报警声，打断了她的思绪，她跑过去开始泡面。

吃完泡面——她开始说不吃，后来还是吃了几口，并喝了大半碗汤，一脸陶醉的表情——我们又倒在了床上。

"哈哈，一嘴的泡面味！"她觉得很有趣。

7

幸好她姐夫回来拿钥匙的时候，我们已经做完爱了，穿戴齐整（她的内衣也穿上了，说是不习惯），像两个清空了欲望的孩子，挨在一起平躺在床上聊天。突然响起嘭嘭的拍门声："开门哪，仙。"——那是她名字中的一个字。

小渠猛地坐起来："我姐夫！他怎么回来了？"她吓得脸色发白。我不知道她为什么害怕，我们又没做什么——我是说我们现在没做什么。我说："没关系的吧，就说是你朋友好了。""不行的不行的！我姐会把我杀了的。你得藏起来！"她眼睛鼓得大大的，像探照灯一样在房间里扫来扫去，搜寻合适的藏身之地。姐夫又拍了拍门："仙，你在家吗？快点开门。"这使我觉得，我们已经失去了坦然面对他的最佳时机，因为没有及时开门——这本身就是很可疑的。我现在只能藏起来了。我指了指厕所。"不行不行！万一他是回来上厕所的。"她这时已经站在床上，像个卡通人似的将头扭来扭去，最终将目光停留在床头上方的窗帘上。她拉开窗帘，露出玻璃窗，示意我从窗口爬出去。我推开一侧的窗玻璃，探出头去，看见窗台下面约一米高的地方，沿外墙延伸出一道又窄又长的水泥搭板（我不知道在建筑学上它应该叫什么*）。我踩着枕头，小心翼翼地跨上窗台，蹲着转过身来，双手扒住窗台的沿口，小心翼翼地探出腿去。"小心点！"小渠说着，还用手拉了一下我的手腕。我的脚终于够到了水泥搭板，站稳了，但肩膀以上的部分还是露出来。"蹲下！"她说，然后就将窗帘猛地拉上了。

外面的气温起码比室内低了几度，冷得我双腿不

---

* 最近看新闻才知道这东西叫腰线。新闻里，一个中年男人爬到窗外站在腰线上擦玻璃，不小心坠亡了。

住地打战。有冰碴子伴着若有若无的雨丝从半空中掉下来,掉在我的脸上。天空阴沉沉的。这里是三楼,从这个高度看地面的行人,大小好像没什么变化,只是身体有些倾斜,好像都站不直似的,显得比正常身高要矮一些。斜对面旧厂房的传达室门口,一个六十岁上下的女人蜷缩着身子,双手插在大腿之间,坐在那里和那个保安说话。我能看清楚她的脸,她的嘴皮不停在动,但声音却传不了那么远,到达不了我耳朵。那保安跟她年龄相仿,他正面朝我的方向坐着,脸上挂着困惑的表情,仿佛根本没在认真听,也始终没有搭腔。我想他是不是已经看见了我,他却站起身来,仰头望了一眼天空,然后别过脸去跟那老女人说了些什么。说了些什么呢?一些完全对不上嘴型的话音从我背后传来,恍如隔世。"刚起床啊?这么久才开门。""嗯。你怎么回来了?""看到我的钥匙没?""在那儿。"静场。"我就说今天出门总觉得忘了拿什么东西。你好点了吗?""好点了。""中午就吃方便面啊?还能再懒一点吗。""我没胃口。""我看看。嗯,还有点烧。你今天就在家好好躺着吧,等你姐下班回来做饭。""嗯。""我走了。"开门声和关门声。

　　小渠拉开窗帘,忍住笑:"进来!他走了。"

　　我兴奋地说:"外面下雪啦。"

8

顶多五分钟之后，楼梯间传来一阵急促的脚步声。没有一句废话，她已经刷的拉开了窗帘，我将玻璃窗一推，拱起身往窗口一钻，一跳，双脚就稳稳地落在了水泥搭板上。刚关好窗帘，重重的拍门声就响了起来。门马上开了，她姐夫说："出来吧，我知道你躲在窗户外面。你慢点，别摔死了。"

传达室外边，聚集着三五个老女人，都仰着脸看着我，还冲我指指点点。那个保安正在朝我这边沉着地走过来，让我觉得他一定想好了对付我的办法……

当我摆脱他姐夫的问讯，从楼上下来时，这些告密者仍然围在一块儿，正聊得热火朝天。我装作不知道他们在议论什么，从他们身边走过去。一个尖刻的声音钻进我耳朵里（那老女人故意抬高了音调）："以后怎么做人？才十六岁……造孽啊！"十六岁？不是十八岁吗？难道她撒了谎——为什么呢？而且她姐夫刚才明明说：楼下的大妈看到他家窗户外面站着一个人，特意提醒他家里可能进了小偷。为什么我从她们这里听到的却已不是入室盗窃，而变成了桃色新闻？难道她们早已心知肚明，但是在向她姐夫揭发我的丑行时，却自觉地使用了某种隐晦的说话艺术？反正达到的目的是一样的——不管是盗窃，还是偷人，她姐夫都会立马跑回家来，将我抓个现行，而她们只管等着看笑话。雪越下越大了。

晚上，我躲在宝玉家的卫生间里拨通了小渠的手机，本来想跟她告别，结果是她姐姐接的。她在电话里对我很不友好（她老公比她客气多了），她骂我畜生、人渣、猪狗变的。她说，你要再敢来家里找我妹，信不信我白刀子进红刀子出？我说，你别那么大火气，事情不是你想的那样，我可以跟你解释清楚的。她说，你有什么资格管我的火气？我火气正没地方撒呢，今天他们两个都被我骂得狗血淋头，我男人，我差点就扇他耳光了，我问他：你为什么放他走？啊，为什么要放他走？你打不过他吗？还是因为仙不是你亲妹妹？呜呜呜……她说着就哭了，我问他你为什么……放他走啊……呜呜呜……为什么！她泣不成声。

我想我这辈子可能都不会再碰爱情了。

我坐在卫生间的地板上，把头埋进马桶里，想呕。我说："姐，我没有玷污小渠。也请你不要把自己的妹妹看得太贱了。放心吧，我以后不会找她了。"

9

第二天上午,我走了。

我在宝玉家楼下拦了辆的士。"去火车站。"我说。打开车门的瞬间,暖气扑面而来,让我的心又热了起来。"兄弟,你穿得有点少啊!"司机说,"我把暖气开大一点,看把你冷的。"我这才意识到我抖得牙齿都在打战。我说:"谢谢啊。我来的时候衣服没带够,不知道会降温。"他说:"没事,火车上应该有空调的。"汽车悄无声息地行驶在雪地上。大片的雪花飞舞着,在车窗外斜着飘过,落在地上也是悄无声息的。人行道上那些人迹罕至的边边角角,已经开始现出"霜鬓"的那种花白。等我离开之后,这里必将变成一片银白吧。车载电台里,男女主播正在喜气洋洋地谈论着今年的第一场雪;那些绵密温润、设计巧妙的话语,轻盈地落在我的耳廓,像是来自另一个世界里的另一场截然相反的雪:只有声音,没有形象的雪。它很快就在我的体温中融化了。

你会买一张到贵阳的卧铺票的,对吧?你不用再躲躲藏藏,逃避一切,也不用再卑微地挤在人群中,站上三十几个小时。你应该配得上一张床铺。好好地睡一觉。休息吧,休息一下。无非是钱嘛,我会给你挣的,要多少都可以，但是我们得慢慢来。

司机说，兄弟，你别吓我，你在自言自语吗？

想到这里我笑了。因为司机的话也是我想象出来的。他残忍地启动了雨刮器，像掸去头皮屑一样，扫落挡风玻璃上的雪。

"一段好听的旋律之后，又到了我们的阅读时间，今天我们要讨论的话题也是非常地应景——有什么适合下雪天阅读的小说呢？我们马上来连线今天的特别嘉宾。"磁性的电台男声从隐蔽的音箱里传出来，这个话题勾起了我的好奇心。

"在连线之前，我们还是先来介绍一下今天的嘉宾吧。"女主播说，"他是生活在杭州的一位非常年轻的小说家，但我听说他的人生阅历非常丰富，可能比他的同龄人要丰富得多，同时作为一位作家，他毋庸置疑，也是进行过大量的阅读，阅读量非常丰富。所以我非常期待，他今天会给我们推荐一本什么小说呢？不如让我先猜一下吧，嗯，我猜一定是跟雪有关的。你觉得呢，亚奇？"

那个叫亚奇的男主播就说："我觉得你猜得八九不离十。不过我们还是废话少说，赶紧来连线我们今天的嘉宾，他就是作家——"他说到这里故意停顿了一下，然后和女主播一起说出了那个作家的名字。这是一个我从没听说过的名字,也根本不可能记得住。

作家的声音毫无特色,尤其在电台主播的衬托下,几乎可以说是黯然失色。他的普通话也很怪,带着浓浓的湖南口音,我感觉他不是不知道正确的发音,只是话一到嘴边,就跟预期的方向背道而驰了。他先是跟电台听众们打了声招呼,然后在主持人的诱导下,描述了几句他此刻正透过落地玻璃窗看到的这场落在杭州的雪,让他想到了一些难忘的阅读的瞬间(说到落地窗的时候,他好像还毫无必要地提了一句,其实他今天才搬到这套位于高楼层的公寓里),不过在那些瞬间里,现实世界是没有下雪的,正如他第一次翻某本他还不了解的书的时候,也并不知道书里面会有一场雪。但是此刻,当他望着窗外的雪越下越大,好像永远不会停下来,这个时候他就特别想重读一本书,也是他今天要向听众朋友们推荐的一本很适合在雪天阅读的书。

"那就是爱尔兰作家詹姆斯·乔伊斯的小说集《都柏林人》这本书,不过我真正想推荐的是其中的一篇,也是这本书中最后压轴的一篇——《死者》。这篇小说将我们带到差不多一个世纪前的爱尔兰的冬天,下了一场大雪,我觉得那是文学史上必须经历的一场雪,也是我们每个人都很有必要去感受一下的雪……"他的话语开始陷入某个怪圈:一种语义的旋涡。后面的词将前一个词的意义吞噬，最后，费力说出的大段话刚刚落音，就仿佛雪落在水里一样，立即消释不见了。

最后，也许是因为没有得到主播们的积极回应，他似乎有点急了，便干脆念出了那篇小说的结尾段落："报纸上说：整个爱尔兰都在下雪。雪落在阴郁的中部平原的每一片土地上，落在光秃秃的小山上，轻轻地落在艾伦沼地上，再往西，轻轻地落进香农河汹涌澎湃的黑色浪潮之中。"

这恰好是我非常熟悉的小说，所以我很容易听出来，他跳过了中间关于那个少年的墓地的描写（可能觉得那些文字在电台里念出来不合时宜？），直接念了小说的最后一句："他的灵魂缓缓地昏睡了，当他听着雪花轻轻地穿过宇宙落下来，轻轻地，就像他们的结局似的，落在所有生者和死者身上。"

我非常不满他没有提到那个为爱情而死的十八岁的少年。

后来，当我躺在火车的卧铺车厢里，望着窗外铺天盖地的雪时，我的脑子里仍然装着那个男孩的形象。我总觉得这个形象在哪里见过。当列车驶进隧道，车窗映出灯光和一些模糊的图像时，我突然发现那个形象就站在窗外，直视着我的眼睛。我差点失声叫出来。那是媛媛的弟弟。他已经死了。

10

大约两个月后的一天晚上,我在贵阳的出租屋里,接到小渠打来的电话。我发现这个名字在我心里唤醒的,全是美好的东西。你得告诉她,你还爱她,你只是每天都在努力忘记她。你得把你这两个月以来不断想到的东西说给她听,让她知道,爱情和战争一样,伤亡经常发生。有的人会死在里头。而你们只是幸存者,伤痕累累的幸存者。但不管怎样,只要她一声召唤,你还是会朝着她所在之地狂奔而去,哪怕前途叵测,生死未卜。

但我什么都没来得及说,只听到她冰冷的一句:"我们分手吧。"

"为什么?"我以为我们早已分手了。

"我知道你肯定不会要我了。"她说完,就挂断了。

寂静连绵的山脉

1

我经常在一些公司上一两天班,就再也不去了。比较离奇的一次是在某家为小区提供绿化产品的小公司,该公司主要向正在施工的楼盘推销草坪,以及特殊的土壤,供那些娇气的小草生长。他们自己不生产这些东西;他们的产品都是在拿到订单后,向生产方——有时甚至向隐藏在偏僻郊区的代理商——购买,再转手卖给施工方。当然,为了减少风险,在跟施工方签订合同时,都要收取百分之三十的定金。上班的第一天,我留意了一下公司的员工,总共就那么十个人,其中有七个是业务员,包括我。还有一个司机(这有点费解,我随后得知,整个公司没有一台车),一个会计兼出纳,一个老头,负责给每个人配发圆珠笔、员工卡之类的小玩意儿。公司位于一幢诞生于二十世纪八十年代的灰色建筑的三楼，一楼大门口的墙壁上嵌着一块黑色的大理石，上面刻着公司的名称，那派头有点像某个经常为了争取国家经费而联名上书的科研机构。刚才说的那面墙上爬满了爬山虎。墙脚下，门口一边一排裂了口的水泥花坛，里面长着几棵正处于少年阶段的枯瘦的树。整幢建筑外面，只停了一辆又脏又旧的轿车，是那款有着明显的折纸风格的神龙富康。当天下午，我被指派跟一名同事去跑工地，这名同事刚从大学毕业，学的是工业设计，但是他不相信自己能干得来那个。看得出来，他十分热爱现在这份差事。同他一块儿走出门口时，我抱着一丝渺茫的希望盯着那辆破旧的神龙富康——但我知道那是不可能的。现在那辆车已经在我们身后了。"那是公司的车吗？"得知我们即将坐公交车，我为自己刚才的奢望感到很不自在，本想找一个话题让自己镇定下来，却不知怎的，一开口又提到了车。"不是。不知道是谁的，每天都停在那里。"他一边说一边在口袋里摸索着零钱，那副置身事外的麻木神情让我感到一丝悲凉。"公司的车停在哪儿？""你是说老板的车吗？"不，我说的是公司的车，老板的车关我什么事……慢着，老板总是有车的吧？

第二天我就没再去上班。其实当天下午我便打定了主意，我是说打起了退堂鼓。我们搭公交车来到郊区，那里同时有几十个楼盘在施工，随便站在哪条空荡荡的马路上，远远望去，全是密密麻麻的脚手架，可是当你朝那些工地走去，就会发现这个工地离那个工地还有老大一段距离呢。我们走了一下午，却没见到半个负责人。我那同事走得可起劲了。他把见不到负责人这种事称为"十分正常"，他说没可能第一次就能见到他们，能问到电话号码，甚至能问到人家的姓氏就不错了。三个小时我们才跑了四个工地，有的连围墙都进不去，我的同事一直热情高涨，他可能是为种种挫折而高兴，也不只是单纯地为挫折高兴，而是为带新人第一次出来就能全面地见识到该行业存在的各种各样的困难而高兴。我建议打个的，他却说，不是不可以打的，但我们不能擅作主张，除非有特殊情况，才可以打电话给主管，申请打的。要不就是，你跑出成绩来了，比方说拿到一个两百万的订单——这不是没有可能，他急忙补充道。五点钟了，他还不想回去。你可能不知道，那正是一年中最热的日子。他想去下一个工地看看，他说我们不能最先回去。我说现在都已经快下班了，我们直接就回家了，谁知道你什么时候回去的？他简直不能理解我的这种想法，或许他心里直纳闷的是，家有什么好回的？我被他正色告知，每天不管多晚，都要回公司，业务员从来没有规定的下班时间，就算有，那也是用来总结一天的工作的。就这样，当我们披着夜色回到那幢爬满爬山虎的陈旧建筑的内部时，那些同事正在会议室里围成一个圈，等候我们。我竟然感到一丝不要脸的自豪，因为总算不是最先回来的。还有两个没回来，不过已经在路上了，主管建议我们等他们一下，不妨先唱个歌什么的。我的脸立刻红了。所幸这个建议很快被别的话题岔开……会议花样多端：总结工作经验，每人说一句座右铭，安排晚上回去读一段有启发性的文章，每人自我介绍一番（因为突然想起有新同事在）……总之一直折腾到十点多钟，我才离开那个鬼地方。后来不管什么人问起我，为什么在那里只上了一天班，我都只告诉他一个原因：公司的老板都没有车，他自己每天坐公交车去上班，我觉得这一点深深地挫败了我。

我经常选择一些听起来充满诗情画意的产品。刚才说到的绿化产品，那些小草让我感受到某种只存在于幻想中的洁净气息。还有一次，我闭上眼睛美美地想象了一番——窗帘。啊，一种在梦里又回到了童年的宁静久久地萦绕在我脑中。我看到了乡村肥胖的萤火虫，在收割过的田野上空喘着气；硕大的圆月照耀着田地里留下的十厘米长的稻茬；而村庄在夜色中旋转起来，每一扇窗口都跳跃着煤油灯的火苗；蟋蟀在你脚下某个你永远去不了的小土洞里唱歌。这就是窗帘带给我的遐想。

在窗帘公司上了两天班之后，第三天早上我故意睡过了上班的钟点，睡眼惺忪、头脑清醒地打电话给那个四川老板："我昨晚接到一个电话，是一家大公司打来的，他们叫我去上班。我想这对我来说是个很好的机会，我不想放弃这个机会。对不起啦！"（其实这都是扯淡。）他还是一副老好人的口吻，不过我（也许是我多心）仍然察觉到了一丝让人不安的简单的深沉，那或许就是像他这类并不懂得如何狡诈起来的商人唯一的武器："没关系的，我尊重你的选择。我们说任何工作都是双向选择。既然你觉得我们公司不适合你，那我们也不耽误你的前程。"让我惊讶的是他先挂了电话。我情何以堪？在窗帘公司上班的第一天回来后，我还热烈地向朋友提起：这家公司的氛围我很喜欢，公司小小的空间里到处挂满了窗帘布的样品，而地面铺的又是踩上去没有一点声响的地毯，像是太空中一个柔软、神秘的大家庭。老板没有一点架子——关于这一点，第二天就在我的思想中演变成老板没有一点本事——他一整天除了用恳求的语气让我好好工作，将我在其他大公司的销售经验带到他这个小公司来之外，就是不断地向我敬烟，甚至帮我斟水。他的殷勤让我隐隐感到安全感的丧失，我不是说一个老板不应该对自己的员工好，但是从他的容态和眼神里我看不到深渊。那是一块空浅而枯燥的平地，一块不毛之地。他四十岁的人生白活了！我心里夸张地想道，他对员工的这种举动是他仅剩下的东西，这种苍白的东西没有支撑点，反而要支撑起巨大的利润。我再次品尝到了那种悲凉。一个出差的老业务员刚好回来了，拖着一个我这辈子见过的最大的旅行箱，那箱子比他个头还高大，被蹂躏得比他更疲惫。那里面装着公司所有的样品。"你昨天不是说老板人挺好吗？"当朋友这样问起我的时候，我就拿那个箱子来说事，那箱子彻底粉碎了我通过窗帘构筑起来的温柔的幻想……

我在这个社会上已经工作了五年。而在第一个年头，因为经验的匮乏和性格内向，找工作屡屡碰壁。对这个世界，我一开始就是决定妥协的——我有梦想，却从来没有傻到要成为一粒炮灰的地步。想想某部电影里抢滩登陆的惨烈场面，士兵们一接近那残酷的岸边，连岸上是什么样子都还没看清，就随着一声致命的闷响，头盔上多出一个流血的小洞。我可不想多出那个洞来，为此，我"机灵"得不行。我那时才不管他们做什么产品，只想获得第一份工作，至于有了工作以后会走到哪一步，那就完全看运气了。可是，所有那些我打心眼里不喜欢的产品，也都没有接受我。当我心灰意冷地看到

"超音波"这样一个散发出冷淡的工业诗意的字眼时，简直不敢走上前去，哪怕只是为了打听一下，在这个工业世界里，超音波代表着什么。后来还是了解到了：超音波焊接机、超音波清洗机。我一律不喜欢后面的三个字，不过也没有到讨厌的程度。负责招聘的那个年轻的经理礼貌地问我："想不想试一试？"

那时我们都住在同一幢楼里。公司租下了某个小镇上的一幢二层楼房，一楼是办公室，二楼是宿舍。我每天的工作就是打电话，电话号码要从厚厚的黄页上找。只要是生产五金或塑料产品的厂家，我们都应该打电话去问他们是否需要超音波焊接机，而清洗机则卖给那些眼镜公司。我那时是这样打电话的："喂？你好，我们是做超音波的。"接电话的一律是小女孩，认为自己在合适的范围内掌握着生杀大权，她们往往说："我们不需要。"或者说："你留个电话吧，我让我们经理打给你。""你们经理在吗？""对不起，他很忙。"当然，我知道这都是骗人的。可是我没有办法。我觉得奇怪的是，为什么每家公司都有这样一个小女孩？以前在学校里觉得骇人听闻的那些社会上无情的"铁的定律"，怎么会在如此细微的情节上体现出来？有一次，当我正在奶声奶气地同小女孩纠缠不清的时候，招聘我进来的那个年轻的经理走过来摁掉了我的电话："你有没有留意过他们是怎么打电话的？"另两名同事都是神态枯萎的中年男人（至少在当时的我看来），不要说下意识地向他们学习工作方法，我甚至压根就没有注意过他们。经理连续地发问："你有没有留意过我是怎么打电话的？"我挺喜欢这位经理，他二十几岁，容貌端正，说起话来从不拖泥带水，连那些副词、介词都吐得清清楚楚。可是我仍然从来没留意过他怎么打电话。"第一句话应该怎么说？"他问我。"你好，我们是……""没有我们是。你他妈的给我记住，永远别急着自我介绍。你就说两个字：你好。剩下的她会问你。"我点了点头。突然有一种尴尬产生了——我以我敏锐的内心察觉到了这一点，我隐隐觉得我的反应不够强烈，我应该有更大的反应才对，否则他没办法讲下去。而他的确没有再说下去的兴致。我继续打电话："你好！"我停下来，对方果然对我尊敬起来，连忙问我是哪一位。"我们是做超音波的。""嘟嘟嘟……"电话挂断了。我当时懵了。经理正在三步之外望着我（他刚刚走出去的三步）。"挂了。"我看了他一眼，说。"要是我也会挂。"他毫不客气地说道。

直到第二天一早，经理（也许是趁心情不错）才指着我说："你，过来。"我跑到他办公桌前，以为他会叫我去帮他买包烟，或手机充值卡之类的。但是他却教我怎么打电话。"永远不要说'我们',不要说'我们是做超音波的'。"他喜欢用"永远"这类词,但我当时并不讨厌这样的腔调,我压根就不懂得如何去揣摩别人的语气,以确定里面是不是有我不应当喜欢的成分,而我自己说的话里面,绝对是一片乱七八糟,夹杂着各种各样的令人不舒服的、类似于鸭子或者虫子那样的叫声。"你试试说民泰,"他歪起脑袋好好地冥想了一下,似乎在品咂各种说法之间的区别,"你就说,唔——"他又想了一下,"我是民泰公司的,或者说,我是民泰这边的。要不,你干脆说,我,民泰啊。"

在这家公司干到第十八天,我被老板娘炒了鱿鱼。

当时,我正认为自己已经逐渐掌握了打电话的技巧,虽然一直没有出单,但至少已经能让小女孩帮我把电话转给采购部的负责人了。他们——那两个四十多岁的男人,甚至包括经理——也都没有出单,但老板娘认为他们出单的机会比我大。这一点并不让我难过,这只是我的第一份工作,我知道自己还非常青涩,我允许自己经历失败。在那段失败的经历里,我唯一一次难过竟然是因为一件跟我无关的事。有一天,二楼的厕所堵了,却没人主动站出来承担责任。经理怀疑是另外两个中的一个将香皂掉进了厕所的洞里(我很感激他没有怀疑我),因为那人对洗澡怀有一种责任般的狂热,那甚至不构成普通的乐趣，而仅仅是对不洗澡或者胡乱洗澡的恐惧。他一洗就是个把钟头，仿佛在一寸一寸地更新自己的皮肤。年轻气盛的经理震怒了，他毫不掩饰自己一口咬定时并无证据，他告诉那个秃顶的男人，我就是怀疑你，除了你我不知道还能怀疑谁。中年男子冒着顶撞上司的罪名跟他吵了起来，嘴唇哆嗦着说他欺人太甚。我听了，感到一阵阵的难过，不管这个枯萎的男人在维护自己的正义时，多么勇敢或胆怯，一旦用到欺人太甚这样的词，就说明他已经丧失了某种更正义的东西，这种正义来自对自己的迷恋，对自己被欺压的现状的粉饰。我那时是这样想的：一个人不管被欺压得多么厉害，只要他不承认自己被欺负了，他就"永远"是有希望的，而一旦承认，进而哭诉，他就完了……

我不知道为什么讲起了这些陈年旧事。现在，我总感觉自己很老了，差不多三十岁了，而从二十二岁到三十岁简直就是一眨眼。我发现我还在经历二十二岁的人往往会经历的事——当我又去一家公司上班时，总会看到同一批进来的同事中有一半是比我年轻的，经常还有应届毕业生。我真的不觉得我从他们身上看到了自己当年的影子，所以才情不自禁地讲起自己刚毕业时的那些经历。我总觉得——这或许也是一种粉饰——我跟他们，除了经历相似之外，并无任何相似之处……

下面的故事发生时，我推销的产品是开关和照明——毫无诗意的产品；但我在该公司干的时间最长，我五年的工作经历，其中有三年都献给了这家公司。我之所以能容忍那份工作三年之久，最根本的原因，就在于我干的是区域经理。相比起基本上不用出差、仍然每天要到公司报到、不得不在老板的眼皮底下工作的电话销售和本地销售，被公司派驻到全国各地去帮助当地的经销商开拓市场的区域经理，是所有业务员里面最自由自在、不受约束、来去如风的一群人。

2

区域经理——这是我们这群身份可疑、处境微妙的业务员印在名片上的头衔，听上去非常光鲜，实际上只不过是公司放置在代理商身边的一枚棋子，监视他们的一举一动，干涉他们和其他厂商（尤其是竞品厂商）之间的生意往来，密切关注他们的资金动向。但代理商也不是吃素的，他当然是哪家产品更赚钱就卖哪家的，货款能拖多久则拖多久，你若是催他打款，他会说等下次进货再一起结算，如果继续追问下次进货是什么时候，他会理直气壮地告诉你，等这批货卖完再说。他会把你带到他的仓库里去，指着那些码得整整齐齐、堆到屋顶的囤货说："都是你的货啊，兄弟。要变成钱哪有那么容易？要不要我给你看看这个月的出货单，根本就没几个客户进你们的货。"接下来自然会谈到我们的产品进价高，利润薄，推广力度小，毫无竞争优势……总之一肚子苦水。他当然也知道，价格都是由公司定的，我并没有调价的权限，但"推广力度"一事却与我脱不了干系。而业务员们的处境微妙就微妙在这里：除了盯紧代理商之外，协助代理商做好市场推广也是我们的工作职责。公司让人家囤一仓库的货，如何保障他们顺利脱手呢？于是给他们派来了业务员。

身为业务员，必须在公司与代理商之间的夹缝中求生存，实难做到身在曹营心在汉。我们是公司的雇员，这一点没错，但成天跟代理商厮混在一起，与公司似乎渐行渐远，感情淡漠。代理商何等精明，他关心你的生活起居，替你张罗吃穿住行，见面的第一天，就让你先住在他家："反正家里房间多的是！"等你住了些天，感觉到不自在，提出要自己租房时，他又一面挽留一面表示理解："也是，年轻人嘛，总要有自己的私生活。"转而热心地帮你留意租房信息："我对这里总比你熟悉。"等你租好了房子，他已经想你所想，将被子送到你的住处来了："都是干净的，我老婆昨天才洗过。"并且告诉你，以后到了饭点尽管到他店里去吃饭："你一个人搞饭不方便的，在外面吃又不卫生。"他甚至还试图攻破你的心理防线，跟你促膝谈心，谈公司对我们这些业务员的压榨，谈年轻人离家在外打拼的艰辛，谈我这个年纪势必会遇到的迷惘的爱情与水深火热的性饥渴……

这一切，虽然不至于让我们成为坚固的盟友，却也迫使我不得不拿出自己的那一份虚情假意来回报他的虚情假意。而我又是这样一个性格软弱、少不更事的毛头小伙，面对他的似火热情，从一开始，我就显得极为被动（我知道有些成熟的业务员，为了掌握主动权，从来不吃代理商一顿饭，也绝不会将自己的行踪和住址透露给代理商）。每次催款失败后（"老鲍，要打款了哦。""打什么款？你的货卖得动吗？""你别让我交不了差啊。""过几天，等我把账收上来再说。"），我会将代理商吐给我的苦水，原封不动地倒给公司：行情不好，货卖不动，下面的客户赊账现象严重，老鲍手里也没有钱，等等。有一次，我竟然舌尖失语，不小心将老鲍的那句"进价高、利润薄"也复述了出来，气得营销总监在电话那头暴跳如雷："小彭！你到底是哪头的人？你吃的是谁碗里的饭？你要搞清楚你的立场！"

不管我甘不甘愿，实际情况确实是——大部分时间我都在听从老鲍使唤。配合代理商把产品卖出去的确是我的分内工作，为此，公司每天会给我一笔定额的差旅补助，我出差跑市场所产生的交通费和食宿费都从这里面出。我跑了一段时间的市场之后，老鲍便提出让他的司机小金每天开车跟着我下去跑，既省了交通费，又可以当天去当天回，不必在外面住宿，甚至连吃饭都是由老鲍报销，这样一来，每天的差旅补助都进了我自己的口袋。"我这是给你增加收入呢！"老鲍拍着我的肩膀道。当然，这是要付出代价的，我从此牺牲了一些自由，肩负了一些压力。之前我自己跑，只需带上几张产品资料和报价表，有选择性地拜访几位我感兴趣的客户，剩下的时间就待在宾馆里写小说，从不给自己规定工作量，也没有人来评估我当天的业绩。但现在不一样，每天早上，小金拉着满满的一车货，带着我到各个县镇去挨家挨户地搞推销。我再也不能选择我想拜访的客户。只要看到一家五金店或灯饰店，不管规模大小，小金就会将车停在路边，我们一人拿几件样品（我拿的是我们公司的样品，他拿的是其他厂商的样品）走进去开始推销。面对我们的突然袭击，那些客户再也不能像以前那样含糊其词了（"名片留在这里吧，有需要打你电话。"）——打什么电话呢，你要货吗，我车上就有！在我们进店之前，他们也亲眼看到一台五十铃货厢车稳稳当当地停在了店门口，来者不善，有备而来，所以谁也不敢轻易松口，要么保持一种带有距离而不失礼貌的微笑冲我们摇头，要么警惕地板着脸一言不发，生怕一不小心流露出丁点儿兴趣，几箱货就啪的堆在他店里了。但也不是所有客户都这样，搞推销嘛，最有意思的就是你永远不知道谁会买你的东西，你只管硬着头皮跑下去，总有鱼儿会莫名其妙地上钩。大多数情况是，客户店里刚好某个品种断货了，既然你都已经送货上门，他也就乐得卖你一个人情，还省得为了补货专门跑一趟。虽然他之前卖的是另一个牌子，但卖哪个牌子不是卖呢，只要能赚到利润就行。每次跟这样的客户成交之后，小金都会欣喜地陷入一种微醺状态，仿佛做成了一笔大生意似的对人家心存感激。他哪里知道，换了任何人带货来推销，也照样会成交，因为正中客户下怀的，既不是业务员身上的魅力，也不是所推销的品牌的优势，而恰恰是换成任何一个品牌都行的"货"——他正好缺的这个货。他今天可以因为你上门推销而随意更换品牌，等你下次再来的时候，你就会看到，他货架上摆的已经又换成别的品牌了。这种没有任何品牌忠诚度的客户，并不能给业务员带来持续的业绩，只会推一下动一下，你从他身上获得的那点回报还不足以弥补投入在他身上的开发成本。这也是——除了懒惰之外——我不愿意扫街式地推销，只坚持有选择性地拜访少数优质客户的原因。

但是我的这套理论永远不能使小金信服。他只相信每天满载而发、空车而返的那种实实在在的成就感。每天傍晚，我们披星戴月地回到店里，在柜台前面架起的简易折叠餐桌上吃着晚饭，小金装作突然才想起来的样子，从外衣口袋里掏出一大把钞票交给老鲍，嘴里塞着饭菜，满不在乎地说："你数一下，看有没有错。"看得出来，他内心强压着的愉悦在这一刻简直登峰造极了。但如果那天业绩不佳，交给老鲍的那沓钱薄了许多，他就显得没精打采，满脸羞愧。老鲍当然也是见钱眼开的鼠目之辈，对我的那套所谓"品牌忠诚度""优质客户"的营销理论，他岂止不相信，简直就是嗤之以鼻、极尽挖苦。据我所知，他以前是卖豆腐出身的，后来在灯具城做点空壳生意，自己连仓库都没有，每个老板那里赊点货去卖，一直游离在市场的边缘，被人瞧不起。后来托我们公司的福，扶植他做了代理商，才有他老鲍的今天。谁知他非但不感恩，而且还不思进取（这比起不知感恩更是大忌），生意虽然做大了，思维却仍停留在卖豆腐的阶段，整个一个扶不起的阿斗。生意场上混了这么多年，关于经商，贱买贵卖和积少成多就是他知道的全部。他尤其信奉积少成多，所以再烂的客户他都来者不拒——他还指望他们为他的商业大厦添砖加瓦呢。

上有这样的老板，那么作为手下员工，小金的那些表现就很好理解了。但难以理解的是，在这两个人的影响下，我原有的那一丁点优越感也渐渐地荡然无存，甚至我的整个心灵都被一层失败的阴云严实地包裹起来。我所有关于营销的知识、关于品牌建设的理论，到头来敌不过一个前豆腐匠"积少成多"的迂腐的经验之谈，任其烂在我日益压抑的心里；我放任自己辜负了一个业务员的光荣使命，沦为我的博弈对手手下不必付工资的员工，帮他收集着一个又一个劣质客户，甚至也开始变得像小金一样从中获得一些廉价的成就感（在那些业绩不佳的日子里，收获的则是沉重的压力和高度自觉的愧疚）；在饭桌上，当小金将大把钞票邀功似的交给老鲍时，我心里竟也会涌起一股强烈的想要提醒一下在座各位的冲动：这里面也有我的一份功劳！

难道这被动的局面皆缘起于我想省下那点差旅费？这是有可能的。为了供我们兄妹俩读书，家里早已经负债累累，爸妈长年在外打工还债，作为长子，我有义务扛起家庭的重负，所以自从参加工作之后，我就尽我所能地省下每一分钱帮衬家里。去年妹妹也考上了大学，我又自告奋勇地承担了她一半的学费以及每个月的生活费。业务员的基本工资都很低，每个月到手的就那么点钱，简直可以忽略不计，收入主体还是奖金和提成，而这需要视年终业绩考评结果而定，干得好的话，到年底确实可以领一大笔钱，但那已是久旱逢甘霖，远水之于近渴。更何况谁也不能理所当然地忽视一种可能性，那就是尽管你兢兢业业地工作，想尽办法提高业绩，结果却仍不遂人愿，未能完成公司制定的销售目标，那么到了年底，公司就只会象征性地给你发一点奖金，跟业绩好的区域经理比起来，奖金差距竟然高达好几倍。就算上一年我出色地完成了任务，拿到了丰厚的奖金，回家过年的时候，我的心态也会完全变得跟小金在饭桌上给老鲍上交营业额时一样，交得越多越有成就感。结果就是每年正月初八返工的时候，我的资产总是再度清零。接下来的一整年，除了那点微薄的基本工资，我能指望的也就剩下差旅费了……

老鲍还没有派小金跟着我出去跑业务的时候，我就无意中发现了我和小金的共同爱好，那就是在背地里说老鲍的坏话。经过最初几次试探口风，确认了双方对老鲍的态度基本一致之后，我们便开始欲罢不能地时常找机会凑在一起，数落起老鲍夫妇身上那些令人叹为观止、罄竹难书的缺点来，包括但不仅限于吝啬、刻薄、阴险、狡诈、迂腐、贪婪、出尔反尔；而偶尔作为其引发的后果（真是报应啊）的若干笑谈，如弄巧成拙、洋相百出、搬起石头砸自己的脚等等实例，则将这种隐秘的快乐推至了高潮，使我们几度笑得眼泪汪汪、几欲呻吟。现在回想起来，老鲍和他老婆身上固然存在着那些缺点，我们并没有夸大事实，更不存在恶意捏造的成分，但我仍然想不通我为何着迷于此——而且完全不抱有任何目的。天哪，一个成熟的业务员怎么会浪费时间去和客户的员工一块儿嘀嘀咕咕，拿客户身上的缺点来消遣打趣？这根本没有任何意义，我是说对我的前程没有任何帮助啊！在那些口诛老鲍的过程中，我心里可曾有片刻——像个成熟的男人一样——想到过我的工作、我的业绩，甚至往大了说，我的人生规划？从来没有。

但也正是基于这一点共同爱好，我和小金一块儿出差便不完全是一项苦闷差使，它也可以是快乐的，令人沉迷上瘾的。因为我们终于有了大把的时间——在漫长的差旅途中那烟雾缭绕的车厢内，在一起享用老鲍将为我们买单的午餐时——去探讨老鲍的人性，将他那些早已被我们反复讨论过的罪状掰开了、揉碎了，细嚼慢品——这比以前只能躲在仓库里紧张刺激地发几句牢骚（因为担心隔墙有耳）尽兴多了。不过快乐的时光也仅限于此，一旦从车上下来开始干活，我和小金便陷入了紧张的敌对状态。我们各拿各的产品资料和样品走进客户店里，进门之前，小金总会下意识地昂首挺胸，好像暗中跟我较劲似的加快脚步走在前头，用他所理解的业务员的职业素养喊出那一声"老板好！生意兴隆"。我的脸立马红得发烫。唉，我为什么要跟一个货车司机一块出来跑业务？为什么容忍这个门外汉来插足我的专业领域？特别搞笑的是，他还生怕我抢了他的风头似的，难道他一点也看不出来，自从踏进这屋里的那一刻起，我就已经完全失去了说话的兴致吗？我此刻唯一的兴致就是看他怎么出丑。他哪里知道，搞销售不是比谁更讲礼貌，过分的尊重只会让客户如芒在背。但凡有点个性的客户在无端端被问候之后，都会勃然大怒（因为准没什么好事），只是不好发作罢了。他们往往会瞪你一眼，不咸不淡地嘟哝一句"生意？还行咯"，若还能挤出一丝笑意，用来代替那句没有说出口的"哪里来的傻子"，那算是相当客气的了。可是小金却错将这丝笑意理解成了鼓励，立马信心大增，开始了他拙劣的表演："老板，您好，我们是做灯饰批发的……"错啦，错啦！从一开始就大错特错。他哪里知道怎么谈业务，那些人性的幽暗面他曾领教过几何？"永远别急着自我介绍，永远不要说'我们'！"——这傲慢的训诫他又可曾亲聆过？

　　但是，小金却用这种我瞧不上的推销方式给我上了一课，他误打误撞地收集来的那些劣质客户已经达到了不容我忽视的规模。成天在市场上跑，瞎猫碰到死耗子的概率便成倍增加，我不得不正视：他的业绩已经远超我了，甚至我们公司的一些老客户都在我的眼皮底下被他抢了去。我将全部的过错都赖在这个不成熟的市场上。比起发达的沿海城市来，这里要相对落后一些，特别是在县、镇一级的终端市场，消费水平和消费观念还停留在较低的层次，在物美和价廉之间，显然后者对消费者更有吸引力。"你们应该引导顾客树立品牌意识和正确的消费观。"我试着将这番道理灌输给那些零售商们，"不要让那些杂牌来扰乱了市场，砸了你们的口碑！"说到"杂牌"时，我大手一挥，在空中画了一个圈，将客户身后的货柜上零乱堆砌的商品全都涵盖了进去，最后，我的手势有意无意地落在了小金手里的几件样品上。一场辩论在所难免。客户当然会找出各种刁钻的角度来反驳我，就好像有谁颁布了一项规定似的：一旦辩输了，他就必须买下我的产品。而让我不爽的是，小金也因为我刚才的暗示而赌气站在了杂牌那一方，卷入了这场辩论。当然，就凭他那智商，我可以让他插不上话，可是对我形成威胁的不是他说了什么，而是他的立场，因为在客户看来，小金是我的搭档，可是连他都开始反驳我了，那么我所有的观点也就不攻自破。我不得不腾出手来对付小金，想赶紧结束这场混乱的内战，然后再集中火力攘外。可是客户已经无心再战，他乐呵呵地看着我们内讧，时不时迸发出一串咯咯的笑声，表明他早已脱身事外，这场滑稽的论战不管谁输谁赢，都跟作为看客的他无关了。

3

一天傍晚，老鲍的店里来了一个业务员，贼眉鼠眼，短胳膊短腿，个头比我还矮。他见到我一点也不觉得羞愧，就好像他并没有在我眼皮底下抢我的客户似的；不过，公正地说，他确实也没有很卖力地游说老鲍做他的代理商。他丢给老鲍一大摞产品资料，似乎只是因为这些东西太沉了，他不想继续背在身上。或许他已经物色到了更理想的客户，因为看他那既疲惫又胸有成竹的样子，肯定是花了一天的时间将整个市场都跑遍了，并且已经有了不止一个意向客户。除了用来装产品资料的业务包，他还随身拖着一只塞得鼓鼓囊囊的旅行箱。他没有固定的落脚点，因为他不像我只负责半个省，从长三角到西南诸省，都是他负责的区域。"那你是大区域经理哇！"我顿时肃然起敬。"什么狗屁区域经理。"他说是因为他们公司小，请不起那么多人，老板只招了三四个业务员，拿一张中国地图只用了五分钟就把区域给划分了,每人能分到两百多万平方公里哩!我听了直想笑,怎么感觉有点像小孩子玩过家家,到底是杂牌啊。有一搭没一搭地跟我聊了一阵之后,他便问我:"你住哪里?"我说我在附近不远处租了房。他说:"好,今晚就住你那里吧。我明天一早去安徽。"

还在路上,他就急于确定一件事情:在我房间里能不能如他所愿地看一整晚毛片。他在火车站附近买了十几张黄碟,苦于没带电脑,这两天都只能忍着。我说我倒是有一台电脑,不过是古董机,不知道能不能读碟。他说,怎么,没光驱吗?我说有。他便笃定地说,能能能,肯定能。到了房间之后,他打开行李箱,单手抓出几张碟片,像握一把扑克牌似的捻成扇形,叫我把电脑打开。结果光开机就花了很长时间。他似乎预感到了后面的不顺利,局促不安地问了好几次:"还没开机啊?"并语带讥讽道,"你这是什么破电脑?"

这是一款古早的一体机(忘了什么牌子了),咖啡色的半球体机身,小巧可爱,有点像女生背在背上的那种鼓起来的双肩皮包。买回来之后,我才发现它的运行速度慢得超出我的忍耐极限,用起来特别卡,还经常死机,所以用了几次之后,我就没怎么用过了。在等待开机的这段时间里,我这位同行已经将自己脱得只剩下秋衣秋裤,在房间里焦躁不安地走来走去。后来,他就一脸绝望地坐在我床上等，其间可能是感觉到冷，又一把扯过我的被子，盖在了腿上。屏幕上密密麻麻的字母波涛时而汹涌，时而又像结了冰似的凝滞不动，这一切仿佛刺得他眼睛疼，他干脆靠在床头，仰起脑袋，痛苦地闭上了眼睛。过了很久，屏幕突然大亮，放出蔚蓝的光，流畅的开机音乐响起。他掀开被子，从床上跳了下来，双手在我的电脑上到处乱摸，鼓起的眼珠里映出蓝色的电脑桌面，我差点以为他的眼睛本来就能射出那种深邃的蓝光。他终于决定放弃徒劳的摸索，扭过头来问我光驱在哪里。我走过去，用身体将他挤到一边，伸出食指摸到屏幕下方一个暗藏的按钮，轻轻一摁，光驱就弹了出来；而他此时的反应，就像是一生都在等待一次机会的篮球明星，及时地出现在他最应该出现的位置上，然后运球、起跳、上篮，"砰"的一下，你还没回过神来，他早已准确无误地将球送进了篮筐——碟片就这样稳稳地嵌进了光驱。这几乎给我的电脑带来了灭顶之灾。如同一个人喉咙被异物卡住之后，他会难受得发出嘶哑、急促而猛烈的咳声，整张脸瞬间憋成了猪肝色——我的电脑在吞下这张碟片之后，也开始剧烈地抖动，发出如同刀子在它体内放肆划拉的声音，同时，屏幕上的蓝光也迅速黯淡下去，变成紫色，最后慢慢变成了灰色。有那么一瞬间，我陷入了恍惚，以为桌子上摆着的是我小时候家里那台十二英寸的黑白电视。那是我们家的第一台电视，几乎陪伴我度过了整个童年，准确地说应该是我的后半段童年，因为小学四年级之前，我们村都还没有通电。在通电之后，村里最先买电视机的人家是我的同班同学彭先勇家，一时间全村人都挤在他家里看电视。那时，在我爸妈不断的灌输下，"我们家很穷"这个观念已经扎根在我的内心深处，所以我早就做好了我们家会一直没有电视机的准备。我从来没有想过，全村第二户拥有电视机的家庭竟然是我们家。那是暑假里一个毫无预兆的赶集日，我爸用自行车把它从镇上驮了回来，他推着自行车走进家门的时候，它正被五花大绑着搁在后座上。不到一个月，家里的电视机就开始出现各种状况，最离奇的时候，整个画面扭曲成夸张的 S 形，人走在路上像直立的蛇一样扭动，而所有的特写镜头中，人物的五官也都是呈歪瓜裂枣状，扭曲而流动的，如果刚好是侧脸对着镜头的话，嘴巴竟可以游离于脸外，自个儿飘浮在空气中。还有的画面恰好是两张脸并排的，那么还没开始亲嘴呢，左边那个人的嘴唇就已经深深地嵌在右边那个人的脸上了，而右边那个人似乎极力想避开左边那个人的亲吻，整张脸竟像蜿蜒的小溪一样，先急速地朝着荧屏的右框流动，一直流出了画面，安全逃逸之后再沿着头顶的方向回溯，而在这个过程中，他的嘴也终于遗失在荧屏之外。此刻，我特别担忧我的电脑也出现这种状况，因为就在我回首不堪的童年往事时，它竟然慢慢地缓过气来了，它那一度面如死灰的桌面上，又恢复了先前的气色，蓝得像一片阳光照耀下的大海，光标在箭头和圆圈两种图案之间来回变换，预示着后台——经过一番费劲的运行之后——即将读取光盘，激活我的播放器。我很怕童年的噩梦重现，尤其在那些人物都没穿衣服的情况下。虽然我并不是很想跟这个刚认识的男人一块欣赏那些性交的画面，但如果这一切不可避免的话，我还是更希望那些画面里的胴体不要像披着人皮的蛇一样扭曲、蠕动，我不希望那些漂亮的乳房被扯得脱离了身体（像达利的画那样），奇怪地悬挂在空中。

"你在哪里买的这台垃圾？"

我记得，这就是继"你这是什么破电脑？"之后，他抛出的第二个意在羞辱我——如果不是存心想激怒我的话——的尖锐问题。当时，我的上述顾虑已完全被打消——碟片读取成功，播放器给我们带来了两具年轻而端正的身体，虽然暂时还穿着少量的衣服，但裸露的部分足以看出他们丝毫没有变形，举手投足间，他们的动作也比较流畅。这些动作无非是两个刚见面的年轻演员相互握手、鞠躬，进行礼节性的问候，（用日语）交谈时所伴随的一些手势以及女方惯常性的掩口一笑。这时我那位同行从床上探过身去，抓起鼠标，将进度条往后拖了好长一截，画面顿时卡住不动了，更糟糕的是糊成了一匹彩缎，各种鲜艳的颜色都有，且不构成任何有实质意义的图案。

接下来他就问了我那个问题。

我这台破电脑吗？是前不久在二手商城淘到的。每当我觉得自己十分需要某样东西而又买不起的时候，我就会去旧货市场买。这于我而言是个下意识的办法。我突然想到，我家那台十二英寸的黑白电视，也是我爸用一个极低的价钱从它的前主人那里买来的。我这位同行对我的消费习惯给出四个字评价：得不偿失。"我什么东西都买最好的，要么就不买。"他掷地有声地说完后，我的目光便追随着他的目光落在他那只正躺在地板上的旅行箱上。这一瞥非同小可，我发现那只鼓鼓囊囊的玩意儿竟然是价值不菲的高档货，镶着一行不易发现的金属材质的英文 Logo——这样看来，他很有可能不是在吹牛！我又留意起他的穿着来，他的这套贴身衣物乍看是银灰色的，可是稍微调整一下角度，就能看到那些褶皱之间隐隐泛着一层高贵的浅金；还有，它的布料很薄，穿在身上好像非常轻便、熨帖，不如那种带绒的保暖内衣厚重，可是他单穿着它却不嫌冷——要知道，我屋里没有取暖设备，我当时穿着厚厚的棉袄，手脚还一直是冰凉的。念及兹事，我茫然不知该如何称呼他身上的这套衣服了——继续叫秋衣的话，显然降低了它的档次。我又看了一眼他的袜子，乍看也好像再普通不过，跟我的棉袜一样，也织着条条竖纹，但是人家的纹路看上去更立体，像华北平原上刚开垦过的农田，隆起的像田垄，凹下去的像沟壑，似乎还能清晰地看到大型翻耙机的履带的压痕……我猛然意识到：这是一位尊贵的客人。

我心里默默地收回了对他身为杂牌公司雇员的同情。

他见电脑一直卡住不动，又无计可施，便干脆起身去洗澡。我趁机把电脑强制关机了。就在他洗澡时，发生了一点意外：热水器坏了，我听到他在里面尖着嗓门叫唤："水冷了！哎哟，冷死老子了！快来看一下怎么回事！"

煤气热水器就装在卫生间外面靠楼梯间的墙壁上，这样一来煤气罐正好可以隐藏在楼梯间里面，挨着墙放置在热水器的正下方。听到他叫唤，我立马跑到楼梯间，抬头看了一眼热水器，它并没有在工作。我问他是不是把水给关了。他气得哇哇大叫，水冷了我还不关掉？等着被冻死吗！我说，你再开一下看看。但他担心出来的还是冷水，所以一定要我先检查一下热水器是不是坏了。我说你不开水，我怎么知道热水器坏没坏呢？他竟然咆哮起来："肯定坏了！妈的！什么破热水器！你从哪里买来的垃圾？你不要什么都买二手的！老子被你害惨了！"可事实上，这是一台全新的热水器，是我住进来的当天，房东的儿子亲自买来给我装上的，用了还不到三个月。而且我洗了这么多次澡，从来没出过任何状况。我说："我知道你很冷，我也很着急，但是我有什么办法呢？你还不如抓紧时间把水打开一下，说不定出来的就是热水了。""你说得倒轻巧！万一还是冷水怎么办？"我说："你别站在莲蓬头底下不就行了吗？"他终于同意开一次水试试，条件是我必须将煤气罐的阀门拧到最大，因为继污蔑完我的热水器是垃圾之后，他又开始怀疑我的煤气罐"堵塞"了，要不就是快没气了。我本来有很多理由拒绝这么做，最主要的一条是我天生对煤气罐怀有恐惧，不到万不得已，我是绝对不会去碰它一下的，但是在当时那种情况下，我不想再节外生枝，立马同意了这个提议。但我还是留了一手，只是稍微拧了拧，并没照他说的那样拧到最大。他打开了莲蓬头。热水器马上工作了，我透过有机玻璃罩看到蓝色的火苗在喷射，电子显示屏上代表水温的数字在快速攀升。过了一会儿，他冷漠地说了声："好了，热了。"

接下来，我有一阵陷入了迷茫。问题解决了，远比我预料的顺利，仿佛刚刚干成了这辈子最重要的事业，我不知道接下来该干吗。我站在原地，目光怔怔地望着热水器上那个仍在不断跳跃的数字。这时我又听到他在里面叫我："水又不怎么热了——你刚才拧到最大了吗？"我迷惘的心立马变得充实，我又有事情干了。"没有，我只拧了一半……""你把它拧到底！"从这句话的力度和我所感受到的不适来看，它应该是一道命令。而我这个人，面对命令，总会同时产生两种相互抵触的本能——去违抗它，以及去执行它。我愤怒地说："不能再拧了！水温已经显示 80 度了！"然而他用强大的沉默回答了我的质疑，与此同时，执行命令的本能攥住了我，我伸手将阀门拧到了最大。水温瞬间飙升到了 90 度。

没过多久，他又觉得水不够热了，叫我每隔半分钟就将煤气罐摇晃一下，将那些沉积在瓶底的残气给晃上来。其间可能是嫌效果不够理想，他竟然怀疑我没有遵照他的指示去做，我急于证明我为他效命的忠诚与决心，将煤气罐猛烈地撞向墙壁，搞出一些哐哐的动静。摇了几次之后，他叫我先别摇了，他说："你把煤气罐倒过来！"我一听就觉得这是一道愚蠢的命令。我震怒了："你开什么玩笑？你见过谁把煤气罐倒着放的吗！"他一点也不计较我极不友好的语气，而是表现出鲜有的耐心，解释道："你听我的，把它倒过来。煤气太少了，上不来，你倒过来让管子朝下。"即使他不解释，我心里也已经在盘算：有什么可行的方案能实现这一点呢？最大的阻碍是煤气管太短了，我试了一下，根本就没有多余的长度来让它倒立。我最终想到的办法是，只要将煤气罐抱在怀里，就能将它倒过来了。我成了一只专门为倒立的煤气罐而设的搁物架，我的客人终于能安安心心地洗个澡了。

热水器肯定出了什么问题，依我之见，它已经彻底丧失了理智——要么就是这个世界疯了——它显示的水温是108度。它两侧的散热孔开始冒出黑烟，随即有黄色的火舌蹿出。我丢下煤气罐，跑了。我拽开门，一口气跑出门口，穿过月光下的大半个院子，躲在一棵粗壮的树后面，探出头来，冲着门口大声喊道："别洗啦！快出来，要爆炸了！"

4

"是你报的警吗？"走在最前面的消防员（应该是他们的队长）用手指了指我，开始发问。同时，紧跟在他身后的两名同事自动散开，一个径直朝我敞开的房门走去，另一个则留在院子里四处溜达。消防员们是一些穿橘色连体服的人。我最先看到的是他们露在院墙外面的脑袋，仿佛只是几个结伴而行的夜访者或过路人，在月光的映照下，留给我一种优雅、逸致和气定神闲的印象。但他们来得确实很神速，仿佛是被足球运动员一脚射到门前来的几粒皮球，落地之后还贴着草皮柔缓地滚动了一段距离。他们是一些相对严肃的人，特别是当他们来访时，你同他们开玩笑甚至连握手打招呼都是不合时宜的；而在业务方面，在专业相关的问题上，他们也不遑多让，所以最好不要试图拿出你的不同观点来和他们商榷。"是我报的警。"我说。"什么情况？""热水器着火了。"我指了指屋里，这时他那位同事已经大摇大摆地进去了。问我话的消防员（队长）则平静地偏了偏脑袋，瞟了一眼屋内："没看到明火嘛。"我说："我刚才亲眼看到有火苗冒出来，还在冒烟。不然我也不会报警。""嗯。"他说，"你报警是对的，我不是说你不该报警。我只是告诉你，没什么大的问题，你不用紧张。"这时另一名消防员也进去了；他进去的时候，屋里的那位已经开始转身出来了，拍了拍卫生间的玻璃门，撂下一句"谁还在里面洗澡？快出来，小心煤气中毒"，然后就快步走了出来。这段时间，队长问了我一些问题，包括做什么工作的，哪里人，里面洗澡的人跟我是什么关系。他还问我这房子里还住没住别的什么人，我告诉他房东太太和她的儿子住在二楼。最开始进去的消防员走过来，打断我们的谈话，向队长汇报说（但是眼睛却一直盯着我）："没事了，热水器表面有轻度烧痕，有少量煤气泄漏，阀门已经闭合。"队长绷着脸点了点头，简洁有力地说："嗯。注意保持通风。"这时，后面进去的那名消防员也走到门口说："屋里的煤气味好像比刚才重了。"队长说："那赶紧把门窗都打开。把煤气罐提到户外来。"他们都进去了。我也跟在后面进去，一名消防员叫我去开窗。他们正好走到卫生间门口的时候，那门就开了，我的同行穿着秋衣秋裤出现在门口："我操！怎么回事？"

队长抬起手掌在鼻子跟前扇了扇，瞪着他说："你刚才挺淡定的嘛，再多洗几下你就死在里面了。""到底怎么回事嘛？"他也鼓起眼珠回瞪了一眼，显然认为眼前这些人都有义务回答他的问题。"煤气泄漏！满屋子的煤气味，你闻不到啊？"就好像这离他想要的答案差得太远，他皱着眉头，一声不吭地将手里的毛巾按在湿漉漉的头发上，猛地擦了几下，犀利的眼神从消防员们的身体之间的缝隙中逮到了我，立马就定住了，指着我的鼻子破口大骂："听到没有，老子差点死里面了！你他妈的自己跑掉，不会喊我出来啊？你这个叛徒！"

我说："我叫了你，你没听见……""那你不会砸门啊？你不会拽我出来啊？"这时几名消防员同时嚷嚷起来："快走！快走！""不要挡在这里！""一边待着去！"于是他又跟他们吵："你们什么态度？""我态度怎么啦？""请你到一边去，别妨碍我们做事，OK？""早这么说不就完啦？""那你还杵在这里？""速度！速度！快点腾个地儿！"……这时我手机响了，是女朋友打来的。我一边接一边从屋里退了出来，朝院子里走去。"你那边怎么这么吵？""刚才好危险啊，"我说，"差点着火了，来了几个消防员，是他们在我屋子里说话。""呵呵！"她笑了，"怎么回事？""嗯，就是洗澡的时候，热水器冒烟了……""你等一下。"她说完好像突然消失了。我在树底下焦躁不安地踱来踱去。过了好一阵，她回来了："嗯，你说吧。""你怎么样？""我还好啊。你时间定了没？""我下周告诉你吧，还不知道走不走得开。""有什么走不开的，你那工作不是挺自由的吗？""没以前那么自由了，客户盯得紧呢，把我当员工一样使唤——我不跟你说了，他们在叫我。"一名消防员正站在门口招手叫我进去。

队长告诉我阀门和橡胶管都已经坏了，所以煤气罐不能再放在室内。一名消防员将它提了出去，扔在院子里的树下。队长又叮嘱了我几句，让我今晚最好一直开着窗，等到煤气味完全散了再睡觉。他说，以后不管哪个傻屄叫你把煤气罐倒过来放，你要是想跟他同归于尽的话，那你就照做。这时，他说的那个傻屄已经离我们远远的，一个人站在床边，显得十分没趣，开始往冻得直哆嗦的身上套上厚厚的毛衣。"初中化学，学过没？"队长继续跟我说，"一氧化碳的密度比空气小，它只会往上面走，你把煤气罐倒过来，能管什么用？"我说："课堂上是学过的，只是刚才一下子没想到这个。""那你现在知道了，你屋里的煤气会往哪里走？"我想了想，说："楼上。"队长说："你现在就上楼去，务必把房东一家叫醒。"

房东太太和她的儿子已经关灯睡觉了，我摸着黑上楼去叫他们的时候，发现楼上的煤气味比我屋里还重些。他们很难接受自己差点在睡梦中死去，一想到那样的结局，就觉得无比恶心、反胃甚至想吐。房东太太想到自己为了一点点生不带来死不带去的钱财，竟然差点搭上了性命，就觉得这一切实在不可理喻。"脑子烧坏了！"她反复这样评价自己干下的荒唐事。"我早就说过，不要租，不要租！"她又激动地冲她儿子吼，"咱们家不缺那点钱，犯不着把那些来路不明的外地人引到家里来住，搞得不好你有命挣也没命花！"她说的是实情，我来看房的那天就是她给我开的门，她说她根本不知道自己有房子要出租，也从来没打算把自家的房间租出去。"我们不会让外地人住进来的。"她很负责任地下了结论。这时她儿子从楼上急忙跑了下来，把他母亲拨到一边，带我进来看房。他母亲好奇地跟在我们身后，一边忍不住替她笨嘴笨舌的儿子向我介绍这个房间的优点，一边却坚定地表示不租，不想让外地人进来打扰他们的生活。直到我将一个月的租金和一千块钱押金交到她手里，她仍然抖动着那沓钞票（仿佛随时准备扔掉），一个劲地强调她的立场：要不是她儿子脑瓜里进水了，她是不可能把房间租出去的，要不是看我这人还算老实本分，应该不会乱来，她说什么也不要让一个外地人住进她家里来。

我带着这对母子下楼来的时候，消防员们已经走了。房东太太看到我房间里还有一个陌生人，便立马抓住了把柄，一口咬定事故的起因就在于我——一个外地人——不该把另一个外地人带进来住。我自知理亏，不便反驳，只好听任她数落。但是我那位擅长交涉的同行，才不想听她废话。他先是就"外地人"这一严重损害他感情的说法提出谴责，并顺手把事故的责任推给了房东一家。他指出，正是由于他们给我安装了质量不合格的产品，才陷我们大家于生死边缘。他声明，这件事情跟他来不来住没有任何关系，那煤气罐存在安全隐患，早晚得出事，他只不过是碰巧撞上了。也得亏让他撞上，假如发生泄漏时，这屋里只有一个人的话，后果不堪设想，所以他决不能容忍她这样颠倒黑白，因为他非但不是一个跟他们毫无关系的"外地人"，反而是一个跟他们命运休戚相关的人——首先是他们的受害者，其次是他们的救命恩人。他非常激动地说了一大通，房东太太根本没有置喙的余地。

一开始我还以为他是为了推卸责任而有意使用了某种咄咄逼人的谈判技巧，后来才发现他原来是认真的，他心里当真是这么想的，他自始至终都觉得事故的起因跟他没有任何关系。他内心深处早已认定了自己是无辜的受害者，而没有人正视这一点又使他受到了二次伤害。他突然爆发的口才源于他的真情实感、他憋了一肚子的委屈。他因为平白无故到鬼门关走了一遭而惊魂未定，末了却没有一个人出来安抚他，那些有义务来救他的人还联合起来凶他，叫他"哪儿凉快哪儿待着去"，冷嘲热讽地影射他是"傻屌"，这些他都忍了，因为好歹人家还救过他的命。可是房东太太！她算个什么东西？在她屋檐底下出了这么大的事，让他这样一位贵客受到如此惊吓之后，她不仅连一丝愧疚都没有，连一句关切的问候都没有，还用冰冷的语言来刺痛他。可是房东太太却永远也进入不了他的这种思维轨道，再加上刚才被煤气熏过之后，到现在脑子还有点缺氧，所以尽管她能理解他每一句话的意思，但是她根本转不过来：他到底是怎么说到这上面来的？怎么就"颠倒黑白"了，怎么突然又说到了"救命恩人"——谁是谁的救命恩人？她惊骇地认为对方一定施用了什么威力惊人的语言武器，让她一字不落地承受着那种实实在在的击打力量的同时，又丝毫捕捉不到究竟是什么躲在那语言的背后击打着她。交战至此，她的每一次苍白无力的还击，都可以看作是她为捕捉这种神秘之物所做的努力的轨迹——什么呀？——什么！——你说什么？——你这个小伙子，你怎么能这么说呢！

我一点也不想错过这场精彩的舌战，但这时我的手机响了。上来就是一顿怒斥："你为什么挂我电话？你凭什么挂我电话！我话还没说完你就挂我电话，害得我还在那里一个劲地说，说了半天也没听到你一点反应，才发现自己是在跟空气说话——你知道我多尴尬吗！"我说："我跟你说了呀，消防员叫我进去，我是跟你说了才挂的啊。""我不是叫你等一下吗！""我没听到你说等一下啊，可能你说的时候我已经挂了吧。""那不就是！我还没答应你挂，你为什么挂？""为了活命，可以吗？"我说完这句，眼泪就流了出来。我说："你有考虑一下我的处境吗？我说我这里差点着火的时候,你关心过我一句吗?我他妈的命都快交待在这里了,你在意的却只是我挂了你电话!"静了一会儿,"喂?"她说,像是在笨拙地搭讪,语气柔和了许多,"你怎么不说话啦?你又挂了吗?""没有。""那么危险啊?我不知道嘛。""消防员都来了,你说危不危险?""我不知道嘛。""我求求你了,以后对我温柔点吧……""对不起!对不起!你别生气了好不好?我们以后都不要随便生气了嘛,好吗?我今天也不应该生气的,都怪我。其实我让你等一下,就是想问问你情况严不严重嘛,你看,我本来是想关心你的,可是你把电话一挂,我就只顾着生气了……你知道我为什么过了那么久才打电话来骂你吗?就是因为我太生气啦!我内心挣扎了很久。我本来想,再也不要打电话给你了,我都想过以后再也不理你了……"

月光如水,院子里一片阒静。二楼客厅的灯突然亮了,窗户后面映出房东太太的身影,她站在那里同情地望向我,那目光如梦如幻,紧接着便猛地拉上了窗帘。我仿佛又听见了蟋蟀——它清了清嗓子。

"我想辞职了。"我说,"我不想干了……不是冲动……我连这个城市都不想待下去了,我想搬去和你住……嗯……嗯……嗯……是,我想你了……"

5

这个点，好像大家都在路上。教师新村站旁，公交车一辆接一辆地驶来、停靠、开走，满载着下班回家的人。可就是在这样一个时刻，当大多数人还在回家的路上，有的人却急着出门了——他们离开待了一天或者是刚刚才回到的家里。从离我站着的公交车站不远处那两栋六层住宅的隐秘楼道里，不断传来嘭嘭的关门声，紧接着，"嗒，嗒，嗒"，是鞋跟敲在楼梯板上的声音，沿螺旋路线忽远忽近地响起，但总体上是越来越近了……不一会儿，站牌下就集合了一堆人。

拥挤的站台前，一个望眼欲穿的小伙子，犹豫不决地从兜里掏出烟来，点上，开始了风险对冲式等车法：如果他等的公交车一直不来，至少他赢得了一根烟的时间；如果他不得不把刚点着的香烟扔在地上踩灭，那他也不亏，说明他终于等来了期盼已久的那趟车。

停靠的公交车一开走，从车上下来的人也迅速散去，他们当中有很多人还得临时去买菜，而肚子早已经饿得咕咕叫了。"他们看上去已经厌倦了上班的生活。"我想，"上班把他们下班后的生活也搞得狼狈不堪。"

每天差不多这个时候，我就出门，走上十分钟左右，到这个离家最近的公交车站来接她。碰上她加班还会晚一些。她一般会提前三个站发短信给我，我收到短信便出门，不过还是常常等上很久。有一段时间，我出门前总要磨蹭一会儿，估计她快到了才走过去，结果好几次她都已经气鼓鼓地自己走回来了，或是走到半道上了，像受了恶气的孩子一样，对迎面走来的我瞅也不瞅一眼。我若赶紧上去讨好，请求原谅，就会被她凶一顿："别跟着我！你在家里上网啊，你有本事别出来啊，还出来干吗！"类似的情形经历过几次之后，我索性还是改了过来，恢复了之前一收到短信就出门的做法，最多磨蹭五分钟，再久就不敢了，宁可站在那里多等她一阵。她从公交车上挤下来之后，还没站稳——腿颤颤巍巍的——便马上用紧张的眼神在人群中搜寻，直到瞥见我，那眼神才会放松，不过并不马上笑出来，而是赶紧扭转头去，装作没看到我，然后缩着脖子从站牌前来回涌动的人潮中走出来（时不时顿住脚步，避免与他人撞个满怀），独自往回家的方向走去，这时脸上才会挂上一丝抑制不住的笑。

她说过：如果她下车后，发现我没在那里等她，我知道她心里是什么滋味吗？

但是当她那样一扭头、一笑，我就知道她看见我了，并且她也知道我一直在看着她，但她还是会坚持把戏演下去，在那出戏里，我当然再次令她失望了，毫无悬念地缺席了一场重要的等待。这时我总会保持一会儿当时的站姿：双手插兜，斜靠在广告牌的立柱一侧，目光追随着她渐行渐远的背影，等她过完马路，才将靠着的肩膀轻轻往立柱上一压，一股微妙的弹力从冰冷的柱子表面推向我的身体，我被它弹开来，并顺势迈开了脚步。我用比她稍快的速度跟在她后面。听到我的脚步声（有时是听到我在她身后两三米远处唤她："小妞！"），她就会加快步伐，一边逃离一边惊恐地回过头来："你是谁呀？我都不认识你，干吗跟着人家？""小妞，"我说，"男朋友没来接你呀？你一个人回家吗？要天黑了哦。""你想干什么？我不认识你。""让我送你回家嘛，小妞，我会保护你的。"我若是伸手去拉她的手，或者搭在她的肩膀上，她便一把推开我，并认真地在我手上打一下："哎呀，你这个人怎么这样子的啦！怎么可以随便碰人家……我要喊啦……"一天天的，两人都有点为此着魔……

那也是一个着了魔的时刻，那时刻本身……

是傍晚吗？我不大赞同用这种说法，因为"晚"字让人联想起毫不相干的情形：昏沉的天色啦，喘息的视线啦，空气随着暮色的加深而变得愈加浑厚、危机四伏啦，它吸收了一部分声音和影像，使人们看到的和听到的都显得暧昧、模糊、不真实……其实不是这样的，离这种时刻还早着呢。我说的是一天中最好的时光，是日子的精髓部分，像是经过一天的酿制才滴出的几滴仙露，浓缩着一个童话般纯净的梦境。真与美的交融达到了极致：万物终于摆脱了自己的影子，将那些在土地上晾晒了一天的沉暗魂魄扶回了体内，它们以一种低调的方式确立了自身的清晰，将人世间零零碎碎的悲哀掩藏起来……这正是人们结束一天的工作、被称作"下班高峰"的那个时刻，倦鸟归林，浮云归山，天空像湖水一样蓝，光滑无痕地挂在每个人的头顶上方——即使边缘仿佛被火烧过似的卷起来，但是人们仍然对这片未曾使用过的天空（它向人们许诺了温柔、惬意、诱人的夜晚）充满了感激，他们行走在这片天空下，怀着某种如同爱情中的献身精神般的坚定的决心和愉快的意志。

如果是冬天，我们依偎着走回去，便可以相互取暖。天空中的光显得心事沉沉、行色匆匆，使得天色暗得比较早，人们提前启用了灯光；我们走过围墙脚下的一个路灯，又一个路灯，拖着渐渐拉长又渐渐缩短的影子。快到围墙拐角处的风口时，她都要站立不前，重新酝酿一番勇气。不过那阵风并不像她以为的那样有所停歇，她刚一探出头去，头发和围巾便狂舞起来，"啊！"她一声尖叫。我拖起她就跑："哈哈，哈哈，你在等它过去，它也在等着你呢。""等我干吗？"她边跑边喊，因为风饥不择食地把她的声音吞噬掉一半。"等你一探头，就吹你！""妈的！"她恨恨地说。我们跑过风口，放慢步子，现在又来了一堵围墙，我们贴着围墙的墙脚走。走完这截围墙，还要过一个风口和半截围墙，才到家。爬楼梯，她都要爬得喘粗气，脚步简直像砸在阶梯上。"到了没有？"她崩溃地问。一般都是我在数；她爬到后面就有点神志不清了，像在死亡线上挣扎，到了几楼根本就没有概念；所以我会告诉她："再坚持一下，就快到了。"但其实离真正到达，中间还隔着两次坚持和快到了。我总不能一开始就告诉她实情，否则她的心态真的会崩溃，甚至会不切实际地想让我背她上去。有一次，就是在爬楼途中，我从她气喘吁吁地讲给我听的一个段子中得知——发生在一男一女之间令人捧腹的对话——"到了"也指高潮的意思。打那以后，我每次都无比期待率先到达我们所住的楼层，好煞有介事地说出那句"我已经到了，你还没到吗"，而她就会笑着说："妈的，你这个没用的东西。"进了门，她把包一扔，又扯掉围巾，脱去外套，便往床上一倒，喘着气（像是故意的）说："我的妈呀！……累死老娘了。"隔几天，便要去洗一次澡，因为家里没有热水器，我们就去浴室洗（这意味着，回来时又得爬楼梯）。我最喜欢看她忙忙碌碌地准备那些洗澡要用的东西：洗发水，沐浴露，洗面乳，面霜，身体乳，浴巾，干净的内衣、内裤、袜子，擦脚用的小毛巾，洗衣液……最后用好几个塑料袋分开装起来，全部放进桶子里。我不是说我真的会一直看着她干活；我会坐在一旁，要么上网，要么看书，但是我知道她在做这些，她忙得要死、急得要死（去晚了就没热水了），而我自己却很清闲，等着享用她的劳动成果，或者说我已经从这种等待中享受到了某种世俗的满足。

老板娘的目光令人发怵，她倒不是盯着你看，她会刻意淡化"看"这个动作。她努力让你觉得，她看你几眼实在再正常不过了，但正是隐藏在她脑子里的这个善意的想法，使得她有意无意间瞟向你的眼神含有某种心照不宣的意味（特别是一不小心和她四目相对时）。而这种让我难以忍受的眼神总是在这样的对话中密不透风地笼罩着我："呵呵，来了？""两位，一间。"（我根本不想同她废话。）"六块钱。"我交了钱。"找你一，二，三，四，四块。"有时还有："记得把排风扇打开，有水汽的。"我怀疑，她是不是每次看到我们来，心里总要嘀咕：妈的，这两个人，又来我这里搞搞。那确实是很尴尬的。

她，我的女朋友，是否也承受了这种尴尬呢？我不知道。反正每次都是我去交钱，去面对老板娘密不透风的眼神和那阵尴尬，就像——这倒也公平——每次都是她准备洗澡用品一样。我交钱的时候，她会先进双人浴室里去，将那些东西摆放好，将两个水龙头拧开，再拉上里面的玻璃隔断门。水龙头冲出来的水一开始是不热的，或者只是温的，放一阵，才会烫起来。等我交完钱进去时，她会迅速将门关上，反锁起来。然后，站在玻璃门外面的隔间里脱衣服，将外套、毛衣、裤子仔细地折叠，用一个塑料袋垫着，放在水泥台上；要换洗的干净贴身衣物用另一个塑料袋包着，早已放在一边了，而浴巾则折好放在这个干净的塑料袋上面；脱下来的秋衣秋裤和内衣内裤以及袜子全部扔在桶里备洗，这时两个人都一丝不挂、冷得发抖了，于是拎着桶（里面除了要洗的衣物，还装着那些瓶瓶罐罐），拉开玻璃门冲进去。那不是家里的那种莲蓬头喷出来的水，而是直接从大约两米多高的上方的一根弯折的金属管里泻下来的银光闪闪的水柱。水跌碎在瓷片上的声音很好听。空气中翻腾的水汽只能稍稍缓和一下刚才的颤抖，并不能马上使我们热起来，最有效的做法还是一人对准一根水龙头，冲过去。"哎哟，烫的呢！"她说，但并不躲开。水柱在我们身上溅开了花，整个人瞬间软化了。

对我来说，这是一个过于漫长的过程。她要先洗衣服，两个人换下来的衣物洗完，我都觉得我差不多洗完澡了。其实我十分钟就能把澡洗完，不过我会故意延缓所有的步骤，每次到最后，我都不知道还能对自己的身体做些什么了。考虑到程序烦琐（秋衣秋裤、内裤和袜子都要分开洗），她洗衣服的动作算是快的了，我喜欢她这种干脆利落：搓一搓，揉一揉，用水冲净。她蹲在水龙头下洗，水流击在她的背上四处乱溅。（有时在家里烧热水擦澡，她也会伸过手来："内裤，脱下来。"我哪怕当时正在看书，也会先把内裤脱给她洗。）洗完衣服，大件的、吸水性强的衣物我们就一起拧干，一人抓一头，并不交流也知道各自该往哪边拧。拧干后她将桶冲冲水倒掉，把衣服（被拧得像一条条粗虫）扔进桶子里。我拉开玻璃门，提起桶放到外面的隔间去。动作慢了，她很恼火："快点啊，热气都跑出去了！"她终于闲下来，开始洗澡……不过她真正洗澡还要等到后面，因为她刚把头发淋湿，我就会走过去，抚摸她。很少有这样的机会：两个人脱光衣服这么久还不做爱，还不碰一下对方，却在那里一本正经地做各自的事情，仿佛那些事情那么重要，仿佛忘记了某个梦想似的。我们紧紧地缠绕在一起，持续不断的水流从某次大力的撞击后，便平静地漫过我们的皮肤，另一注水流则从我身后的水龙头浇下来，激动地敲打着地面，像一个旁观者正努力唤醒我们的耻感……我从未感到另一个人如此完整地属于我，我可以对她做任何事情，这无边无际的权力让我觉得恐怖。当我想到我也属于她时，这种恐惧感才会消失。我感到一阵窒息，不好，我们吸入了太多长着毛的水汽……

稍稍陪她洗一阵（不然我会觉得自己是个负心汉），我还是先出来了，里面实在是太闷，还热得出汗。我擦干身子，穿好衣服，坐在水泥台上，呼吸玻璃门外寒冷的空气，同她说话。

"你还记得我那条秋裤吗，厚的、加绒的那条？"我冲着那扇起了雾的玻璃门说。其实这条秋裤现在就穿在我身上。

"记得。"她说，"怎么啦？"

"有一次你跟我讲过，好像是去年，我还没辞职的时候，来你这里住了几天，走的时候把那条秋裤留在你这里了。后来你一个人来洗澡，顺带洗衣服。来的时候很轻，回去时贼重——你事先没想到我这条秋裤吸了水之后就很难拧干了，害得你歇了几次才提回去的，哈哈。"

"是啊，怎么啦？"

"没什么。"我说，"只是时不时想起这事。你说，刚才外面的人会不会听到？"

"肯定会，"她说，"我叫得那么大声。"

那叫声不可思议，似乎因为事态过于离奇而掩藏不住内心的惊讶，那惊讶被激起后就不断地涌出来而未停过，因为一个时刻比一个时刻更离奇，因为事态一直在朝着越来越离奇的方向发展，几近失控；那叫声仿佛在说，哦，你竟敢这样！哦，你这个浑蛋！哦，真不敢相信你竟然对我做出这种事情！

她终于洗完了，红光满面地出来，冷得一哆嗦，紧接着便非常夸张地佝偻着身体一路小跑过来，嘴里发出呜呜的声音。我赶紧把浴巾披在她身上。擦干水之后，她似乎一点也不觉得冷了，开始镇定地往脸上涂面霜、往身体各处抹身体乳。我耐着性子等她把秋衣秋裤都穿上，便立马将门拉开一条缝，先钻了出来。她并不制止我，可能她也不想让人看到我们一块儿从里面出来吧。我出了浴室就直奔柜台旁边的小书架，那上面搁着一个吹风筒，拿起来对着头发吹几下，很快就干了。然后撩开大门的塑料门帘，跑到户外去抽烟，一边吸入久违的新鲜空气。经常是烟抽到一半，女朋友也提着桶子出来了，神清气爽地走向柜台。我便透过门帘看着她吹头发。她歪着头，一会儿侧向里边，留给我一个折弯的背影，一会儿侧向外边，隔着门帘面无表情地与我对视。她手上的那些动作，看久了会让我觉得荒唐滑稽：她好像在扯着自己的头发跟自己打架，又像是抓着一把性感的枪在朝自己的脑袋温柔地扫射。最后，她把吹风筒放回小书架，总要多此一举地冲老板娘喊一声"谢谢啊"，迫使那个因不满我们洗得太久而早已一脸怨气的中年妇女，不得不有气无力地道一声"好，慢走"，她这才提起桶子，撩开门帘，带着她那满脸虚假的、还没来得及收敛起来的笑走出来。我突然产生了一种幻觉，好像我又有了一个新的女朋友；仿佛我刚才在一个山洞里跟一具性感的胴体一起生活了近半个世纪——那个也是我的女朋友；而现在，当她穿上衣服站在我面前时，她的本质已经发生了改变，让我突然对她怀有一种同志般的道义与情谊，一股热浪几欲冲破我的胸腔，迫使我渴望告诉她："我非常尊重您！由衷地敬佩您！"

6

每次逛完街回来，她会迫不及待地把刚买的衣服全部试一遍。每试完一件脱下来时，她的乳房就像刚刚挣脱束缚的两只兔子，先跳出来蹦跶几下。我对这一事物的回忆最多、最鲜活。那也是我们交往过程中——如果那是一段短短的旅途——所经过的最难忘的一站，曾给我留下最深刻的印象。我们很早就抵达了它。第一次见面，她便领着我参观，并热心地讲解：这是副乳，这是钢圈的勒痕，这就是一颗普通的痘痘（"你丫故意的吧？"），这些蓝色的是静脉（寂静连绵的山脉），最后她通过示范穿戴内衣时应该怎样拨拢那些脂肪，结束了她的讲解……那是一个惊喜不断的下午，我不但对她的慷慨，甚至对我的无知充满了感激……

女朋友对于裸露这件事，简直有着异乎常人的天赋，丝毫不会觉得费解或难为情。当我们从外面回到家里，经常是我一不留神，她就已经脱得只剩一条内裤了，然后抖动着两只乳房走来走去，满屋子翻找她那套只在室内穿的家居服。她从来不会先找好了衣服，再躲到一个角落里去换。还有一次，她的闺蜜拎着一大包衣服来找她，想让她当一回模特，给自己即将在淘宝店上架的新品拍几张卖家秀。一开始，她还只是拿着这些衣裙贴在身上比来比去，可是当我再次从书本上抬起头时，她已经麻利地脱得只剩下内裤了——就当着我和她闺蜜两个人的面！闺蜜的脸立马红了。她却若无其事，冷峻地套上一件连衣裙，拉起她闺蜜的手，跑到外面的走廊上拍照去了。每次拍完照，两人有说有笑地进来，继续试下一件。她闺蜜好像也习惯了，一进来就催她："快脱！快脱！试试这一件。"

我们吵架的时候，她也经常当着我的面换衣服。双方正在气头上，也不知道她哪根筋搭错了，突然怒气腾腾地一把脱掉身上的衣服，去找另一套衣服换上，继续跟我吵。但是当她以裸体的形象出现在我眼前的一瞬间，我的怒火已经失去了发泄的对象。她就像变戏法一样，使得那个我一看到就气不打一处来的家伙，从我眼前凭空消失了。我好像只是在跟一套衣服生气，现在这套衣服不见了，我就只剩下自己跟自己生闷气的份了。每次吵架都要冷战几天，她会挨着床边给我打一个地铺。晚上我们各干各的事情，大部分时候她都占着电脑上网，我没有电脑，只好看书。经常是她想睡觉了就立马关灯，根本不顾及我手里还捧着一本书。某天夜里，她睡得迷迷糊糊的从床上滚了下来，砸在我身上，漫长的冷战这才宣告结束，直到下一次她气急败坏地冲着我大喊大叫，一切又回到了原点……

归根结底，她之所以看我不顺眼，是因为我没有工作，整天无所事事，过于频繁地在她眼前晃悠。我也不是一直没去找过工作，那些只上了几天班就再不去了的工作，有很多就是在那段时期找的。干得最久的是在一家副食品公司，他们生产某个山寨品牌的零食。我只在那里待了十天，前三天在公司培训，剩下的一个礼拜则被派去另一个城市出了趟差。我把自己关在旅馆里七天，写完了一篇自己比较满意的小说，私吞了公司预支的一千块钱差旅费，吃完了随身带过来准备给客户品尝的样品。从那里回来后，我换了一张手机卡，让公司再也找不到我。

"这次又是为什么？"

女朋友显然受够了我那些幼稚的理由，为了掩饰自己的懦弱无能、不负责任而挖空心思地想出来的那些好笑的借口，什么公司的产品毫无诗意，什么企业文化的宣传册里有我讨厌的字眼……听一两次还觉得耳目一新，但老是这一套，她就烦了。她很反感我不从自己身上找原因。她怒问我有没有想过，社会之所以这样运转，自有它的道理。她觉得我就是一朵想要不染于是拒绝站在淤泥里的莲花，整天欣赏着自己枯萎的倒影，还以为自己特了不起。

这些话可真是刺痛我了。我也冲她大吼了几句，然后麻利地给自己打了个地铺（意思是不劳她受累），蒙头便睡。第二天傍晚，我像往常一样（迫于她的淫威）去公交车站接她。我板着脸靠在广告牌的立柱上。公交车来了，门一开，她头一个从车厢里跳下来，脸上还带着没来得及收敛起来的假笑，估计是在车上跟某个刚认识的人尴尬地聊了一路。她本来又想装作没看见我，但瞬间改变了主意，仿佛为了不浪费残留在脸上的假笑，便继续保持着它，朝我快步走来。我有点不知所措，我是不是应该迎上去跟她握个手？然而她一把搂住我的脖子，在我耳边说："昨天晚上，你怎么不上来啊？"

这一幕来得既突然又自然而然，仿佛不是一个人在向另一个人——而是一种性格在向另一种性格、一种命运在向另一种命运——发问。

跟她去她家里见她父母（我不知道哪里来的勇气）时，我更加深切地感受到了两种命运的差距。她家的每一块地板砖、每一个平方米、每一件家具都在向我抛出一个问题：你猜我值多少钱？偏偏在这个时候，我接到了我妈的电话，似乎在用某个沉重的代价提醒我：别忘了你是谁的儿子。

那天上午，我陪她去逛完超市之后，回她家。当时我们正走到小区的围墙外面，她突然兴奋地说，我们可以翻越这堵围墙，这样就不必绕远路从小区大门口走回去了。她读中学的时候，为了偷懒，经常这么干。我将她的话理解为某种暗示，似乎她邀请我一道翻越的是某堵看不见的、只存在于寓意中的围墙。我立即接受了她的邀请，借助于围墙上的铁栏杆颇费了一番劲才爬上去，然后蹲在那上边朝她倾下身去，伸出手臂。可就在那一瞬间，我看到她眼中掠过一丝害怕。她竟然把手藏在了背后，心神不定地说，我还是走回去吧，你帮我把东西接过去就好了。或许我应该给她一点信心和鼓励，向她保证绝不会让她蹭破一块皮，哪怕一起掉下去，我也会垫在她身下。但我当时只感觉到被她愚弄了，立即转身从那上面跳了下来。

我站在单元门口等她走回来的时候，我妈的电话就打过来了。是我爸：他刚刚从建筑工地上摔了下来，腿骨骨折了。

因为今年过完年，就该轮到伯父一家来照顾奶奶，我爸妈便又去了广东的同一个镇上打工。我妈进的是服装厂，离我爸做事的工地不远，所以她立马赶了过去，一个小时之内便把他送去了医院。

我回想起刚才从围墙上跳下来之后，膝盖被震得生痛，心里头曾闪过一丝恐慌。我以为膝盖里面的骨头裂了。而现在，我更是产生了极不舒服的感觉：就好像是我爸替我摔了那一下，虽然他在一个小时之前就已经摔了。我抬头望了一眼身后的围墙：它确实太高了，我这辈子好像从来没有从那么高的地方跳下来或者掉下来过。

我待会儿要不要把这个消息告诉她呢？我很担心她听完之后又会冒出"呵呵"的笑声（就像听说我住处差点着火之后），那样的话，我可能从感情上接受不了，尽管我知道她并无恶意。而且，我也不希望她的爸妈知道。幸福的家庭千篇一律，不幸的家庭却有着花样繁多、层出不穷的不幸，我不应该用那些不幸（譬如，一个农民工的悲惨遭遇）来扫他们的兴，况且他们也理解不了这种事情。

"哦，没什么。我爸不小心摔了一跤，把腿摔伤了。"

所以后来，当女朋友问起时，我只是轻描淡写地说。

我倒不是刻意对她隐瞒什么，相反，我只是生怕无法恰如其分地把这件事情讲明白、讲透彻，让她充分地理解它。真要讲起来，恐怕光是"建筑工地"四个字就够她琢磨的了。而我爸为什么会出现在建筑工地上，这更是她穷其一生都无法理解的，除非有一天她能下嫁给我，远离这个养尊处优的家庭，亲自到我们家来体验一番。至于我爸为什么不但出现在建筑工地，还要从脚手架上一个跟头栽下来，把自己的腿给摔断，这个就连我也想不明白。在此之前，我确实常常琢磨这一类问题，譬如，我看电视上或网络上的民生新闻时，总有一个很深的体会：世界上的灾祸好像更加眷顾那些本来就一贫如洗的家庭，而这样的家庭也偏偏更容易招来命运接二连三的打击。怎么会这样？我百思不得其解。按照进化论的观点，如果真的有这样一个比其他人更容易激怒命运的人种存在，他们不应该早就——因饱受命运的摧残而——灭绝了吗？我真想带着这个疑问，去请教那些一直在承受着命运暴击的当事人。"为什么？！"我在心里怒不可遏地质问他们当中的某个代表，从模糊抽象的人群中随机揪出一个生动具体的形象——我发现他就是我父亲——"为什么不争取活好每一日？非得这样你才舒坦？为什么不认清形势、铭记自己的穷，时时处处小心谨慎，不给命运可乘之机？"而这时，我的父亲正从二楼的高度坠落，听到我愤怒的质问，他努力使坠落停留了片刻，一声懊恼的叹息——"噢，我又闯祸了"——以气泡对话框的形式飘浮在他绝望的表情上方，紧接着便是"咔嚓"一声骨头断裂的声音。

当天傍晚，我妈又打来电话。当时，我正在跟女朋友一家吃晚饭。我以为是爸爸的伤势更严重了，要么就是向我开口要钱，总之是一些不适合在别人家饭桌上谈论的事，于是我起身进了客房。当我接完电话重新回到餐桌上时，刚一坐下，女朋友（她就坐在我边上）立即扯了扯我的衣袖。我低下头去把耳朵凑在她嘴边，一股热气喷在我耳廓上，有一点痒，但非常舒服："你爸还好吧？"然后换我捂着嘴凑到她耳边，闻到一股香水味："是我爷爷死啦。"

于是，她用她暖乎乎、软绵绵的手掌轻轻地叠在我的手掌上，五个手指像热水一样渗透我的指缝，跟我来了一个十指紧扣。

7

"爷爷都没了！你还在火车上！人家村里那些侄子侄孙都赶回来了。你一份破工作，就不能辞掉吗？人家也在广东打工，人家也在浙江进厂，难道比你近很多？你们还是亲儿亲孙！左一个理由不来，右一个理由不来，就算没有感情，事情不用做的吗！"

堂哥问我什么时候到，我说在火车上了，明天中午应该能到。他就在电话里冲我发了一通脾气。

我惊出一身冷汗，这才意识到，昨晚不应该在女朋友家耽搁一宿的，我应该一接到消息就立马飞奔着去买火车票。

想到还要坐十几个小时的车才能到家，我的心情变得阴郁起来。我确实耽搁得太久。我忘了把路上的时间也算进去了。而且我没有考虑到，在其他家庭成员都缺席的情况下，我确实应该尽快赶回去才对。农村办葬礼，总要热闹几天，基本上从入殓开始，家里就客人不断了，而搭彩棚、布置、采购、联系乐队和风水师、招待客人吃喝等等，哪一样都需要人手，现在这些事情就只能让伯父一家来受累了。他们会怎么想？当然咯，父亲摔伤，那是没办法的事情，母亲留院照顾也在情理之中；妹妹还小，当以学业为重，估计也不至于怪罪她；就算是我，如果真有急事脱不开身，晚回一天也不是不可饶恕，但所有这些事凑在一块儿，导致关键时刻我们全家人缺席，那就必须有一个人出来承担责任了。而这个人除了我，还能是谁呢？再说，亲友乡邻前来烧纸磕头，作为孝子孝孙，我们是要在一旁陪跪的。客人还在门口放鞭炮的时候，我们就应该在棺前排成左右两列，披麻戴孝地伏跪在地，迎候客人进来，等客人对着棺木跪拜揖首礼毕，起身过来扶一下我们，我们才能站起来。如此重要的礼仪，我们有什么理由全家错过呢？别人看到会怎么想？本来，村里人都在议论了，说爷爷是被爸爸摔伤的消息给惊死的，这在伯父一家人的心里，难免不留下一个疙瘩……堂哥以为我只是因为工作才耽误了行程，就已经这么大意见了，他要是知道了实情，还指不定会怎么想呢，或许会觉得我不配为人吧？——按照人之常情，昨天吃完晚饭，我不是应该立马就走吗？

"走吧！"

坐在我对面的是一家三口——灰头土脸的年轻夫妇和他们鲜亮可爱的女儿。列车广播响了，报出前方到站，那位一言不发的母亲放下手中没喝完的泡面汤，起身说走吧。他们脚下几乎堆着全部家当：大包小包，还有一只鸟笼。其中最大的那个编织袋，鼓鼓囊囊地咧着口，露出锅柄、羽毛球拍、热得快……那只鸟笼（足足有小女孩半个身躯大）里面则站着两只绿色的、互不理睬的小鸟……

女朋友她爸也在家里养了一只鹦鹉，关在鸟笼里，挂在阳台上。为了解闷，他每天都要逗弄它，教它说话。我见到那只鹦鹉的第一眼就不大喜欢它——它对我非常冷淡，不拿正眼瞧我，让我觉得它装了一肚子坏水，随时准备出我的洋相。它就跟那个家里所有的东西一样，对我唯一的兴趣就是希望我能猜对它的价钱。

在见到它之前，女朋友就曾多次跟我提起过这只神奇的鹦鹉，郑重其事地夸耀它，说它不但会说人话，还能模仿不同人的声音和语气，就跟我们日常说话一模一样。有时它还会故意学她爸咳嗽，到了以假乱真的程度，不知道的还以为就是她爸在咳呢。

我想，他一定也想把女儿这么关起来养着，每天陪着他消磨时光，所以眼下他正千方百计地劝说她辞职回家，离开省会，回到老家那个三线城市去当一名带编制的职校老师——这份工作，不用说，他自然是有能力帮她搞定的。

为了消磨晚上的时光，吃完晚饭后，女朋友的爸妈一般都会出去打两个小时的麻将。在此之前，他还得先消磨一段等待的时光——他得等阿姨收拾干净厨房。这个时候，他会踌躇满志地在阳台上点燃一支烟，然后舀来一小勺水喂一喂鹦鹉，并试图教它说几句漂亮话。然而，那只聪明的鸟却决不轻易就开口。阳台上静悄悄的，只有一缕淡淡的青烟从他指间升起，绕着圈，耐着性子，缓缓地飘进鸟笼里，并不断扩大。我不该在阳台门口探了下头（我为什么还不走呢），他一看到我，便冲着我笑了笑：聊聊呗。

我陪着他坐在阳台的椅子上，边抽烟边聊天。这还是头一回。刚开始我并没有紧张，但我忘了具体是从什么时候起，我全身的肌肉和骨骼开始止不住地颤抖。一开始确实像是闲聊，他问我，家里有没有兄弟姐妹。我说，就一个妹妹。他说，那你是家里的长子，也是独子，因为你妹妹迟早要嫁出去的。我说，是的。他说，那你爸妈肯定希望把你留在身边。我说，还好吧，我在这边工作，他们自己也在外面打工，根本顾不上我。他便干笑了两声，说，等他们老了，就不是这样说了。接着，他又问我有没有买房的计划。我说，没想过。他装作很惊讶，为什么？我说，现在房价那么高。他便说，这些事情是每个男人都必须考虑的，你以后的担子还很重哩。你将来成了家，不光自己的小家庭需要一套房子，还应该在附近给你父母买一套，我们都是这样过来的……

他像一个突然决定卸下伪装的探子，直视我的眼睛："你跟她现在究竟是什么情况？"我说是我在追她，她还要考虑考虑。他明显松了一口气，脸上露出一丝掩饰不住的得意，说：我自己的女儿呢，我还是了解的，她并不是那种不理智的女孩，虽然有时候也会使性子，但总的来说，想事情、看问题都比较成熟——说句可能冒犯你的话，比你要成熟一点。我说，是的，我比较容易冲动，这个她也知道，但我是真心喜欢她。他说，这不用你说，她也跟我们说过，你为了追求她，辞掉原来的工作，跑到她工作的城市去，算是很有诚意了。对于这一点，我跟她妈妈还是很感动的。所以我们才愿意请你来，把你当贵宾来招待，不然的话，一个男孩子随随便便跑到一个姑娘家里住几天，街坊邻居、亲朋好友看到了，不怕说闲话吗？"走吧。"阿姨已经擦完了灶台，准备出门了。我说，叔叔，给你们添麻烦了，真是不好意思，我明天得回去了。我没有提我家里的变故。他说，什么麻烦不麻烦的，你千万别以为我是要阻拦你们在一起，我和她妈妈只是替你们着急——事情一直这么悬着，既耽误她，也耽误你。我们一直是这么跟她说的，你别耽误小彭，你考虑也考虑了这么久了，行不行早点给人家一个痛快话。他已经为了你辞掉一份工作，别等到人家为你付出更多，你又说没看上他。所以你看，我和她妈妈丝毫没有要干涉你们的意思，这事全在她：她要是不愿意接受你，我们也帮不了你；她要是愿意接受……他猛地停顿了，似乎对突然跳出来的这个选项感到无比意外，于是，就像跳远运动员在起跳失败后又折回去重新助跑一样，他又将这几个字重复了一遍：她要是愿意接受你，那我们作为家长，也不能说什么，那这事咱们就另做打算、另做方案吧。我早已经抖得像碎石机上的传送带了，仿佛全世界的话语都被震得粉碎，变成一堆无意义的字眼在我身上狂蹦乱跳，我得用双臂暗暗夹紧自己，才能从喉咙里准确地抖出我想说的那句话来：是是是什么方方案？他说他就生了这一个女儿，看得很宝贝的，不可能把她嫁到你们湖南农村去（"别误会，小彭，我不是针对你或你的家乡，对任何想要跟她结婚的男的都一样"），她结婚以后必须在这边生活。结了婚总得有地方住吧，我们这里目前的房价是一万出头，你工资多少？我我还在找找工作，我说，同时不得不用力抱紧自己的身躯。我知道，他说，你上一份工作呢，能挣多少？我如实相告。嗯，他十分满意地点点头，仿佛证实了他的预判：凭你目前的收入，短时间内要购置一套婚房不大现实哦。不过没关系，我不是说我另做了方案吗？我的方案就是，我可以出钱给你们买一套房子住。"该走了啦！"阿姨已经换了身出门的衣服，又在催了。他扭过头去，将脸冲着她干咳了一声。不过，也可能是那只鹦鹉咳的。我可以花钱给我女儿买婚房，他接着说，可是十年之后呢？等你父母老了，你又不可能回去照顾他们，那是不是应该把老人家接过来住呢？住在一起吗？那肯定会影响你们的生活质量。所以最好还是照我前面说的那样，在附近再买一套房子给你爸妈住，方便照应。你爸妈千辛万苦把你养大，让你接受高等教育，多不容易，这一点要求不算过分吧？那你可得想清楚喽：十年之后，你有信心买得起这里的房子吗？光是和两年前比，我们这里的房价就已经翻了不止一倍了，十年之后会涨成什么样子，谁也不敢预测。我没有吱声，因为我根本没有他所说的那种东西——信心，以及别的什么玩意儿。他继续满意于情况仍然没有偏离他的预判。最后，他说，总不能又让我来掏钱给你爸妈买房住吧？"你走不走！"他老婆站在门口大喊一声，她已经换好鞋子出去了。

他们走了之后，我又在阳台上抽了几根烟，直到身体抖累了，抖恶心了，不再抖并且这辈子都不想再抖了，才走到女朋友的房门前，推门进去。女朋友正在傻乎乎地看网上的一档非常欢乐的综艺节目，我坐下来陪她看了一会儿。我一次都没笑。她扭过头来，好奇地望了我一眼，说："行李都收拾好了吗？"我"嗯"了一声，其实并没有收拾。她知道我明天回去。爷爷死了，爸爸躺在医院动弹不得，妈妈必须留在那里照顾他，都不能赶回去参加葬礼。妹妹呢，考虑到她在外省读书，我妈干脆没告诉她，怕她分心，也省得她一个姑娘家来回奔波。我是我们家唯一的代表，一定要回去的。"回去之后，记得每天洗澡。"她叮嘱我，"如果家里没热水器，那至少每天烧水洗脚、洗屁屁，换内裤，就像我们之前那样。还有，记得想我。"我又"嗯"了一声。她又问我，这几天住得习惯吗？我感觉再不说话她就要发火了，便回答说，比住酒店舒服，我要是你，这么好的房子住着，还去外面租房子、挤公交车上下班，吃那个苦？她伸手打了一下我的头，就你那点出息！

跟我确认过"他们都走了吗"之后，她便拿着我的手放在她的腰上，又冲我挤了挤："你刚才跟我爸都聊了些啥呀，聊那么久？"

我犹豫了一下，说："我们分手吧。"

既然走到了一段关系的顶峰，谁也离不开谁的热恋阶段，那么就离开呗，再往后，爱情只能走下坡路了。或许这样分手更好，至少日后不会发展成相互折磨、相互仇视。

她就没再说什么了，转过头去继续看节目。我也一声不吭地陪着她看。那帮明星正在使出浑身解数逗我们笑。正是这个阴险的目的让我感觉特别恶心。

不知过了多久，她突然笑了一声：呵呵！那是为了掩饰她掉在键盘上的第一滴眼泪。那滴眼泪就像一个风情万种的女孩，她的出现必然引来众多奋不顾身的追求者，于是从我眼里争相涌出大量的眼泪来，它们不计后果地流着，哪怕摔得粉身碎骨也要去跟她的那滴眼泪汇合。更多的眼泪受到了蛊惑，又或许是被一种席卷一切的趋势裹挟着，不仅仅是为了心碎而流，也为了痛快而流，为了爱情中的正确而流，我的泪，她的泪，不分彼此，源源不断地奔涌而出，如同山洪暴发，大坝决堤。后来，就连鼻涕也来凑热闹，试图加入这场前所未有的分泌物的狂欢，我们开始担心局面会变得难看，便派出那没有温度、没有骨气的警察——一张张雪白的纸巾——去维持秩序，将那些鼻涕带走。

忽然，幽默感又回来了，我们笑得脸直抽搐，而且就像刚才之所以会发生眼泪的踩踏事件一样，我们的笑也在相互感染，共同茁壮起来；我们明知道不能直视对方的眼睛，但就是没有力气将各自的目光从一种纠缠状态中拉扯出来，我的笑，她的笑，不分彼此，狠狠地摔打在一起，直揍得双方都鼻青脸肿，然后抱在一起仰天大笑，泯了恩仇。

我们在泪水中接吻，又在亲吻中叹息。

我的心脏被一股凶残恶毒的力量猛揪着，榨干了它里面的最后一滴人性，只剩下一个狭隘的想法。我意识到分手事实上意味着再也不能跟她做爱，而我将一辈子承受这种痛苦。就像人固有一死，如果再也不能跟她做爱是我逃不掉的宿命,那么我至少希望能够好好地珍惜和把握住最后一次机会,在发生的当下便预备好一种与之相称的心情,将它当作一场纪念仪式来完成,并永久地刻在我们的记忆深处。这将是我唯一还可以去争取一下的,一点点可怜的自主权。要做到这一点,必须有个前提,那就是我得事先知道这将是我们的最后一次了。而现在这个前提实现了。事实上,这个千载难逢的机会,完全是拜她爸所赐。

我又听到了曾在逼仄的出租房里、在那张嘎吱作响的窄床上、在水汽缭绕的公共浴室里响起过的,那久违的叫声。那叫声,正如我前面所说——不可思议,无法自已。如果我能带走它,我将带走这个时刻,让它成为留在我指缝间的沙粒,永不流逝。可是我有什么办法带走它呢?有什么能把它刻录下来吗?

我脑中突然闪过了鹦鹉——那只聪明绝顶、神情倦怠的笼中之鸟,那个一直对我冷眼相对,仿佛一眼就能洞穿我灵魂的家伙——只有它有那个本事,说不定此刻正在阳台上侧耳谛听呢。它即将完美地复刻下她的音色、她瞬息万变的情绪和无比奇特的语法,待我离开之后,在这个家里一遍一遍地不合时宜地播放……

8

转车到了镇上之后,我叫了一辆摩的(司机是个年轻、草率的小伙子,但笑容很诱人)。从镇上到村里这段路已经烂得不能再烂了,我感觉是一路跳过来的。我很怕,呵斥他,叫他"路不好走就慢一点"。他说,很大的灰啊!原来他想超过前面的一辆大货车和一辆小汽车,这两辆车一直开在我们前面,扬起的灰尘足足有两幢房子高,我们一路都在吃它们的灰。超车的那一刻真是恐怖,我们驶进了尘团的中心,能见度几乎为零,如果对面有车驶来,我可能就去见我爷爷了。

三奶奶的背已经驼得——何止是与地面平行,简直都快一头扎进地里去了。我刚一进村,这个怪物一样的老妪就从村口第一堵墙后面冒出来,摇摇晃晃地朝着我很慢地冲过来,一路冲一路念叨:"哼,来了!哼,来了!"冲到我跟前时必须仰起头才能与我对视:"不容易啊,总算回来了!"她的头刚好够到我垂下的手掌,于是一把抓住我的手,吓得我下意识地把手一缩,但是徒劳。她拖着我的手说:"快去看一眼你爷噢!造孽啊,临死都放心不下你,念叨你名字呢……总算回来了……"她拽着我往我爷爷家走去。非常矛盾的是,她一边催促着我赶快走,赶快"去看一眼你爷噢",自己却（由于生理原因）走得奇慢无比，我为了不丢下她，也不得不放慢脚步。我本来是可以把她甩在身后，一个箭步飞奔到爷爷灵前的，可问题是她一路都在跟我絮叨，并且拽着我的手不放："紧赶慢赶，没赶得上看你爷最后一眼噢……他咽气时还念叨你呢，说盼着你成亲……他死不瞑目！"

拐过墙角，就看到爷爷家的屋前搭起的彩棚底下站着一坪人，嗡嗡地说着话，三奶奶立马提高了声调，扯着嗓门朝那堆人挥手喊道："他回来了！"我看出了她极力邀功的小心思，就好像是多亏了她才把我押回来似的。那一刻我就已经下意识地想要离她远一点了，再加上这时伯父从屋里冲了出来，指着我怒嗔："你舍得回来呀！快点走！慢吞吞的做么子咯？你爷爷都冷了噢！"情急之下，我终于甩开了三奶奶的手，朝前跑了几步，来到屋旁的空地上。那里已经铺了一地红红的鞭炮屑，我松开行李箱，蹲下来，将手里的塑料袋放在地上，窸窣地展开，拿出一盘鞭炮……"你快点来呀！还磨磨蹭蹭的！"伯父又在催了。"你快去吧，鞭炮我来帮你点就是了。"正站在那里抽烟的秀峰叔叔说。我感激地看了他一眼，眼眶立即湿润了。我把鞭炮交给他，低着头朝爷爷家的堂屋疾步走去，走了两步，又想起了什么，正准备掉头，就好像有人在挖我伯父的心一样："又怎么啦！哎哟，你要气死我呀！"我说："纸钱、线香……""不要拿了！还拿什么劳什子！"伯父气得直跺脚。"你去就是了，那里面什么都有的。"秀峰叔叔仁厚地冲我笑了笑，他已经将烟头吹红，正准备点鞭炮。我眼泪终于忍不住了。在噼里啪啦的鞭炮声中，我跨过堂屋的门槛，来不及打量一眼，便一头磕在爷爷的棺前，眼泪适时地从我脸上滑落。三奶奶就站在我身后，也呜里哇啦地哭了起来，她一边哭，一边对我讲述爷爷是怎么死的，尤其没忘记强调一下，听到我爸摔伤的消息，对爷爷造成了多么致命的打击，并再三复述爷爷咽气前怎么惦记我还未成家的情形。我记得磕头一般是磕三个，但因为三奶奶一直在我耳边哭诉，我只好一直磕下去。在磕头的时候，我注意到棺材的左侧还跪着一排人，双臂向前伸展着地，整个上身伏下来，将脸枕在手腕上，屁股翘得老高。他们的头上扎着白色的孝巾，一直披到腰际，将他们的上半身遮了起来，像阿拉伯人一样，我看了很久才认出来，原来是伯父和他的儿孙们。而右侧只跪着一个人，是姑妈的儿子——我的表弟。我顿时想到，右侧本该是我们家的人跪的，但因为他们都没有来，所以就空着，表弟可能是不忍心看到这边空落落的，才跪到这边来的。这时，村里一位老人站在门槛外边说："可以了，不要老是磕，起来烧点纸吧。"我蹲起来,揉了揉膝盖,心想幸亏还垫着草垫,不然如何吃得消。棺前摆遗像的方桌上摆着一排供碗,分别是鱼、肘子、盐水鸡和苹果,桌子下方是一只旧的搪瓷脸盆,用来烧纸,边上摆着一圈藕煤球,插了几支燃着的红烛和线香。有人给我递过来一沓纸钱,我捻开来,每三五张为一扎,从中折一下,就着红烛点燃,投进脸盆里。烧完纸,又从那人手里接过两根红烛和一把线香,分别点燃了,插在藕煤球的孔洞里。最后起身朝爷爷鞠了一躬。"快叫你伯他们起来吧,跪了这么久了。"门外那老人说。我才想起这一茬儿,心怀疚愧地上前去在伯父、堂哥和侄儿们的肩膀上拍了一下,他们立马就站了起来。我又走到另一侧去,扶表弟起来⋯⋯

奶奶已经不认识我了(去年就不认识了),伯母带我进去的时候,她正孤寂地坐在一张很凉快的竹床上,床边就是一扇窗子,外面视野很开阔。伯母问她知道我是谁吗。她说不认得了。我看到了她那一口牙齿,牙根部分开始生锈,都腐烂了,但几乎没掉几颗牙。难道会全部——从根到尖、完完整整地烂在嘴里吗?伯母笑盈盈地告诉我,奶奶认为自己不会死,说着便问奶奶:是不是要死了?奶奶说:要死了。伯母说,真是意外了。可是再问时,奶奶马上改口,说还不会死。伯母又用一副训斥孩子的口吻吓唬她说,你老公已经死了,你要再这样不聪明的话，也到下面去给他做伴，我们才懒得管你！说完便冲我露出一个灿烂的笑脸，好像在叫我认可她开这种玩笑。

我下去灵堂搭手的时候，在彩棚里碰到一个有点面熟的后生。他冲我伸出一条手臂来，人却站在那里不动，像是在等着我送上去让他搂一搂。我迟疑地走过去，心里想着这人到底是谁。先勇啊，他自报了身份，然后一把搂住我，在我背上拍打了两下。我说，是你啊，都快认不出来了。他开了根烟给我，是软盒的红双喜，烟盒底部被粗鲁地撕开一个豁口；食指在另一头敲打了几下，一根烟就从那豁口弹出半截，过滤嘴却隐藏在烟盒里。"莫见怪！"他笑嘻嘻地说，"修车的都这样开烟。做事的时候一手机油，这样就不会把过滤嘴弄脏。"我问他什么时候回来的，他说昨天一大早就到了，一接到电话，放下手里的活就赶回来了。

彭先勇初中没读完就辍了学，跟随他爸妈去了广东打工，从此村里就像从来没有过这一家人似的。时隔十几年，再次见他竟然是因为我爷爷的死。

"辛苦你啦，帮我们做了很多事……"

"莫见外。"他用力地拍打我的肩膀说，"我们这种工作，想走就走，谁拦得住？你不同。"

至于我为什么不同，他没说。

我正不知该怎么跟他聊下去，他突然将目光从我脸上错开，冲着我左边的空当处笑："秀峰猴子！"我一扭头，发现秀峰叔叔正从我左后方慢慢地踱过来。我心怀感激地冲他点了点头。秀峰叔叔也在广东搞建筑，是几个堂叔里面回来得比较早的，刚才多亏了他。

"没大没小！"他板起脸来训斥先勇，"不晓得叫叔叔吗？搞根烟来抽。"

"我该叫你什么？"先勇掏出烟盒，又开始敲起来。

"叔叔！"秀峰答道。

"哎！"先勇舒舒服服地应了，然后咧着嘴一脸陶醉地笑。

我赶紧抢在先勇前头给他开了根烟。

"你个傻子！"秀峰伸手接了我的烟，眼睛却一直瞪着先勇乐，"我叫叔叔你都敢应，那你辈分比你爸还大哦！你见了自己不得叫声爷爷？"

"哎！"先勇又应了。

先勇跟我同龄，跟秀峰可能也就相差个七八岁的样子。但我们小时候都在一块儿玩过。我们村很小，总共只有五六十口人，拜计划生育所赐，到我们这一代开始成长起来的时候，人口非但没有增加，反而随着老人们的先后离世而减少了。这么小的村子，同龄孩子是很少的，所以不同年龄段的孩子都在一块玩。那个时候，村里还没有通电,有大月光的夜晚,我们在收割过后的田野里围成一个圈,玩丢手绢的游戏。可是蹲在稻茬上的那一圈人当中,有半数以上早就过了玩这个游戏的年龄,都不是"小朋友"了——秀峰叔叔,还有另外几个堂叔,如果不辍学的话都该读高中了。然而,似乎是上天垂怜我们这些缺少玩伴的孩童,闭塞和落后暂时阻止了电力文明对这片土地的染指,也延长了我们这些人的童年。村里所有大孩子、小孩子,有男有女,白天上学的上学、干农活的干农活,一到晚上大家都心无芥蒂地(彼此不会嫌弃对方的年龄)混在一起疯玩。除了丢手绢、跳房子、踢毽子、斗膝,打"叭"游戏也曾在我们中间风靡过一段时间。敌我双方人员各自藏好,相互寻找,一旦发现敌人,就用手比画出手枪的形状,瞄准,喊一声对方的名字,然后用嘴射击:"叭!"被打死的人立马退出游戏:或自己喊一声"我死啦",或由打死他的人通报一声"某某已经死啦",便于战斗双方及时获悉游戏的进展、敌我伤亡情况,同时也免得有人阵亡之后又去打别人。但切记:在射击时,一定要喊出对方的名字,否则不算命中。玩这个游戏的人往往都很紧张,一旦正面遭遇,还没认出来呢,枪就走火了,嘴里一声"叭",名字却卡壳了,也有时是认错了人、喊错了名字,不但没将对方打死,反而暴露了自己,等于将自己送到了敌人枪口上,对方一抬手,就把你解决了。玩这个游戏比捉迷藏更热闹、刺激。捉迷藏必须一直躲在一个地方(最好是别人都想不到的地方)不敢出声,即使赢了也是很寂寞、很无聊的;而打"叭"不一样,在隐藏自己的同时,你得故意弄出一点动静,好把敌人引诱过来。有时候你还得冒着风险走出去暴露自己,去会一会敌人,比一比眼疾手快。刚开始玩这个游戏的时候,我总是紧张地躲在爷爷家沾满污垢的窗帘后面,闻着那上面残留的阳光的味道,混合着一股子滑腻的老人味和干燥的尘土味,听着外面频频传来战友阵亡的消息,在心里一遍遍地骂自己胆小,恨自己没有勇气冲出去跟他们拼了。后来我慢慢地上道了,终于敢独自冲锋在暮色中,在乜着眼的烤烟房前,在披头散发的稻草垛下,在黑咕隆咚的井窖里,甚至在竹笋破冢而出的荒坟堆之间流动作战了。

一天晚上,月光朦胧,堂哥一个人躲了很远。没有人会想到去田野里找他;月光把他淡淡的影子拖得很长,四下里一片寂静,只有蟋蟀在发出那种单调而重复的叫声,他看着自己的影子突然觉得无聊,于是又悄悄地潜回了村里。大部分人都阵亡了,跟他挥手打招呼的都是尸体(按照游戏规则,死人不能说话),他便越发无聊了,于是一个人站在三爷爷家的屋檐下,从兜里摸出一根烟来抽,一边听着久违的、美妙的人间的声音——从屋里传出来的三奶奶带着怨气的絮絮叨叨,以及三爷爷极力隐忍着的唯唯诺诺。当时敌方阵营的彭先勇正在四处找他,猫着腰,紧张兮兮地朝三爷爷家这边走过来。堂哥老远就看见他了,本来可以一枪打死他的,但突然想捉弄他一番。他用嘴里的烟迷惑了先勇,因为三爷爷最喜欢站在屋檐下抽烟了。先勇走近来,悄声问堂哥:"三爷爷,你看见光脑门没有?"先勇只有对爷爷辈的人才屈尊叫声爷爷,对同辈甚至叔叔辈的人,他连名字都懒得喊,一般都是喊人家诨号,而且这诨号大多是他给人家取的。堂哥听到先勇管他叫三爷爷,一时没憋住,笑得发抖,还被烟给呛得猛咳起来,就这样暴露了身份,被先勇乱枪打死。不过他还是很开心。大家都很开心,反而没有人去关注胜负了。

我上大学的时候,三爷爷死了。死在一个下雪天里,死在邻村老人的葬礼上。他那时身体本来就不好,再加上受了寒……以他的身体状况就不该去参加葬礼,即便去了也不要守夜,而应该早点回家,暖暖和和地躺在被窝里。但那时,曾经在他屋檐下嬉戏的大小孩子们都出去谋生了,年轻一代的集体出走同时带走了村庄昔日的活力。他不想错过一个热闹的日子,却因此葬送了凄凉的晚年。

我也不想错过我的热闹,它可以是爱情,也可以是孤独,沁入骨髓的孤独,但绝不应该是一场世俗的葬礼……作为从这片业已凋敝的林子里飞出去的鸟,我迟早还要再飞回来的,但不是现在。因为我还未老去,我脑子里还萦绕着那片蔚蓝的森林,寂静的,连绵的山脉……

9

那天下午,伯父派我去镇上采购第二天的食材,我车技不好,便叫上彭先勇骑了堂哥的摩托车载我去。先勇并没有走那条破破烂烂的省道,而是载着我从沿着小河散布并连缀成一片的大小村庄里穿过。有的村庄,我长这么大还从没有去过。很多簇新的房屋空置着,外墙嵌满亮闪闪的瓷片,像是包装华丽的礼品盒,正等着它们的主人回来拆封。留在村里的老人就守着住了几十年的土屋,在那些光线不足且散发着霉味的房间里,他们才不用担心碰坏了什么,尽可以放心大胆地施展拳脚,跟自己的晚年展开无比闹心却也其乐无穷的精彩搏斗。我们所到之处,引起一片鸡飞狗跳。不一会儿,我们从村庄里钻了出来,置身于没有人烟的田间阡陌,或一条长满枯草的荒山小径上。正担心没了前路时,车头一转，一条修到这里半途而废、没铺水泥的黄土路基敞开口子，将我们吞纳进它的蜿蜒肠道中。摩托车一路跳跃着，像一块坚硬的异物正在克服阻力冲出肠道，最终被扔在一个散发着酸腐气味的村庄里。那扑鼻而来的，仿佛是时间的内脏被沤烂、长满了蛆的气味，浓郁而生动，从每一户敞开的大门，从屋前的沟渠里，从院子里的猪圈里，从老人们的皱纹和牙缝里散发出来。这气味初闻有点恶心，但闻着闻着就喜欢上了，因为它也是我们自身的气味——在乡下，有人的地方就有气味，气味比人更相通。

　　回来时，突然变天了，阴沉的天色在身后追赶着我们，这让我们感到刺激，像是在赛跑：我们必须跑赢头顶上的暴雨，赶在它降下之前跨入家门。彭先勇尤其兴奋，"嗬！"他冲着布满阴影的空旷的田野放出一声大吼，接着便纵声大笑起来："嗬嗬！爽啊！"风将他的口臭吹在我脸上。我早就注意到他长了一口黄黑牙，印象中还算挺拔的鼻头不知从什么时候起长塌了，两团芜杂丛生的鼻毛探了出来。他嘴唇上的那道疤，也随着年龄的增长而被喂养大了，小时候还觉得是无伤大雅的点缀，现在看来，简直让他破了相。但长相上的灾难似乎并没有对他造成任何打击，他仍然快活似神仙。而置身于此情此景，再加上驾驶的快感、暴风雨即将袭来的刺激，这一切无疑让他想到了此生最快活的事。"爽啊！操×啊！"他像疯子一样撕心裂肺地喊道，扭过头来问我，"喂！你操过多少×？""我就只谈了一个女朋友！""你太老实啦！哈哈，只晓得读书……你晓得我吧！""不晓得！""六只！""为什么！！""什么为什么？操×啊！爽啊！快活啊！你怎么回事，兄弟？"

乌云已经压得不能再低，低得能从大地这面镜子上照见自己的影子。气疯了的闪电迅疾地炸响在山顶上和山的另一面。风很大，把颤抖的闪电给吹歪了，并且继续吹到我们身上来。在这种山雨欲来的阵势下，最美的体验源于那毫无来由的预感：我简直就像从时光前头安全返回来的平凡小伙那样确信，自己不会被雨淋湿。这种感觉太美妙了。我更加确信自己不会被闪电击中，而这种"确信"哪怕只是猜测，我也知道我的猜测是百分之百准确的。

后山的山顶上，除了地比以前荒了、草比以前更茂密了，似乎并没有什么变化。下葬的前一天，我和村里的几个后生在后山上割草，站在山顶上眺望，还是小时候熟悉的景象：延绵不绝的群山、远方绝对的寂静和被缩得很小的事物，汽车在盘山公路上行驶，就像瓢虫在绑带上爬行。小时候，每次看到那些汽车缓缓地拐过弯道，消失在山的另一边时，我总会发出一声惊叫，以为它们已经悄无声息地坠毁了。可是后面的汽车仍在前赴后继地跟上，看上去毫无希望能躲过一劫。每隔几分钟就有一辆汽车在我眼皮底下消失。这无声的悲剧曾震撼过我年幼的心灵，让我对远方产生了极不愉快的印象，我一度以为人离开自己的家乡是要遭诅咒的，且必将接受无情的惩罚。白色的云朵像无家可归者在我们头顶上流浪，山间的风拂过枯黄的草丛，惊起大片的蝗虫，它们在另一片认为安全的草丛里落下。我们凭着记忆扒开草丛，去找那条连接山顶和山脚的小路——这条路曾经被上山种地的村民们踩得光溜溜的，一年四季寸草不生——却怎么也找不到它存在过的痕迹。为了明天出殡，我们只好用镰刀在荒草丛中重新割出一条路来。

晚上是守灵夜，我早已经披上了孝巾。自从外公的丧乐班子进场之后，前来吊唁的人便多了起来。一些远亲和附近村庄的村民以户为单位，以外交级别的礼仪跨进灵堂，不假思索地跪拜、烧纸，那麻木的严肃让我感到滑稽。每来一拨人，我们作为孝子孝孙就得在棺材两侧陪跪，等客人磨磨蹭蹭地完成整套礼仪，方能起身。有时连着来几拨人，好家伙，我们连起身都省了，就一直跪着。膝盖下面倒是有草垫，但长时间弯腰有点受不住，而且头埋在手臂上，什么也看不到，未免乏味。实在觉得无聊，我就稍微抬起脖子望一眼对面，但也只能看到伯父那边祖孙三代同跪，人丁兴旺的景象，想到自己身边只有滥竽充数的姑丈和表弟，心里倍觉凄凉。我想起正躺在病床上的父亲，此时不知承受着怎样的羞愧和自责。不光是人们将爷爷的死因指向他，令他百口莫辩，更因为无法出席爷爷的葬礼，将遗恨终生。父亲从脚手架上跌落的瞬间，怎么也想不到自己即将坠入如此狼狈不堪的局面，否则他脑袋上方浮现的就不是"我又闯祸了"几个字，而是"天将陷我于大逆不道"了。我回想起很小的时候，当我第一次知道爷爷原来就是父亲的父亲时，我迎来了人生中第一个"顿悟时刻"，我自认为把这个由人组成的世界研究透了：无非就是你生养了他，他生养了我，一代一代延绵不绝。人类的图景在我稚嫩的眼前豁然展开。我震惊于世界原来是这样安排、运转的，如此简单，令人大失所望。

晚上，客人正在吃宴席的时候，伯父跟丧乐班子的几位老师傅吵了起来。他和堂哥嫌他们演奏得不够卖力，让人觉得气氛冷清。我的外公，丧乐班子的领队，向来是火暴脾气，立马跟伯父对骂起来。我跑过去看时，伯父正拍着桌子，指着我外公的鼻子大骂："老子花钱请你们来吃空饭的！"

劝架的人明显都在偏袒伯父，喜欢和稀泥的就叫我外公"莫跟晚辈一般见识",爱讲道理的就说:"他想让他老子热热闹闹地走,孩儿孝心是可以理解的嘛,他觉得不够热闹,那你老人家就多卖两分力气,搞得热闹一点!"还有的竟以亲情相胁:"那里头躺着的毕竟是你的老亲家啊!"

我突然觉得这葬礼很蠢,没完没了。人总是在下跪,而且不知道为了什么。人们在这里制造出来的一切声音都吵得要死、蠢得要死。而且,整个世界都又吵又蠢,没完没了,简直毫无道理……

堂哥站在伯父身边,脸色很难看。伯父突然扭过头去跟他说了一句什么话,好像提到了我的名字。于是堂哥猛然抬头,响亮地说了一句:"就叫他去解决,小狗日的!"我赶紧贴着墙根溜了。

我一个人慢慢地走到我家屋后的柏树林里,坐在石板上抽烟,暮色中看风吹草动。在我的童年,哪有这些杂草的生存空间?整个山头都被我们割得光光的。割来的草用来垫猪圈,被猪粪泡软后又被大人们耙出来,当作草肥施到田土里。每一根草都能发挥它的作用,体现出它的价值。可是人生操劳到底是为了什么呢?代代繁衍,生生不息,当完儿子又当爸爸,当完爸爸又当爷爷,而人之为人的价值何在?上一代的执迷至死不改,父辈们的难堪又传给子女,再通过联姻病毒般扩散。人人都深陷难堪的泥沼中不能自拔。有没有想过摆脱这种种难堪？还是虽深思熟虑却仍难逃宿命？代际之间到底有没有一种进步，一种革新？跨越城乡究竟有没有让人习得不一样的活法，不一样的人生？睡过六个女人又怎么样！人生并没有因此得到升华，还不是跟这里的每个人一样固执、愚蠢。何等的遗憾！六个女人本可以让一个男人变得价值连城，变成一个真正的人，可是我却看到了截然相反的现象，似乎人变成了一个个负数，他遭遇了六次减法，他作为人的价值岌岌可危。我不会娶我们这里的任何一个女人！我讨厌这里的方言，这种语言把这里的人们缠在一起，相互折磨又离不了彼此，语言限制了他们的思维模式，固化了他们的社会关系，钳死了他们对世界的理解。我将慢慢地遗忘这种语言，至少我无法忍受在未来的家庭生活中仍然要去操纵这种语言。我不能容忍我未来的岳父岳母和我的父母也被这同一种语言牢牢地缠在一起，至死方休；我要斩断那些将在日子里滋长的摩擦和怨恨的载体，阻止他们在两个家庭中间建起一座巴别塔，让他们相距遥远、语言不通，无法相互辱骂，甚至没什么见面的机会，这将是保障我未来生活幸福的先决条件……

外公又奏响了哀乐，纠纷已经解决，听上去似乎还多了几分欢快。这是必然的，他们总有办法解决矛盾，正如总有办法制造新的矛盾，似乎不这样日子就没办法过下去。鞭炮急促地响起来，又有人来吊唁了，我也得回到灵堂，作为我爷爷的孙子，去陪那些人跪着。这个无眠之夜，多的是需要我跪的时候。

第二天，出殡的仪式花样繁多，年轻人自不必说，甚至活到伯父这个岁数的都还是一脸茫然，只有两个七十多岁的老人才显得底气十足，一副非常精通此道的样子，但他们两个的意见也时有相左，一个说要这样，一个说要那样，搞得大家不知道该听谁的，送葬队伍出现一阵骚乱。直到负责念祭文的大队老支书发脾气了，大喝一声："跪啊！全都跪下！还杵在那里好耍啊？"大家才意识到这可不是闹着玩的，所有披孝巾的都必须立马原地跪下，因为前面抬棺的人已经将棺材停放在路中间，老支书清了清嗓子，准备念祭文了。这可不比在灵堂，还有草垫，这是我们昨天用镰刀临时从草丛里割出来的路，老支书一声"跪下"，哪怕你膝下有刀，也必须应声着地，连挪窝都别想挪。我正好跪在一蔸草茬上，膝盖被刺出血来。祭文好像外国语，一句都听不明白，而且冗长无比，给人一种会一直念下去的错觉。一路上念了三次祭文，彭先勇已经掌握了规律，当老支书即将命令我们跪的时候，他在一旁小声嘀咕："圣旨到"；当老支书马上要说"起"的时候，他又提前预告：

"平身——"引起一片小范围的欢笑。

十二点一刻,我们把爷爷埋了。

送葬队伍一哄而散,三三两两地下山。上山容易下山难,因为路陡草深,人有惯性,常常刹不住脚,一不小心就跳进荆棘丛中了。请假回来的年轻人开始谈论买哪天的车票;一块儿进厂的堂婶、堂嫂、堂姐们则结伴慢慢地走,沿着田埂绕了很远,到处寻找野薤头,准备带到广东去拌腐乳吃。而我却迷茫了,似乎接下来不知道该去哪里,过一种怎样的生活。但是有一件事情我非常确定:等下一次,奶奶死的时候,我一定要穿一条厚裤子,并且绑上护膝。

吃过午饭,我跟堂哥帮着伯父一块儿把彩棚拆了,然后把从镇上租来的桌凳、碗碟全部搬到村口,等老板开车过来拉走。先勇、秀峰叔叔和五叔叔(三爷爷的儿子)后来也过来帮忙。弄完这些,我们在屋外的坪前开了两桌牌,一边赌钱,一边惬意地喝着大碗茶。突然有人说后山起火,我们又起身去扑火,大家端起茶碗一口喝干,像是壮行。

站在我家屋后就可以看到一条瘦瘦的、大约一百米长的火龙,一直从山顶蜿蜒下来。堂哥说:"这点儿火,你信不信我撒泡尿就能把它浇熄?"先勇说:"不要夸口,等它燃起来你就知道厉害了,鸡巴毛都给你舔掉。"

秀峰说："刚才是谁负责放的鞭炮咯？"堂哥说："鞭炮都放完半天了。应该是有人丢了烟头。"秀峰说："以前我们在家的时候，什么时候起过火啊？"先勇说："以前哪有这么多草？都被我们割得干干净净。"五叔叔是最务实的，说："别净说空话了，等下越燃越大。赶紧把它扑灭算件事。"他从我家屋后的树林里折了些柏树枝，分发给我们。我们吆喝着冲上山去，一人负责一截，把这条贪玩的火龙给扼杀了。

堂哥跑得最快，一个人冲上了山顶。

"光脑门,就差你那一截了,站在那里发哪门子呆！"

堂哥没有回答。他背朝我们，怔怔地站在山顶，像是被迷人的风景给吸引住了。

我连忙跑上山顶，站在堂哥身后。整个后山的背面，以及从无尽远处一路延绵过来与它相接的群山，都在燃烧。漫山遍野的荒草助长了这场大火，使得火势正以肉眼可见的速度继续扩大。

我知道，没有人能扑灭它。火会一直烧到地平线。

贫贱夫妻

"爸":手机屏幕显示着这个字。我心里一惊,同时想起不久前看到的那篇报道,以及父亲的工作就是在饭店里给人洗碗。报纸上,那篇报道写的是,根据某大学的研究所的研究结论,久浸在水里的手皮之所以会泡发、起皱,可能是进化的结果,为了增强对湿物的握力,不让碗碟从手里滑落。当时它并没有让我想到父亲。我快速地猜测:父亲会因为什么事打电话给我?我从家里回到工作地差不多十天了,因为家里只有母亲在,所以我到了之后也只给母亲打了个电话报平安,却没想过也应该告知父亲一声,尽管我回去的时候父亲一直在外地打工,可是(因为母亲的告知)他是知道我回家的事,也知道我离家的日期的呀。他可能有点不高兴了吧。打电话来责怪我？虽然他不会明说，但他的用意无疑是想让我自责吧……我甚至都猜到他的第一句话准是："你——"拖长，并停顿，"在哪里了？"我说在贵州，他便会说："去了贵州了？还以为你在家里呢。"那意思是说，他一直没接到我的电话，所以只能认为我还没走。虽然想到了这些，却也来不及想什么应对的法子，只好先接电话，硬着头皮听他冷嘲热讽两句了。"喂？爸——"想象中父亲的声音已经响起在脑际，可电话那头却令人不安地沉寂了，这让我的想象落了空。"爸？"我又叫了一声，怀疑是信号的延时，心想该说话了吧，却一点也不担心他是在生气不理我，因为那太不符合他的性格了。他最多只会像我刚才想象的那样冷嘲热讽一下，而且还不会太明显，若不是因为我们是家人，还听不出来那股讽刺的劲儿呢。我承认我脑子里转着这些想法的时候，有点兴奋过头了，感觉自己将他了解透了，已经掌握了他所有的弱点。突然，从一片静寂中传来了他的声音，那声音那么弱小，那么遥远："嚎——！"这是我们家乡话里的一个叹词，意思是提醒对方留神点儿，别大意，"你别给我搞进去了。"父亲说。然后旁边某个人用家乡话说了句什么，接着就传来父亲的笑声。我知道在那家饭店干活的，大部分是我老家的人，他们全都是同一个老乡介绍进去的。父亲自从用上手机之后,就总是搞出一些稀奇古怪的事来,有一次他将我最近一年发给他的短信又全部发还给了我,我被两分钟内接连收到的这一堆短信弄得莫名其妙,包着一肚子火打电话去问他:"你怎么把我发给你的短信又发给我了呢!"结果呢,他自己一点也不知道这事,我的告知只是徒增了他的苦恼,他愤愤地说,这破手机,要砸掉了。他当然不知道啦,但是他难道竟没意识到,若不是他经常像个小孩子一样成天捧着那破手机瞎钻研的话,就不会发生这种荒唐事吗?我想他心里是清楚的,他说要砸手机也只是因为他当时太羞愧了,尽管在挂了电话之后,那些短信仍继续通过他的手机源源不断地发过来——"爸,吃饭了吗?""爸,最近天气冷了,要注意身体"……天哪,从他手机上发过来的短信,竟然管我叫"爸"。而这次呢,不知道是他在干活的时候不小心碰到了衣兜里的手机,还是他又将手机玩坏了以至于它自己都能拨通我的号码,当我举着手机在那里叫他,听到的却是他不期然被我听见他在笑,还有那些潮湿的碗碟在他手指的摩擦下发出的放屁一样的声音。我从没想过会以这种方式看见我父亲的形象(宛如看见了),他的声音传过来,但他自己不知道,他在那里说话,在那里干活,为不知什么原因发笑……他跟话筒的距离,突然让我感觉到他的遥远——平时在电话里、平时不打电话时都不曾感到过的遥远。我觉得，这是怎么啦，怎么会这样？心里难受。

他完全不知道此时自己正怎样暴露在我面前……前几天，妈妈在电话里还问起我最近是不是都没有打过电话给他。她说，你体谅他些，他就是那种人，又要唠叨你不打电话给他，自己呢也不肯打给你，我跟他说，自己的崽面前你还顾什么面子哟，也没见你什么时候打过电话给他啊，你真想他的话，他不打，你可以打嘛。我当时就说，妈，我等下就打给他。可后来还是忘了。（是忘了吗？）然而他今天就打过来了，只望一眼手机屏幕，还没真正接起电话，下意识里便开口叫唤了——"爸！"接通电话之后，我又叫："爸！"隔了好一阵子，没听到他说话，沉默中最先传来的是煤气猛地点燃的声音，掩盖了随之而来的他说话的声音，那就像是我小时候躺在床上醒来，听到他在屋子外面唱歌、跟路过我家门口的邻居说话，隔着几面墙，他的声音甚至他整个人都具有一种我从来无法当面目睹到的真实。此时我无法释然的，并不是他这个人，而是所谓"真实"这样一种感觉，它总是狡诈地存在于那些我不在场的时刻。我听到了，煤气点燃后，橘色的火焰在油腻的空气中发出干渴的嘶吼，然后是沉重的铁锅被端上了灶台，压扁了那叫声的饱满程度，让电话那头的气氛变得安静而放松起来，我听到父亲仿佛在遥远的角落里说了一句："你别给我搞进去了。"显然是在提醒一旁的老乡——那大大咧咧的厨师——留个心眼，别将他好不容易洗干净的碗又给撞到洗碗槽的脏水池里去了，但他的语气又是那么认真，那么快活，仿佛只要旁人照着他说的话去做，就肯定会有好事发生。"爸？"我又叫了一声，但我知道他不会应答了，这时传来他一声短促的笑——他旁边的人讲了句什么话把他逗笑了，我脑子里浮现出他那两排又黑又细的牙齿，紧接着，又慢慢浮现出他整张脸，矮而宽阔的身躯，他整个人都暴露在我眼前，被我偷窥着。

我不知道别人的儿子会怎么做，但是我挂了电话之后却没有打给他，更不会去提醒他——爸，你刚才不小心拨通我电话了。那次，他把我最近一年发给他的短信悉数发还给我，我被最先那条他管我叫爸、让我注意身体的短信搞懵了，紧接着在两分钟之内，洋溢着怪异语气的短信通过他的手机源源不断地涌来。我当时的反应迟钝得匪夷所思，过了好一会儿才回过神来：那原来正是我自己的语气，模式化的儿子对父亲的语气。我未曾想到我发给他的短信会是这样的……简单。太简单了，毫无内容。对陌生人也不应该是这样的语气啊。我心疼他，打了个电话给他："爸啊，你怎么把我发给你的短信又发给我了呢？""又发给你啦？"他说，显然不仅不知道，更是完全理解不了这种事。我说："你肯定又乱按了，开通了什么乱七八糟的功能。""没有啊。"他说。"没有。"我说，"你总是说没有。"这个说法，他也没有再坚持，只是说："那我看一下。"我心想，你能看出什么来，但心情却平静了下来，突然觉得不应该怪他，就好声好气地跟他说："爸，你先关机吧。关一段时间。"他却不耐烦了："好嘞，我先看一下嘞！"

想到父亲在那里给别人洗碗，我不由得想起不久以前看过的一份报纸……

很长一段时间里，我都不觉得从小到大，家里曾有过什么读物，后来我在广告公司上班的时候，有一天早上躺在床上不愿起来，突然唤醒了从没被唤醒过的记忆——父亲曾经是订过一份报纸的，那还是我读小学的时候。报纸由邮递员送到学校，然后就到了班主任手里。每天下午上完最后一节课，并不是马上回家，而是要在操场上按班级排好队再离校。各班班主任站在自己班的队伍前训话，训完话，就往家里订了报纸的同学手里塞一份报纸。我一路上闻着那报纸的香味，心里装着对这个世界的善意，回到家里。

从某个不确切的日子起，童年那份散发着墨香的报纸，便骤然变了味，变成了令我一心想逃避的刑罚。因为报纸和放学联系在一起，而放学又带来了另一件我不愿面对的事情——回家。那段时间，我一次只能回二分之一个家，除非我把放学的路线设计如下：先从学校所在的大湾村和南军一块儿结伴走回外婆家所在的李子坪村，在那里见过我妈之后，再沿着三角形的另一条边踽踽独行，赶在天黑透之前回到我们村。三个村构成了一个直角三角形，而从外婆家到我们家的连线正好是那条斜边，也因此是这个三角形区域内——对于儿时的我而言，就是整个世界——最长的直线距离。父亲总是在灯下等我，他接过我递给他的报纸。但令他如此急切而又低落地等待着的，既不是我，也不再是这份报纸。他像一丝疲倦的晚风一样敷衍地翻了翻，便将它丢在冷清的、裸露着木材的沙发上。

那份报纸上写着……不是我刚刚忆及的童年的那份报纸，而是不久前我在河边散步时捡到的那份报纸。一个三口之家带了个柚子到河边来吃，那份报纸就被他们当成了野餐的餐布，直到他们走了之后，它仍摊开在草地上。他们忘了将它带走了。（是忘了吗？）河堤是一道斜坡，我当时正躺在那倾斜的草地上，眼望着晴天，只不过我躺下的姿势有点可笑——我头朝下躺着。我也说不清为什么要采取这么一种自暴自弃的躺法，可能只是觉得好玩（一股来自地心的力将我体内的血液全都给吮吸到头颅上，使得我额头上的陈年旧伤隐隐作痛）。那个小女孩说："爸爸，你看那个叔叔！"她指的是我头朝下躺着的样子多么好笑，或者是多么恐怖，又或者是多不雅观。我后来才发现，我的头发都快泡在水里了。那名父亲赶紧塞给她一瓣剥好的柚子，以此转移她的注意力。他们走了之后，我就将那份报纸据为己有。当时从河堤刮来的风正在不无嫌弃地翻弄它。幸好那个去了瓤的完整的柚子皮压着它，它才没有被吹到河里去。我走过去，拾起那顶散发着清香的"瓜皮帽"扣在头上，然后便开始阅读起那份报纸来。

那份报纸上写着，美国一所大学的行为和进化中心研究表明，人类的手在水里浸泡久了，手心那面的皮肤会变得松弛，这是在漫长的进化过程中由人类一点一点被改写的基因所决定的，因为这样一来——那些皮肤是这么考虑的——就能增强手掌的摩擦力，尤其在洗碗的时候，碗碟不至于从手心滑脱。这份报纸似乎想尝试从这个别致的话题开始，来跟我聊一聊我的父亲。这再明显不过了，它就差露骨地来上一句："这样一来，那些洗碗工就不必把那点可怜的工资赔得精光了——咦，对了，你爸不是洗碗工吗？"但是说起来不可思议，我当时竟然完全没有因此联想到我父亲的这个身份。好像有什么东西轻而易举地剪断了写在报纸上的"洗碗"和父亲正在干的那份工作——洗碗——之间的共同属性。父亲的形象总是很难凭空自动到达我脑海，就好像我的脑海真的是一片海啊，而他的形象恰好被划到了另一块大陆，那块大陆长期以来被命名为"未知区域"。我不知道父亲的形象待在那片陌生的区域都干了些啥，他为什么不向我发送信号。或许他发送了，只不过这些信号缺少一个触发器，或者诸如此类的玩意儿，导致它们都淤塞在海面上空，无法有效地传达。这也是为什么过了很多天之后，我原本已经把那份报纸忘到了爪哇国，而手机屏幕上显示的一个"爸"字（或许它就是那个迟到的触发装置），使得父亲的形象猛然覆盖在我的脑海里，并成功地和那篇提到"洗碗"的报道建立了联系。

但要将父亲的形象和洗碗联系起来却并不容易。我印象中，父亲好像从来没有洗过一只碗。父亲和碗——我立马想到的是他那惊人的食欲。吃到最后，等我和母亲放下碗筷，他会直接将饭倒进装菜的海碗里，同剩菜和汤汁拌在一起。紧接着他的脸就不见了，取而代之的是面无表情、以底部冲着我们的又大又圆的海碗，以及从碗口附近发出来的喝粥一样的嗖嗖声。多年以后，母亲这样解释父亲的好胃口："你爸这个人，做死事还是舍得下力气的。"故作姿态的语气中透露出一丝大度谅解的意味,因为她以前最恨我爸的一点,因为她以前只会当作我爸的罪状反复提及,而绝无可能拿来替他辩解的一点,就是"只晓得做死事"。

据我妈说,我爸年轻时在部队是开大卡车的。那年头在我们那个破地方,没几个懂驾驶的。假如他当初听她的劝,借点钱买辆车子去跑运输的话,到现在咱们家也不至于是这副光景。可他偏不,退伍之后,放着既轻松又赚钱的活路不做,竟然窝在家里种起了田,任由好端端的手艺荒废掉,非得风吹日晒雨淋的累断腰杆舒坦些。母亲在各种场合跟我讲过这些话,埋怨父亲不思进取、儿戏人生,害得她跟着他当了一世农民,也害得她的儿子一毕业就要赤掌空拳地面对这个竞争激烈的世界。同时,为了展示她一贯的"公正"(她性格中最为精妙的态度之一),她又表示她最恨的还是自己白长了两条腿,竟不晓得用它们来远走高飞,在从来没有人将她捆起来的情况下,心不甘情不愿地跟着他当了一世农民。直到儿子大学毕业找到工作之后,她才下定决心离开他,赶在老去之前到外面的世界去闯荡一番。她唯一能想到的闯荡方式就是去投奔儿子。她打电话让我去广州火车站接她时,我才知道她来了。当她走进我位于城中村的出租屋,看到满满一书架的书时,便忧心忡忡地说："爱看书这一点，你还是随了你爸。"我心下愕然，有吗？我从未觉得我爸爱看书啊。"可是他看那些书看进去了什么呢？他当年订的那份杂志，我还记得，叫什么《农村百事通》，每个月两本寄到家里来，吃饱饭就捧着看，我瞧见就来气！学进去一点什么名堂没有？那书上讲了那么多致富的门路，他尝试过哪一样没？一样都不敢去尝试！放下书照样去田里种他那一亩三分稻。"

我想起来了：《农村百事通》，和报纸一起订的。报纸每周有三份，而那刊物（32开、骑马钉装）是半月刊，每个月薄薄的两本。每次放学前排队，我不管拿到报纸，还是拿到杂志，又或者是——喜悦会加倍——碰巧两者一起送到，我都会小心翼翼地用手捧着，然后一路上闻着那铅字散发的墨香味，心里怀揣着对某种神秘安排（一切都出自这安排）的感激之情，回到家里。

那天排队的时候，我有点兴奋过头，和南军勾着脑袋凑在一块儿嘀嘀咕咕，根本没意识到我们在排队。班主任拿着报纸过来了，她看到我们亲密的样子，便想让我们更亲密一点。她说："来来来，你们凑近点讲。"她可能是有点用力过猛了，我们的头颅像两块能撞击出火花的花岗岩一样重重地撞了个正着。我眼睛里果然迸出了火花。由于下午的光线还很充足，光天化日下要想看见火花，并且是以那样的清晰程度（如同惊鸿一瞥，如同强闪光后成功地摄取了一张世界的底片），必须有一个先决条件，那就是除了这火花之外，所有的光线瞬间熄灭。我还以为天不但塌了下来，而且还他妈的不偏不倚地砸在了我这个矮个子头上呢！我捂着脑门，用尽胸腔里的力气冲着那准确降临在我头上的不明灾难大吼一声："你妈个洞啊！"顿时觉得无比解恨。而南军，或许是天生头骨比较硬，又或许是因为撞击的角度不同，还像个没事儿人一样，在一旁咧着嘴笑。尽管发生了这样的事，我还是坚持那个说法：当我手捧着当天的报纸走回家（我记得那天就没有先去外婆家了），一路上闻着油墨的香味时，心里怀揣的仍然不是什么仇恨，而是一股熔化掉这仇恨都绰绰有余的暖流。穿得很洋气、散发着蛤蜊油香味，令我每次见到她都很害羞的班主任，一路上牵着我的手，以从未有过的温柔诱导我，教我以一种我们甜蜜约定好的说辞，跟父亲解释我额头上无论如何都掩饰不过去的青色肿块。这不仅是她从未向她的学生们展露过的温柔，也是迄今为止我从未在人世间感受过的温柔，通过她柔软、湿润、一路上都在颤抖的手掌传递到我被她捏得生疼的指尖，继而在我全身弥漫开来。原来它是要以脑仁裂开般的疼痛为代价的。

我心说，你这样说未免太不公正了，你那双腿还真不是白长的，我可是见识过它们的厉害。我可没有忘记那复杂得一言难尽，每次想起来就连吞口水都觉得难以下咽的滋味。别以为我那时还小就什么都不记得了。虽然这事已经过去了那么多年，虽然你出走的那点距离跟我一辈子要行的路比起来，几乎可以忽略不计，但是它留给我的阴影还真是无法磨灭呢。在一个直角三角形里面，还有什么距离比它的斜边更长吗？多亏了你这双腿（先是因其走，然后是因其生了根般一动不动），我几乎每天都要艰难地跨越这段世界上最长的距离——因为对于十岁的我而言，这小小的三角形就意味着整个世界了。

当然，我同样没有忘记穿插在这个漫长的、日复一日撕裂着我的过程中间，那些新鲜刺激的经历和见闻。它们只能发生在李子坪村——这个面积和人口都十倍于我们村的离奇之地：我和南军无数次的密谋、无数次的得手以及仅此一次就够了的败露；一个绝对还不到三岁的小男孩被淹死在一口不算很深的池塘里；持续了十来天、每天放了学都可以近距离围观的办案现场（同班同学的母亲半夜被人杀害在自己家里）；等等。而我们村——那片养育了我和我父亲并赋予了我们几乎一样的性情、被夹在两座大山之间的贫瘠而狭长的坡地——

太小了，连弹丸之地都算不上，它既非宜居，似乎也不适合埋人，因为直到我十岁那年，村里连一个老人都没有死过。可是李子坪！短短的时间内（永远别忘了它同时又是极其漫长的），两次死于非命。那小男孩的尸体被打捞上来时，正好是放学的时间，尽管那塘岸不在我从学校去外婆家的必经之路上，但男孩奶奶悲怆而离奇得像是在开怀大笑的哭声，还是轻而易举地将我和南军吸引了过去，使我成为一个重要时刻的目睹者和一件与我无关的事件的记忆的载体。我永远记得她剥光了男孩的衣裤，用嘴对着他的肛门吹气的离奇画面，而在一旁安慰她的那个老女人，则抽空对着我们这些围观者——像垄断了某个稀缺的真理一样——指出一个在我当时看来竟离奇而恐怖地偏离了重点的事实："造孽哦！早不早，晚不晚，她屋里崽前几天才被抓去结完扎，被淹坏的这个哟，是家里的独苗苗！"

我们那地方的男人最喜欢干的事情，就是围成一堆看别人倒车。他们不但热衷于看，还喜欢瞎指挥。"倒，倒，倒，方向打死，再倒，嚎——缓！回正，还可以倒一公分，好，停！"只要这方圆十几里内哪里有一辆车正在找地方停靠，就总能迅速聚集起一堆没事情干的男人，七嘴八舌地指挥司机倒车，尽管这些人里面十有八九连方向盘都没有摸过。这又要说到李子坪村优越于我们村的地方了：一条黄土大路，尽管坑坑洼洼、颠得人散架，但也算是直通村里，一脚油门，那呜哇呜哇、令所到之处的空气皆被染色的警车还能直接开到受害人屋门口的前坪里，只是走的时候可供掉头的空间略嫌狭窄，但也无妨，不是还有一大帮子热心村民指挥着倒车吗？而我们村呢，只有一条羊肠小道从村口挂出来，耷拉在梯田中间，汽车是断然进不去的，倘若发生命案，警察还得将警车停在省道边，然后再徒步进村，还真是不怎么方便——如此想来，父亲当年没有选择跑运输，也许很大程度上也是受掣于客观条件吧——而且观看起来，因为没有了那能让空气染色的警笛，就总感觉缺少了一种氛围吧。但是当年的我，竟完完整整地经历了这一切，既知事件之始末，又充分感受到了事件的氛围（其之于事件，相当于生命力和灵魂），我至今仍认为这场旷日持久的围观对我而言十分重要，是年少的我和长大后的我精神世界中不可或缺的组成部分，而这一切都仰仗于你那双腿——是它们把我的二分之一个家带到了李子坪，并长时间扎根于此，使我每天不得不回到那里——作为回家的第一个步骤，也是必不可少的步骤。

开始时，我去外婆家确实是因为想见母亲。后来，自从某天夜里，父亲枯坐在灯下一边笨拙地给我缝衣服，一边楚楚可怜地（我确定我没有用错这个词）对我说了一番话之后，每天放学后去外婆家就变成了一项我极力想要逃避却又不得不去履行的义务。再后来，因为李子坪村出了命案，出于对离奇际遇的渴求和爱围观的天性，我又变得爱去外婆家了。

那天放学后和南军一块儿回李子坪，走在路上我突然产生了不好的预感。我们照例先绕过外家婆，直接去了案发现场。但是到了那里才发现，受害者家里大门紧闭，既没看到警察，也没看到警车，连围观者也寥寥。他们告诉我，来晚了，下午已经结案了，凶手已被公安带走。他们向我描述了那个紧张刺激又不无讽刺性的场面：村里的招待组正热火朝天地给办案的警察们准备午饭，一名警察步子带风地走进临时征用的伙房里，对着一名正在切菜的村民说："你出来一下。"他本来是想叫他去帮忙抬一个什么东西。可那人却慌慌张张地丢下菜刀，跑了。最后四五名警察在后山的杉树林里追上了他，像拎一只小鸡似的将他拎了回来。他们说，这人是被他杀害的那名妇人的邻居，从警察进驻李子坪开始，就来伙房搭手了，给警察烧了这么多天饭菜，最后还是因为自己神经太紧张而露了馅儿。至于杀人动机，警察当场就问出来了，仅仅是因为他借了受害者四块七毛钱，受害者隔三岔五向他讨债，他受不了这样的"奇耻大辱"，便在深夜爬窗潜入她房里，将她掐死了。

我失望而返，领着南军朝外婆家——也就是他奶奶家——走去，那种糟糕的感觉愈加清晰而强烈起来：我痛苦地预见到了我丑行的败露。神奇的是，几分钟之后，事实证实了我的预感是准确的。当时，我正在跟母亲说话，她轻轻地抚摩着我额头上的肿块，问我还痛不痛。又问了我学习的情况。我回答得心不在焉。这时舅舅拽着南军的胳膊风风火火地走了进来。"来，你们两个站一处。"舅舅说，"老实点，把兜里的东西掏出来。"这就是那种糟糕的感觉所预示过的，我确信同样的灾难已经经历过一次了——就在几分钟前，在我凡事不惜往坏处想的想象中，而且舅舅也是说了一模一样的话："把兜里的东西掏出来。"所以，"现在我是在面对一件已经发生过的事情"。我当时的反应冷静得可怕。而南军应该是从来没有设想过这一幕，他简直吓破了胆。他逃了。舅舅丢下我，追了出去。我也趁机跑了出去。母亲并没有跟着跑出来——她一定是怔在原地，呆若木鸡。我看见前方，舅舅追着南军远去了，但我估计十秒钟之内，他准会把他给拎回来。我趁乱将口袋里的钱掏了出来，用力捏成一团，撒手扔在了墙脚，然后若无其事地回到屋里。母亲担心我被吓到了，一把将我搂在怀里。几秒钟之后，舅舅把南军拎了回来，他先是狠狠地甩了他两个耳光，然后自己动手将大把的钱从他塞得鼓鼓的裤兜里挖了出来。那些钱并不是一张一张叠整齐，再从中折起来的，而是每一张都揉作一团，像一堆小石子一样。舅舅耐心地将它们逐一展开，每展开一张都要说一声"你看看"。绝大多数是一毛、两毛的，也有不少五毛的和几张一块的，再大的面额就没有了。这反而惹得舅舅怒火中烧，他由此断定他的儿子和外甥并不是两个简单的小毛贼，而是老谋深算的惯偷、大盗："每天偷一点，专偷散票子，因为每天收的整票子不多，只要少了一张，我就能看出来。他们精得很哩！"这时舅妈从外面进来，手里也捧着一把钱，一脸困惑地问："怎么扔得到处都是？"为了这个，南军屁股上又吃了舅舅一脚，踢得他差点跪下。因为舅舅断定是他刚才逃跑时扔掉的，为了销毁证据。舅舅倒是不好打我，但他也毫不客气地叫我把身上的兜全都翻出来。我照办。什么也没有。母亲脸上有点挂不住，又不好发作，只好委婉地问舅舅："你是怎么发现的呢？"舅舅说："他们两兄弟每天放学回来，都要躲在阿母的睡房里嘀咕半天。我开始都没起疑，是有一次他们嘀咕着、嘀咕着，声音就大了起来，我正好从门口经过，就听到他们在商议，多少钱、多少钱。我说怪不得，这个月店里的账常常对不上数，原来是……"后面的话说得很难听。

直到现在，母亲都没有跟我谈论过此事。没过几天，她就离开了外婆家，回到了爸爸身边。我暂时不需要什么钱了。

那些话，父亲在灯下楚楚可怜地对我说出的，大概是说，你妈妈不会回来了，你以后就没有妈妈了。你想做一个没有妈妈的孩子吗？你去吧，去把你妈妈叫回来。你不是每天放学都要去找她吗？你怎么不把她给叫回来呀？你怎么连这都做不到啊？是不是你妈妈说过不要你啦？如果她疼你的话，为什么这么久了，她还不回来，她就这么狠心看着你造孽呀？

他不说这些话还好，因为我原本并没觉得自己有多造孽，也从没意识到世界上有可怜之人。他说完这番话之后，就在这番话里，我分明感觉到我和父亲就是世界上最可怜的人，而且，他比我更可怜。

这些话让我肩负了巨大的压力。我甚至不想去外婆家了。每次见到妈妈，我心里产生的不再是亲近之情，而是深深的抗拒和无力感。明知不可能，但我还是得每天硬着头皮说出那句难以说出口的"妈妈，你回去吧"，然后迫切地等着她一口回绝，好给当天的任务画上一个句号，然后浑身轻松，尽情地跟南军玩上两个小时，最后赶在天黑透之前，艰难地走完三角形的斜边——世界上最长的距离。我知道我又将给父亲带去失望——我真是没什么更好的东西带给他——哪怕当天从班主任手里领回的是双份的惊喜——报纸和杂志，我也会因为不能将妈妈带回来，而觉得自己带回来的只是一个错误。我真是没什么更好的、能让他喜出望外的东西带给他啊！时至今日，当我无意中翻到我发给父亲、父亲又还给我的那些短信——"爸，天气冷了，注意身体""爸，昨天是你生日，祝你生日快乐！""爸，今天过节，祝你元宵节快乐"——面对这个突然开口管我叫"爸"的老人时，我心里面涌起的仍然是这种感觉：我没有更好的东西带给他。

"爸"：我在手机通讯录里键入这个字。那是十几年前一个平平常常的上午，正在伏案写作的我，收到一个陌生号码发来的短信："剑斌我已在广东你妈妈厂里做事有事打厂里电话"。我回复："你是谁？"对方答道："我是你爸爸"。没想到爸爸也出来进厂了。我把爸爸的号码存了起来。

那时距离母亲出来闯荡已经过去了五个多月。母亲很快就在一家服装厂找到了一份给牛仔裤剪线的工作，不知她怎么做通了父亲的思想工作，他老人家也终于迈出家门南下打工和她做伴,并再也没有回到他的农田。从那时起,父亲就厄运不断,而父亲的形象——他告别了农民身份后的形象——也在我脑子里日益模糊起来。

不再当农民的父亲先后做过的工作:作为我母亲的工友——广州增城汉富服装厂的牛仔裤剪线员;跟母亲激烈争吵并冷战一个月之后,跑去当了两年建筑工人,帮当地即将成为拆迁户的农民赶建一些专供拆除的房屋;从脚手架上失足摔下来导致腿骨骨折之后,通过中介所(花了五十块钱介绍费)被招进一家塑料制品厂当保安;干了几个月,嫌保安的工作太轻松、无聊、没什么钱,主要还是嫌不够自由(就像当初离开服装厂的理由一样),自己跑去增城郊区的养猪厂里找了份饲养员的工作;下班途中搭乘工友的摩托车回母亲的宿舍,由于道路施工、路灯故障、车速过快,撞上路边的一堆沙子,父亲还没来得及"嚎——"一声,两个人就都飞了出去,工友虽也伤筋动骨但意识清醒,而父亲却因头部受到重创,差点丢了性命,从此以后再也干不了重活,母亲也因此结束了她的"闯荡"生涯,带着父亲回到了老家县城讨生活,在此期间父亲曾在街上给人擦过一段时间皮鞋;不想伺候人,再加上老被城管驱赶,父亲又干起了他的老本行,进了县中医院当夜班保安(多亏了他的退伍军人身份);干了两年,因为超龄被医院辞退，赋闲几个月之后又经老乡介绍，去了市里的一家餐馆给人洗碗，工资极低，但好在包吃包住。

那次父亲因车祸受伤，躺在医院里昏迷不醒。我请了几天假，从贵州赶了回来。母亲从家里翻出一堆尘封多年的旧杂志，那书缝里的骑马钉都锈蚀了。是《农村百事通》。原来这玩意儿一直隐藏在家里的某个角落里，识相地沉寂了二十多年，现在又变戏法似的冒了出来。母亲说，你爱看书，这些就当是你爸给你留下的吧。我不无嫌弃地翻了翻。某一期里面讲到了果树嫁接技术。另外一期则传授了种植烤烟的七大妙招。也许是为了丰富农民朋友们的精神生活，每期的封三都会介绍一首当时流行的歌曲，一行行简谱底下跟着对应的歌词。我还记得，年轻的夫妇晚饭后围坐在火炉旁，兴致勃勃地学唱，每一句都要反复试上许多次才能唱准："哆来咪、哆、哆来咪发唆、唆、哆来咪唆、唆咪、咪来哆哆，哆来咪唆咪来哆哆，这是心的呼唤……"

人　子

前个月你媳妇不是产毛毛吗？我上东莞去服侍她。眼望着快要到年下，我寻思你爸一个人在家，天天上那个劳什子班，没哪个给他搞饭吃，就跟你媳妇说，我来也有这么多天了，我得回去给你爸煮饭吃，洒扫洒扫屋里，准备过年。跟她这么解释清楚，我就回来了。刚从你那里回来，好巧不巧，赶上你大姑丈到人民医院来做手术，我又叫上你爸到医院去看望他，给他塞了两百块钱。在医院，我见他实在造孽，在城里没亲没故的，郎女都在广东打工一时回不来，病房里一日三餐尽供些馒头稀饭，我心说"莫造孽"，又给自己找了件事做，天天给他煮饭送饭，等他吃完把碗领回来洗，换下来的衣服也是我在帮他洗，一直照顾到他出院。也蛮辛苦的！

没日没夜地服侍完月子，才回来，本来一路上晕车就很不爱动了，脚一沾地又不得歇地去服侍一个病人，顶好的人都会累出病来。

大姑丈出院后，刚清闲了两日，应该是腊月初七夜里，艾端和春春就给我打一个电话来，问我在不在屋里——我说在屋里——说是今天上县里来了，要到我屋里来玩。我说要得，你们来玩，我再欢迎不过。我还欢喜得不行——从来不往我这边来的，这回突然看得起我了。那个艾端，看你还有没有印象，是从两路口嫁到我们雷家坪来的，你还小的时候，他们一家就去广东打工了，中间没怎么回来过。这个春春，本来是我们村嫁出去的，嫁给艾端娘家的哥哥，等于是她的亲嫂子，两口子也老早就跑到县里来开了间照相馆，钱呢，应该是没少挣，前两年又回我们村买下村口马路边上她二叔的那块宅基（当年她二叔就是在那屋里喝药死的），把老屋推掉，重新砌了一栋三四层的楼房，一楼开超市，人就住楼上；北梁城里的房子，说是要留给他儿子结婚用。虽然和我们家都是一个村的，之前又都在城里住着，但从来不爱走动的。哼，还以为她们无缘无故要来我屋里玩。谁晓得，这两个妇人家，来了之后就在说，她们前两天到雷家坪玩了一趟，特意说起你奶奶——她们喊三婶还是三娘——"好像火也不会引了，饭也不会煮了，就连冷都不怕冷了,穿两件那样的单衣单裤,整个人全无头绪了一样"。听她们这样描述,我心里还直起疑:讲得好咧!这才过了多久?一下子就这么蠢透啦?

按照她们的说法,炭火都是你二奶奶——她们喊什么来着?……反正是四婶还是几婶——帮她引燃的,煮饭也是你五奶奶帮她淘的米。她老人家呢,也不晓得怎么搞的,一张脸涂得墨黑的,好像从灶窝里钻出来的一样,衣衫扣,衣衫扣就扣也一粒、不扣也一粒,胸脯肉都露在外面……我寻思,那就搞得好咧,怎么会搞成这样子?当着她们的面,我就扳着手指头跟她们回顾了一下:我和你爸这几年虽然没住在雷家坪,要像别的崽、媳妇那样照顾她肯定做不到,但也不是一点都不曾管过她呀。这才过了多久?——我去东莞之前,也就是九月尾,才回村里去种了黄芪,在老屋里住了几天,哪回见她不是精神得很?种完黄芪,临走前,我又给她买了些面条、小米送过去——我寻思她牙口不好,吃这些东西容易消化些。我给她送去的时候,看到她正在熬猪油——切了满满一砧板的猪板油。"你要分开熬,莫作一锅熬。"我还这样叮嘱她,因为怕她端不动,不安全。结果,我又没问起她,是她自己说的(这她又知道说呢?):"今天赶圩,你哥哥给我割来的。"说猪板油是你大伯买给她的。反正,向来如此,"你哥哥给我买了这样，你哥哥给我买了那样"——哪个问起她嘛？就时常挂在嘴边，当歌来唱。我跟你爸给她买再多，从不去宣扬的。总而言之——你算算，我种完药材走的时候，也就九月尾，头脑还这么清醒，行动也利索得很（不然熬猪油怎么熬得成气呢？）——这才过了多久，艾端和春春就到我屋里来打个报告说，她已经全无头绪啦？

而且这段时间，你爸也回去过几次。我住在雷家坪种药材的时候，你爸就从北梁给她买了只崭新的灶送去，那天，他自己也看到的，你奶奶，还清清白白，利利索索，没有半点不好的迹象。你爸当天就回来了，问我回不回，我说我还要等几天，把坳背那几块地也种上。我种完黄芪回来没多久，十月里，你爸好不容易得了一天假，又下去了一趟，说是天冷了，回去给你奶奶买炭，买了一千个还是多少个藕煤。挑，倒是你大伯也去帮她挑了，但是钱，他就没出。两兄弟帮她挑到屋里码好，然后你爸又是当晚就回来了，因为第二天还得上那个劳什子班。他回来后也没听他嘀咕半句，就说明一直到十月里，你奶奶还好好的，没什么异常嘛。

给她买完炭回来，没过几天，就你爸生日了——你爸是十月十九生日。等你爸过完生日，我一下都没耽搁，二十日去买的票，二十一日就上东莞去了。在那之前，我还在雷家坪种黄芪的时候，特意到你大伯屋里去

238

坐了坐，封了四百块钱给他。"我要上东莞待些日子，儿媳妇要产毛毛了，"我说，"哥哥的大寿我恐怕来不成。你老弟呢又成天要上那个劳什子班，也不知道那天有假没有，提前封个红包，就当是人到了。"因为十一月你大伯满六十，按照我们农村的礼数，肯定是要去吃酒才对的，但实际情况摆在这里，我一准儿去不成，你爸呢又要上班，时间上是死的，总要老板给一天假才有一天假，也不一定去得成，就事先跟他讲清楚，希望他体谅，莫到时候又有的说没的说，影响和气。我都这样交代得清清楚楚，才动身去的东莞。去东莞之前的那个礼拜天，我又想起你大伯说，他的两个孙崽在一中读书，就专门跑到学校里去喊他们来家里吃顿饭。结果那兄弟俩说，他们要补课，两个礼拜才放一回假，没空过来吃。既然你不过来吃，我就——因为好歹我跟你爸这几年一直住在城里，你到我屋门前来读书，我还是要尽到我的本分——就给他们买了些零食，饼干、面包、巧克力什么的，林林总总买了一百多块钱。又给了那个大的五十块钱现金——那个大的读高三了，明年高考，我说这五十块钱是你二爷爷疼你的，让你去买些学习用品……我扪心自问，我嫁到雷家坪这几十年来，我没觉得哪件事是做得不到位的，我总是不管什么事都确实尽了心、尽了力，你去细究起来，我没有做过一件不在理的事，没做过一件过分的事，我就不明白为什么在这个村子里，在人家的眼里，我就那么不讨人喜呢？

但是，人家怎么说、怎么看，我向来不去计较，我只求问心无愧。所以后面——腊月初七晚上——春春和艾端无端端走进我屋里来，说你奶奶这也不会了、那也不会了，怎么着了、怎么着了……我就像现在讲给你听一样，把那两三个月的事有头有尾地给她们梳理了一遍。我说，讲得好咧！咋又一点都没听我哥说起呢？——因为我寻思你奶奶要实在不那什么了，你大伯也会打电话来通知一声的嘛。

那天晚上，她们来的时候，你爸已经睡了，上了一天班，回家倒头就睡，等于是我一个人在陪她们。等她们走后，我洗了个澡也上床歇着了。躺在床上，翻来覆去睡不着，便喊醒你爸，把春春她们说的那些话又给他叙了一遍。我又问他："你不是说前阵子，我在东莞那时，你还回去过一趟吗？"他说是因为上回买炭的时候，见你奶奶的棉鞋磨破了，所以又特意回去给她买了双棉鞋。"那她到底是不是不清白了嘛？你就一点都看不出来吗？"好！问起他来，就支支吾吾，说："好像是有一点没头绪了，但也不至于到那步田地，果真到了那步田地，他大伯也会找我们商量吧。"我一寻思，不行，明天我得亲自下去看一看，春春她们说得这样严重，我得去看看到底是真是假。再加上我问起你爸来，他支支吾吾的，我心里就更没底了。你爸这号人呢，你也了解，迟钝得很，不懂得看事观场，经常是火烧屁股了，还不晓得跑。我便骂他："你们两兄弟呢，真是一个娘生的，半斤八两，又不懂得看、又不知道说，三棍子打不出一个瘪屁——你指望他会跟你提个醒？"本来就是呀，你明明看到你老娘"好像有点没头绪了"，你还觉得"问题不大，如果严重的话，我兄弟会提醒我的"——你能这样想，你断定你兄弟就不会这样想吗？他也会推卸责任呀——你都看到老娘这样子了，你不也没吭一声吗？那凭什么他先来开这个口呢？

所以我越想越不对，越想越不踏实，半夜又打了个电话给春春，因为她们来的时候是春春的崽——启海——开车送她们来的。我说，春春，你们明天回去是不是启海开车送你们？我说如果是启海送你们的话，我也搭你们的便车。我说我得下去一趟才行。春春说"要得"。第二天起来后，我又去街上给你奶奶买了身棉衣棉裤，买完回到家，赶忙煮了碗早午饭吃了，顺便炒了几个菜，用盒子装好，给你奶奶带下去。我吃完，打电话给春春，问他们什么时候出发。结果春春又说哪时回去还不晓得，等于是时间还没定。既然你们"哪时回去还不晓得"，那我也就不等你们了，我就自己搭中巴车回的。我拿起箱子，塞了些衣裤、毛巾、牙刷牙膏什么的，还带了床棉被——我寻思也不知到底啥情况，这一去久还是不久也不清楚，万一真像她们说的那样严重呢，那我还是做好长住的打算。

你去琢磨一下，看我立娥做事可曾有半点含糊？别人前一晚来给我打完报告，我半点都没耽搁，第二天紧赶慢赶就下去了。我下去时还早，到雷家坪还不到五点钟，走进你奶奶屋里一看，咦！就确实……全屋子到处……就，柴呀，纸箱呀，空的塑料瓶子呀，乱七八糟的东西堆个满，我进场都进不去。咦！我心说，确实是年纪大了，搞不清什么名堂了。灯盏，灯盏就把它给……反正灯盏到哪里去了也不晓得。睡房里也一样，走进去一望，漆黑的，灯泡摁也摁不燃。墙上呢，究竟是火烧的还是怎么搞的，也不晓得，就好像谁人拿油墨去画过一样……咦！我的个天，怎么搞的，竟搞成了这样的景象！

但是，这么大个的萝卜、蒜、胡萝卜，都撂在墙角的凳脚下，肯定是你大伯给她送过去的，因为你让她自己去土里搞呢，估计是搞不来了。总而言之，你要说他甩手不管，人家确实也供了米、供了菜给她，至于她搞不搞得妥，煮不煮得熟，你大伯就不曾管过。他自己不曾管，又电话也没给你爸打一个。要不然，你好歹也——我们去不去管是另外一回事——你也该晓得来通声气，或者你讲一声，"老娘现在是这么个情况"，你好歹也讲一句，电话里跟这个老弟商量一通，两兄弟该怎么办就怎么办，是吧？

好咯，相当于——我回去一看这景象——人家春春她们说的，确实是事实，你奶奶确实搞不清楚什么名堂了，生活不能自理了呗，人家半点都没有乱讲。这个，我有一说一，还得感谢艾端和春春，她们跑来告诉我，应该是一片好心，至少当时我是这么觉得的。

咦——我心里……怎么就搞成了这样的景象！我当场撂下箱子，去我们自己的老屋里，拿了扫帚、拖把——因为她屋里的这些东西呢，也不晓得是被她吃了还是怎样，全搞得没处寻了——我就拿来我们自己的扫帚、拖把，费了半天的老劲，将她那两间屋收拾收拾，搞妥搞妥。饭呢，我去之前，你五奶奶已经帮她淘好米，架在灶上了，菜是我从北梁给她带下去的，都是炒好的，现成的。那天的晚饭，我在你大伯屋里吃的——我跟你大伯说："我等下去你屋里吃。"因为你奶奶屋里的饭，是你五奶奶给她煮的，没煮我的饭，那个饭煮得……咦！高压锅盖上的蒂头也不要了，那些热气就全任它冲走，搞得那些饭煮出来就——正如艾端她们说的那样，"饭也煮不熟了，底下是糊的，皮上是生的"——蒂头都不要了,热气就全冲掉,肯定是皮上熟不了,底下就烧糊了嘛——再加上火又大呗。我搞完卫生,到塘里去洗完拖把、垫子、衣服什么的(咦!换下来的衣服就任它堆在地上发霉发臭),进屋里一看,那热气正猛地冲。我也找不到蒂头呀(谁晓得是不是被她吃了),就拿些布头给它塞上,不然那锅饭又煮不熟。好咯,那天晚上,我给她盛好饭,菜也热好,服侍她吃。不吃。我转过背去给她烧洗澡水,回来一看——才几分钟?——碗就空了。估计是当着我的面不吃,我一转过背就猛地咽。恼不恼?但是我也不去跟她计较——脑子都不清白了,还跟她计较个什么劲?我就拧了一块热毛巾,说给她擦个澡,换身干净衣衫,也不肯洗、不肯换。你说我怄不怄火?说了几次都不换,我给她拧一回毛巾,又只擦一把脸,给她拧一回毛巾,又只擦一把脸。我心里是不是又急又恼呀?我就这样去扯了一下她的衣袖,我说:"脱掉衣衫,洗个澡,换身干净的。"呃——"你要曳死我呀!"你看,说的话也全不清白了。

上完八个小时夜班回到家里,已经精疲力竭的雷勇华被当地派出所的两名民警从床上叫起来,通知他,他妈妈因为闹事被他老家的公安局给抓起来了,让他赶紧回去一趟。

　　雷勇华住在位于东莞厚街的工业园区的一栋廉租房里，很多在附近工厂上夜班的老乡都住在这里，每三户人家共用一个厨房和卫生间。雷勇华进门后，看到连着公共厨房的走廊上的灯还亮着，走廊上影影绰绰，男男女女几个人在说话，其中压低嗓门的那个声音来自他妻子。这种情形并没有引起他的格外注意，因为每天这个时候，上夜班的老乡有的已经回来了，女人们煮好夜宵，大家偶尔也在一块儿吃。妻子为了不吵到正在睡觉的孩子，不但说话细声细气，就连走路、做事都是轻手轻脚，但那些老乡就没么自觉了，还是像往常一样朗声谈笑。除非有人毛毛躁躁，碰掉了什么东西，砸在地上发出一声巨响，或是坐在凳子上不安分地挪动身躯使得凳腿在地板上磨出刺耳的尖叫，他们的女人才会提醒一句："你要死啊！不晓得雷师傅家的毛毛在睡觉？"对此，雷勇华早就习以为常了。他急于看到儿子，所以进门后第一件事并不是到走廊上去跟妻子报备自己回来了，而是钻进房间里，借着从窗口漫进来的、不知发自哪里的微弱的灯光，窥视儿子熟睡的模样，竖起耳朵听他轻轻的呼吸。他原以为自己瞅一眼就会出去，可是过了几秒钟，他发现自己一下子就适应了房间里的昏暗，就连儿子那两排被眼睑夹得翘起来的睫毛都看得一清二楚，便干脆和衣躺了下来，朝着儿子的方向侧躺着。等他被叫醒时，床前站着妻子和那两个民警。他们把过道的灯开了，灯光透过房门打在他们的侧脸上。执法者的帽檐在他们的眼窝处投下弧形的阴影，他们就用躲在阴影后面的目光平静地俯视着他。妻子睁圆了眼，问："你啥时候回来的？这两位警官在家里等你半天了。"尽管她极力压低嗓门，但还是能听出她的声音里那股子毫无掩饰的激动、讶异和不满的情绪，仿佛只要旋转某个调节音量的开关，就能原原本本地还原甚至放大这一切。雷勇华也吃了一惊，他明明是打算躺一躺就出去吃夜宵的，怎么就睡着了呢？他问妻子："我睡了多久？"妻子用手势示意他出来，他这才意识到孩子还在熟睡，或者说意识到自己还有一个孩子。两个警察先退出来，雷勇华紧跟其后，妻子检查了一下孩子的睡眠，又给他盖好毯子才出来。她出来的时候，顺便把门给带上了，同时飞快地瞥了一眼挂在过道尽头的挂钟，然后轻脚快步地走到丈夫跟前，带着一丝责怪的语气说："我咋知道你睡了多久，你啥时候回来的？也不打个招呼。要不是听到你打鼾，我们还一个劲地傻等呢！"她说"我们"的时候，忍不住拿眼角去瞟那两个警察，似乎在他睡着的时候出了点离奇的状况，将她和两个深夜造访者划到了同一阵营，而他作为她的丈夫却成了外人。"你们……"雷勇华不由得接受了这种说法,"你们等我好久啦?""等你半天了,"妻子不满地说,"打你手机也不接。"雷勇华把手机调成了静音,他上班的地方不准接电话,发现一次扣二十块钱,所以他一进车间就会把手机调成静音。这一点妻子是知道的,但是看她大惊小怪的样子,就好像从来没想到过这一点似的。等我半天了,他想,难道刚才在走廊上和她谈笑风生的竟不是老乡,而是这两个家伙?正这么想着,肚子里涌起一阵饥饿,它出现的时机就好像这个想法和饥饿之间有着某种隐秘的联系。他以主人的口吻关切地问那两名深夜来客:"那你们都吃过了吗?"两名警察高矮胖瘦都差不多,而且在任何方面都不会让人觉得略有欠缺或过剩,也就是说匀称的中等身材,甚至年龄也不相上下,这使得他很难用某个明显的外在特征来区分他们。但是在听到他这么问之后,两人的反应便立即显示出差异来,站在左边的那个略显羞涩地笑了笑,低下头去不说话,而他的同伴却镇定地点了点头,仍一脸严肃地回答他"吃了",闪烁有力的目光从他的脸上移到他妻子的脸上,又用同样的表情和语调说:"谢谢你的款待。"说完还微微欠了欠身,表示礼节。

"可是却没有人问我吃了没。"雷勇华忧伤地想,"上夜班的人是最容易得胃病的,因为半夜干活好像特别容易饿。有些工友下班后，又困又饿，但他们会选择争分夺秒地上床休息，觉得吃夜宵耽误睡觉，可也因此落下了胃病。这两个警察估计也是值夜班的——不然也不会半夜跑到我家里来——他们对此应该深有体会。或许他们认为我是在外面吃了夜宵才回来的，又或许他们觉得工厂的福利好得不得了，下班之前，老板会发给我们一大包点心，让我们吃得饱饱的才回家，但不管怎么样……"雷勇华突然发现自己想远了，因为他刚才问他们吃了没有，只不过是希望能有一个机会来表现他的殷勤——拉着他们坐下来，一起吃点夜宵，顺便听他们亮明此番前来的目的。但现在连这个机会都没有了——妻子抢在了他的前头。

"我们来找你，是为了你母亲的事。"这时他听到警察的声音，仿佛从很远的地方传来，似乎中途还穿越了一片湖泽，传到他耳畔时已经受了潮，变得不那么脆了——而它本该是脆的。

"我妈妈出什么事了？"雷勇华心里大骇，他以为妈妈死了。

"被抓起来了。"妻子在一旁言简意赅地插了句嘴。

"是这样的，"其中一个民警说（他俩一直在过道里踱来踱去，雷勇华现在又分不清谁是谁了），"你母亲可能是因为一点小误会，与你们村委会的某个负责人产生了一点语言上的冲突，进而上升到肢体冲突，还产生了这个……"他说到这里脸红了，似乎为接下来的用词感到一丝不好意思，"这个……打砸行为，把村委会的公用财产给毁坏了。当地——也就是你们镇上的民警将她带到派出所去调解，其间她应该是存在袭警的行为，然后你们北梁县公安局来人把她给带走了，羁押在拘留室。已经好几天了，她一直拒不配合，不肯认识到自己的这个……错误行为，公安机关想把她放了也没辙——其实只要她认个错，保证不会再犯，就没事了。所以，知道你在这边工作——你们那里的公安机关给你打了几个电话你也没接——就请求我们协助通知你，让你回去劝一劝你母亲。基本上就是这么个情况。"

"误会？"雷勇华想：这是个好词。如果他早想到这个词，说不定就不用将母亲送走了。她和妻子之间闹了那么多天的别扭，虽然表面上客客气气（未免过于生分），没有让矛盾爆发出来，但其实两人心里都是暗流涌动。尽管母亲最终以回家给父亲做饭作为借口走了，多少为自己挽留了一点面子，但就连住在那里的老乡们都看得出来，她是觉得再待下去没什么意思了才走的。那个时候，为什么就没有一个人想到并说出"误会"这个词来呢？它一旦被说出来，肯定能或多或少缓解一下她们之间无形的敌意。刚才民警同志的一大段话中，一开始就将这个关键字眼说了出来，使得雷勇华吃了一颗定心丸，他后面听到的每个字都仿佛是悦耳的音符，以至于当警察说完之后，他还在品咂这个词呢。误会，原来是误会。"那到底是什么误会呢？"他充满期待地问。

第二天一早，他就丢下才满月的儿子和刚出月子的妻子，挤上火车回到了老家的县城。现在，他正坐在北梁县公安局的拘留室里，跟他妈妈隔着一道铁栏杆，听她讲述那两个警察也没能说清楚的误会——

后面，夜了，我在你大伯家吃完饭下去——你大伯自己喝了点酒，我呢只吃了几口饭，也没陪他喝了。"做事都做累了，"我说，"一日都马不停蹄，"我就匆匆忙忙扒了几口，我说，"我先去洗澡睡觉了。"——还得临场去烧水，再一个，我自己屋里床铺什么的也都没空收拾——我说，"你慢慢吃。"我准备回我们老屋里去烧水洗澡，这才想起，烧水的电壶也拿到你奶奶屋里去了，于是又转身走下去拿电壶。

因为我上你大伯家吃饭时，她已经吃过了，给她洗澡也不肯洗，我说你不洗就算了，便把她放到床上，掖好被子，摆布她睡。我走的时候，又把门给她关严，闩肯定就没闩上了，因为要从里面才能闩上，我在外面又上不了闩，再一个，她屋里值几个钱嘛，闩哪门子门啊！好，她呀！你听我慢慢道来。我在你大伯家吃碗饭的工夫，总共才多久？——反正从安排她躺下，到我转身下去拿电壶，也就不到半个小时——门就已经给你妈的×闩上了，喊也喊不开，前门喊了没反应，我又到睡房的窗户边去喊，反正就是全无声气，也不给你妈的×开门。你说说？才一转眼的工夫，而且她都已经躺下了，估计是我一转背她就起来把门给闩了。你要说她没头绪，晚上睡觉要闩门这等事她又清醒得很哩，怪哉不？我前喊后喊都喊不应，没得办法，恼得我呀，就踢了几脚，把门闩给踢断了。结果，哪个晓得——她老人家不但把门给闩了，竟还要拿些凳啊、椅子啊、扁担啊给顶死。门闩我是踢断了，但是我去推门就怎么也推不开，最后还是从门缝里挤进去的。门背后，她用来顶门的那些条凳、竹椅、扁担什么的，堆得像座佛塔一样傍在那里。你说我恼不恼？

踢开门，等我挤进去往床上一瞟，没条人影。我就扯开嗓子闹了起来，我喊你大伯，我说哥哥你快来瞟一下，好大一个人到哪里去啦！我和你大伯两个，打着手电筒，条条缝隙里都寻遍了，她就好像土行孙会钻土嘞，愣是望不到一条人影。后面，还是你大伯耳尖，说好像听见鸡屋里有动静。"讲得好咧！"我说，"躲到那里面去打什么摆子！不嫌熏吗？"因为那间屋就在厅屋的后面,是你奶奶以前用来关鸡、关鸭的,这两年上了年纪,鸡鸭也养不成气了,就闲置起来,但那股子臭气,任他哪个也抵不住嘛!地上的鸡屎鸭粪一尺来厚,都结石了,又经常蛇啊、耗子啊、蜈蚣啊,乱七八糟的什么活物都有,哪个想得到她会藏在里面!还好你大伯耳朵尖,听见了响动,他就去推了一下鸡屋的门,估计是从里面闩起了,你大伯霸蛮推也推不开。我说,你给它踢两脚试试。你大伯说,踢不得,门没闩,是她傍在门上。

因为我之前扯开嗓子一闹,先是你大伯下来了,过了一阵,又你五奶奶、二奶奶,还有昭义、昭礼他们几个后生家也都来了。后面还是你大伯和两个后生家一起慢慢地——又不敢太用力推,怕伤着她——就慢慢地推开的。她呀,看到门推开了,傍也傍不住了,就跪到地上,往鸡笼里钻!咦,我心说"莫造孽"!为什么人老掉之后就变成这副德行了啊?没有谁人要害你嘛,一个是你的崽,一个是你的儿媳妇,你犯得着跟碰到鬼一样,吓得往鸡笼里钻吗?

好咯,搞到大半夜,几个人好说歹说才将她从鸡笼里提出来,又给她训了一顿。我说你莫不识好歹咧,你这个儿媳妇呢,虽然几十年来没少受你的气,但何曾对你起过坏心?以前我们住在雷家坪的时候,哪回有好吃的不是先想着你,就算跟你吵完架,每逢屋里杀鸡、杀鸭也都要先端碗肉送到你跟前来。这几年我们住到城里去了,确实不能像哥哥嫂嫂那样守在你身边照顾你,但无论是天冷天热,过年过节,又或是你生病了也好,嘴馋了也好,我们哪时没考虑到你嘛?不但不念我的好,还见到我就跟碰到鬼一样地东躲西藏!难道我立娥比那一地的鸡屎还臭?你藏在那里头熏那个味舒服些?我虽然嘴巴这样训她,手上又去给她烧水,拧毛巾,把她的脸啊、头发啊还有手上的鸡屎揩干净,衣衫换掉,搞得清清爽爽、整整洁洁,才又把她摆布到床上去睡。换下来那身衣裤,又得我来给她洗呗。

雷勇华调整了一下坐姿,他坐得腿都麻了。他母亲深情地望着他,好像他还是个不会开口说话的毛毛。小时候,雷勇华很晚才会说话,三岁以前他就像个哑巴,母亲为了让他开口,尝试过各种办法。她最常做的就是像现在这样,事无巨细地将每天发生的事情讲给他听。面对母亲絮絮不止的讲述,他那时的表现也像现在这样,一声不吭、一动不动地听着,仿佛听得入了神,也忘记了一切,仿佛整个世界都装在母亲一张一合的嘴里。眼前的这一幕,像极了那时候的情形。她接着讲述——

你大伯已经回屋了，他们几个后生家还站在门前墙角那里抽烟、扯空闲。看到我出来，昭义疤子就问，睡下啦？我说，睡下了，今天好在有你们帮忙了。昭义疤子便说——他心里肯定清楚咯，只是故意装糊涂来问我——说荷叶塘镇上有人在问他："你们雷家坪是不是有个拄棍子的老大娘？"说是有人拍了条视频发到朋友圈。我寻思，雷家坪哪有什么拄棍子的老大娘嘛？除了她（你奶奶）经常爱拖条竹棍——别的老人家都没有，就只有她——说是脚上痛风，要拄条棍子行路了。我说："雷家坪还有哪个拄棍子的老大娘嘛，除了她？是哪个发了条什么视频咯？"呃——"不晓得，荷叶塘人在问。"——我估计他也不便说。

既然你不说，后面我就去翻手机——因为初七那天晚上春春她们到我屋里去，我跟她们都加了微信——我就翻翻翻，翻到春春的微信，看了她发的朋友圈。看完之后，真是说不出来的滋味。我从来没这么恼过！我二话不说，大半夜一个电话打到春春那里，我说："你是不是拍了条什么视频发到朋友圈了？"问起她来，就说是的。你看春春她怎么拍的——把你五奶奶、二奶奶她们这些人也拍进去了，但是主要还是拍你奶奶，等于她是主角，邋里邋遢的，拄着条棍子，三步一停，五步一歇，似笑非笑，似哭非哭。她还配了几句什么话啊？她说——她嘴巴是这样说的——呃，"喏，你们大家都来看一下这些老大娘好造孽，"呃，"都这个样子了，又没人来管一下，又没人来探一下，"呃，"生些崽有什么用？"呃，"亏他们家还在一个劲地生！"我后面去寻思起来，这句"亏他们家还在一个劲地生"，硬生生地是在指名道姓地讲我立娥咧！因为只有我们家才刚生了毛毛哇，我去东莞服侍月子，她春春肯定是晓得的嘛。至于你大伯家，早就没有"一个劲地生"了，都蛮大一个，在念书了。除了嘴巴上讲的这几句，她发到朋友圈的时候，又还写了一串什么名堂……记不清了，反正字也写了蛮长一串，嘴巴呢就讲了这些，说"大家都来看一下，这些老大娘好造孽，这个样子了，又没有人来探一下，又没有人来管一下……"我呀，当时呀，真的好恼咧！

我心说，虽然你拍进去的呢，确实是事实，老人家确实很造孽，但你不是个外来婆，这两兄弟平时为人怎么样，你并不是一点都不知晓哇！他们有没有天理，你心里没个谱吗？而且你五哥——因为她们喊你大伯喊五哥——又成天在村里行进行出，你们家就住在马路边上，天天望得见他，你发现你三娘这个样子了，跟你五哥讲一声就讲不得吗？你譬如说："五哥，我今天去三娘家玩了,发现她老人家好像什么事情都搞不妥了,连饭也不会煮了。立娥他们又不在家,怕是不晓得情况吧,你看是不是给他们打个电话,喊他们来探一下?"喏,你应该首先知会一声嘛——你去拍条这样的视频,发在朋友圈里干什么!我们跟你又无怨无仇,打了几十年照面,你何必这样子搞呢?如果你是从外地来的,今天偶然间走到雷家坪来收什么破铜烂铁、鸡毛鸭毛,无意中看到这样一个老大娘好造孽——因为外地人初来乍到,他不知道哪些是她的崽、媳妇,又或者崽、媳妇好还是不好,曾不曾虐待她——那你就有权利发这条朋友圈,是不是?都是知根知底的几个乡里乡亲,怎么说也不应该这么做啊。我觉得她,做得太过了。再说你大伯也是,这样一个孤寡老人在屋里,你虽然确实事情挺忙,脱不开身,但你再忙也总应该抽空去瞟一眼她嘛,你瞟见她确实不行了,那你也应该管一管嘛,你不管她也应该给我们打个电话嘛,我们又不是经常不回来,经常不管她,你连告都不告诉一声……

反正尽是些这样的人,都凑一块儿了。这村里但凡有个冒尖的人,有个讲点道理、做事靠谱的人,他们就联合起来把你气死。气得我呀,就半夜打电话给春春。春春说是她拍的。我说你这个瘟婆,还挺会来事的,竟要拍条视频发到朋友圈去,你有什么事不晓得跟你五哥讲啊，你五哥在家的嘛，你眼瞎啊！在电话里冲她发了顿脾气。我说昨日你跟艾端两个人走进我屋里去，坐到很夜，我有头有尾地把几十年来的事情都讲给你们听了，包括你三娘以前是怎么对我的，我又是怎么对她的，你半句都没听进去吗？我立娥是什么样的人，你们心里没点数吗？我真是从来没这么恼过！不过后面——看我发起火来——春春也就说："六哥嫂莫恼，我呢住在马路边，平时也蛮少进雷家坪来玩，很多情况都不了解，那条视频呢也是几天前拍的了，但不管怎么样，确实是我做得不对，我不该发朋友圈的，千错万错都是我的错。骂呢，随你怎么骂，但就是千万千万不要恼，莫气伤了身子。"——她这样讲，我还怎么骂她？我反而一肚子的好话没倒出来。我说既然话说开了，我也不追究了，就把电话挂了。但是，叫我不要恼，我哪里做得到？我实在气不过，就跑进你奶奶屋里（她已经睡着了），把那些牛奶啊、王老吉啊——因为之前春春和艾端来看你奶奶的时候，是提了一箱牛奶、一箱王老吉来的——恼得我呀，就冲进屋里就把这两箱东西扔了出去，全部扔在屋角的那个粪堆里。

我说，来看什么名堂！谁人请你们来看她啦！我们又不是没给她吃、没给她穿，有你们这样搞的吗？给两箱饮料，就当自己是大善人了，就管起别人家的事情来了，我们真正为这个老人家付出了多少，你们也不去调查调查，全凭你们一张嘴、一串字就给一笔勾销了。没有你们这样搞的！如果你们跟我立娥讲了之后，我还不管不探，那你们要去主持公道也说得过去，可不是我吹的呀——你们头一晚来我屋里，第二天我就提着个箱子急三火四地赶来了。哪个狗日的没管她嘛！就说去年吧，你奶奶打一个电话来，说身上不舒服，去卫生院开了些中药，要我下去给她煨中药。我寻思你爸天天在外面做事，我要给他煮饭吃，走不开，本来煨中药你婶婶也可以给她煨哩，但我还是抽空去把她接了来，我说妈，你就在我屋里住些天，中药我给你煨——哪个畜生没有管她嘛！非要拍条视频发到朋友圈，还说"他们家正在猛地生，生些崽有什么用"。

你不晓得，她春春这句话硬是伤了我好深咧！我几十岁的人了，才添头一个孙，不指望你道一句好话吧，你也不要吠出这么恶毒的……就真的像是一句咒语啊，在我心口剜了一刀！难道我养个孙也养错了吗？我的孙总没招她惹她吧，清清白白来到人世，还有一辈子的路要行，你竟说"养了崽有什么用"，我呸！吠她的鬼吃魔话！我越想越生气，睡也睡不着，一心窝的火无处泄，早晓得我就不挂电话了，非要骂到她没一点趣，要骂烂骂臭她才甘心！但是挂都挂了，挂电话之前我也亲口说了不再追究,她也道歉了,我要再去追着她骂呢,尽显得我不识大体一样,也只能一包窝囊火往肚子里吞。

好,本来也没事了,我立娥又不是什么小肚鸡肠,再大的窝囊火,咽几日也就消化干净了。哪个晓得,过了两天,又是她春春发了条朋友圈,我看到她发的,呃,什么我们荷叶塘镇上评什么劳什子困难户,雷家坪村分到一个名额(就是你奶奶),希望大家都来转发,全社会都来关注,有的没的,发了一串字,后面还跟了一排鼓掌的表情,我一看到就来火!本来这事,照道理来说,可能跟春春也没什么关系——又不是她去评的——但是,话又说回来,也不排除是因为她之前拍了那条视频发出去,她朋友又广,看到的人一多,别个自然晓得,哦,雷家坪村的某某老大娘如何造孽,说不定这样就评给了她——这些我都暂且不论了——总而言之,虽然谁评得上谁评不上,并不是她春春能决定的,但是,这个消息,我首先是从她微信里看到的,我们又没收到任何正式的通知——不管是村里的,还是镇上的,是她先把消息放出来的,这一点就让我特别火大。有什么事情,又不先跟我们这些当事人知会一声,直接就把广告打出去了,满世界宣扬,等别个都知道了,我们还蒙在鼓里。你以为是什么好事呀!还打一串拍巴掌的表情，谁人看不出你装的什么心思。我本来气就没消，抓住这个机会，我赶紧发微信去骂她——我还跟她讲什么客气！好，一骂起她来，她还特委屈，呃——"评上困难户政府有钱发啊，好多人想评还评不上呢！"呃——"我是替你们高兴啊，六哥嫂，你莫要再误会我了。"我说："你觉得评上了很光荣是吧？值得敲锣打鼓四处宣扬是吧？你怎么不去评一个？"她怎么说呀？呃——"我们家条件不符合。"你去听听！当然咯，谁都晓得你家里条件不符合，超市在马路边开起，三四层的楼房砌起，人家这些农民辛辛苦苦从地里抠出几个钱，尽喂肥了你们的腰包。你们成天吃腊肉，别人都是逢赶圩才去肉摊上割二两肉回来吃——你们自以为有腊肉吃条件不符合，那些没腊肉吃的就都该评上困难户是吧？

其实，我当时心里就有些起疑，因为我们家几十年都是这么过来的，也从没评上过什么困难户，今年怎么突然就评上了呢？——又说好多人争着抢着都没评上，那你们就评给那些人好了嘛，我们又不去争、不去抢。而且是在这个节骨眼上——前两天春春刚发了条那样的视频，搞得世人皆知，你说我能不去怀疑这两宗案子之间的联系吗？你去寻思，给你奶奶评困难户的人是不是吃了泡屎，他真的安了什么好心吗？好，在微信上骂得她不吱声了，我还是咽不下这口气，我想你们要搞臭我立娥，我偏不让你们得逞，休要看扁了我。我就跑到村委会去，找夏支书。我说，听说我老娘被你们评上了那劳什子困难户，请你们给我退回去。我说，有什么困难的嘛，农民不都这样，跟那猪狗一样活一世，弓着背向地里抠一捧吃的，到老了做不动了，不是等着瘫痪就是等着痴呆，无疾而终反倒是大解脱，这就是命嘛，有什么好困难的，要困难大家都困难。我说，她又不是没儿没女，我们又不是不管她，之前她身体一直健旺，可以自食其力，她变成这样也就是前些天的事，我们只是不知道，又不是不想管，我一听说她变成这样就赶紧回来服侍她了，这一点雷家坪人都看在眼里的，都能替我做证。我说，她有两个这么大的儿子，他们两兄弟能照顾她，不需要什么特殊照顾，我已经跟我哥哥商量好了，每家轮流照顾半个月。

这只夏支书呢，也不是只什么好东西。一开始还跟我好声好气地讲，说没有认为我们不管她，这又不是什么丢脸的事，很多人想评还评不上。我说，我不管，谁想争让他们去争，反正你得给我退回去。他就说，这事恐怕不能你说了算吧？言外之意，你大伯是长兄，这事应该由他来做主。我说，你这话我就不爱听，他老娘被人拍成电影发到网上，后代们被人戳着脊梁骨骂时，也没见他这个长子出来吭句声，是我立娥打电话骂回去的，怎么这事就不能我说了算呢？我一句话忍着没说出来——"可能他觉得反正咒的不是他的孙吧？"因为他们家没有猛地生嘛。夏支书听得懵懵懂懂，问我，什么电影？什么戳着脊梁骨骂？我便拿起手机，翻出春春发的那条视频来给他看。结果他老人家，哼，看完冷笑一声，把手机递给我，就坐在办公桌后面，端起霸缸"咕咚咕咚"地灌茶！灌完茶又冷笑一声，"呸呸"地吐茶叶。恼不恼！我说："夏支书，你什么意思？你这'呸呸呸'是在冲我还是冲谁？"他不紧不慢地移开霸缸，板着脸说："你自己多疑，我只是在吐茶叶。"说我多疑，打靶鬼！是我多疑吗？本来是好言好语在说这个事，看完视频就拿鼻孔冲我喷一句冷笑，态度来个一百八十度的转变，还对着我"呸呸呸"。这也是我多疑？我说："把话说开了，别藏着掖着，你也是当干部的，讲话要有点水平。你这话就是觉得我无中生有，觉得春春那条视频发得好，她说得没错呗？是我多疑，才认为她在戳着我脊梁骨骂呗？"我才猛地回过神来——他们跟春春两家走得近，三天两头到她超市去买烟买酒，指不定吃了多少回扣。唉！我当下肠子都悔青了，我找他评这个理干什么？我又不是不知道这个村里的人都不蛮讲理！那个打靶鬼又端起霸缸，开始

"呸呸呸",皮笑肉不笑地说:"反正我没听到她骂你。"我说,你耳朵聋了?没听到?她亲口说的生些崽没用,说我们家猛地生,还要怎么骂?我说,我看你儿媳妇也成天挑着个大肚子,我现在说她产下来的东西没用,你肯不肯?他放下霸缸,伸手就来叉我。你看这个不昌盛的,脑壳里是不是糊了屎!真以为我立娥好欺负,我恼不恼呀!真是从来没这么恼过。我飞起一脚就把他办公桌上的电脑给踢翻在地,我又抓起他那只不昌盛的霸缸扔在墙上,砸得稀碎,办公桌上那些文件啊、红旗啊、章子啊,还有乱七八糟的什么,我全部给它扫到地上去了……

父亲的工作看来是保不住了。父亲多亏老战友关照,被超龄聘入一家物业公司当保安,之前一直在住宅小区里干,去年才被公司分派到县农业局当门卫(好些政府职能部门、国企和事业单位都将安保工作外包给物业公司)。且不说母亲这档事的恶劣性质使得他不再适合给政府看大门,光是母亲拒不认错、不惜把牢底坐穿的决心,就已经妨碍她继续履行照顾奶奶的义务了,而她又不愿欠大伯一家的情,所以接下来,大伯家的那半个月期限一到,就只剩下一个选择——父亲自己辞职回乡下去照顾他老娘。除非那时母亲已经被放出来了,但从她刚才的强硬态度来看，那几乎是不可能的。

公安局一开始就跟他摊了牌，他们其实一点也不想继续关押他母亲。最近北梁县"创平"（创建平安县城）工作已经到了最关键的验收阶段，政府各部门尤其是公安机关咬牙再坚持几天，很快就将打赢这场硬仗。可想而知，有多少更加繁重的工作等着他们去做，而不是将时间和精力耗费在一个农妇身上。他们也想找一个台阶将她给放了，只要她肯低头认错，写一纸保证书：保证出去以后不再扰乱社会治安，不给政府添乱。母亲当然从没想过要给政府添乱，但是让她认错，那简直比登天还难。

在雷勇华的印象中，母亲从来没有做错过任何一件事情。不仅没有做错过，她简直就是正义的化身，是衡量对与错的标尺。在这个家里，他和父亲早已习惯将一切事务是非曲直的评判权毫无保留地交给母亲。甚至在自己成家之后，他还会习惯性地遇事辄想：换作是妈妈，她会怎样权衡决断呢？有时，当他做出一个决定，一想到妈妈可能会认为他的决定是错的，他就感觉到心脏被人紧紧揪住了一样。

但此刻雷勇华突然意识到，母亲的很多认知和做法其实并不高明，而这一次尤其错得离谱。纵容母亲继续错下去，殃及的绝不仅仅是父亲，他雷勇华也将不可避免地受到牵连——母亲在随后的一番话里透露出一个令人不安的信息：现在村里人都等着看他们家笑话，越是这样，越不能让人挑出理来，在不得已的情况下，他应该果断辞掉东莞的那份"劳什子工作"，喊他媳妇回来替她照顾奶奶。雷勇华再次体会到了心脏被揪紧的滋味。为了保护他那刚刚受到威胁的小日子的平静，他生平第一次拂逆了母亲的意志。他说，你的意思是，大家都不要活了呗？你觉得村里人笑话看得还不够吗？他劝母亲认清形势，低头服软。

昨天晚上，两名警察走后，雷勇华彻夜没睡，交代了妻子一些事情，临到天亮才眯眼，不到七点钟又被妻子叫醒了。他洗了把脸，简单收拾了一下行李，扒在睡房门口痴痴地望了很久，终于被他妻子推出了门。"别看啦，早点去，省得买票排队。放心，我会照看好他的，不会少他一块肉。"她说着，将一袋她赶早去买来的热乎乎的包子和烧卖塞在他手里，省得他在火车上买那又贵又难吃的盒饭。"那你呢？"雷勇华不大放心地说。"我也不会少一块肉。去吧，谁叫她是你妈呢！"

"为什么偏偏让我摊上这么一个妈？"坐在火车上，雷勇华憋屈地想。他是领教过她的执拗性子和火暴脾气的，可怎么也想不到她会给他捅出这么大的娄子来。母亲到底是怎么被抓进去的，那两名警察也说不大清楚，只知道事情的起因是为了几百块钱救济款,她竟将事态一步步升级,终于把自己给关进去了。在拘留室关了三天,好话跟她说尽,其间还叫他父亲去劝说过两次,实在搞不定她,才想起她还有个儿子在广东打工。真是让人不省心!可是叫我回去又有什么用呢?警察都搞不定的事,我能搞定吗?我只是她儿子,又不是她爹。

当他终于坐在母亲面前,听她不厌其烦地讲述事情的前因后果以及那些冗余的细节,心里一遍遍地确认着"没错,这就是我妈"的同时,还不忘为之前的想法嘲笑自己的天真:眼前这个女人,就算是她爹真的从坟墓里爬出来了,也未必能搞得定她。她已经失去理智了,更恐怖的是,她失去理智之后还能做到思路清晰,逻辑严谨,滴水不漏。

和母亲不欢而散之后,他决定先去找父亲拿了家里的钥匙,回去清静一下,调整一下思路,晚上把觉给补足,明天再跟母亲好好地谈一谈。

走近农业局(一栋有年头的四层建筑,外墙嵌着白瓷砖)的大门,他奇怪地发现门卫室那块墨绿色的窗玻璃后面空无一人。父亲不在他的岗位上,他会去哪里呢?这算擅离职守吗?如果我在厂子里也给老板来这一手的话,想都不用想,指定没什么好下场。雷勇华工作的厂子是一家塑料制品厂,下半年生产圣诞树,上半年生产游泳圈，老板选择这两样季节性产品，正好形成互补，这样就能保证全年订单不断。前段时间做圣诞树都做疯了，全厂工人两班倒，机器整天没停过。做圣诞树最累的就是绑树，最耗时间，要用细铁丝将那些塑料的树枝扎成束，既要扎得牢，还要保证疏密达标。可偏偏雷勇华干的就是这最累的活，而且还是上夜班。绑树属于计件活，一旦绑错直接不算钱。雷勇华不止一次跟拉长说过，有绑错的你拿回来让我重新绑嘛，不计工作量是怎么回事！那个拉长是四川人，精得很，巴不得你绑错，然后自己拿去返工一下，算在自己头上。重新绑一下很快的嘛！但人家就不让你重绑，直接扣钱。恼不恼？

父亲的手机打不通，雷勇华决定在农业局的院子里等他回来。院子的前坪砌了一个圆形的喷水池，池里立起一座布满铁锈的雕塑：半人高的方形底座上，站着一头扛着犁枷正在犁地的牛，卷起的牛尾扬在半空中，像是在驱赶牛蝇。他立马想到这东西象征着什么。雕塑周围，对应底座的四个角，立着四株也是用黑铁铸成的植株，是北梁县四种主要的农作物：水稻、玉米、烟草和黄芪。想到这个创意背后的用意，他不禁肃然起敬，一股对家乡的自豪感油然而生。喷水池的左右两侧都是以灌木为主的园林，它的后面就是那栋老旧的办公楼。父亲会不会就匿身在这栋办公楼里呢？也许他刚被这里的领导叫去谈话？谈话的内容会不会跟母亲的案件有关呢？雷勇华围着喷水池转了一圈之后，就钻进了右边的林子里。在铺着石板的林中小路上，他碰见一个长得非常敦实的小男孩正在追赶一条宠物狗，那小畜生兴奋地钻进一丛杜鹃底下，就再也不肯出来了。雷勇华正要从男孩身边走过时，他却开口叫了一声叔叔，问他能不能帮他捉住他的狗。雷勇华说："这是你家的狗吗？"小男孩便挥了挥了手中的狗衣服和狗链子，说："是的，是我妈妈的狗。""你妈妈呢？"小男孩没说话，指了指办公楼。他有点犟头犟脑。雷勇华蹲下身去看了看，小狗正趴在他的手伸不到的地方，并疯狂地扭着屁股，继续往后缩去。他想到一个办法，决定试一试。他从手里提着的白色塑料袋里拿出一只烧卖（那是他吃剩下的），递给男孩，告诉他："不要去追它，它认为你是在跟它闹着玩咧，只会跑得更嗨。你拿这个，把它引诱过来。"县城人说一种他不会说的官话，跟他家乡的土话很不一样，所以他跟他说一口标准的普通话。在广东混了这么多年，他早就习惯了说普通话。小男孩伸手接过烧卖，这时，那小狗从杜鹃丛底下钻了出来，小男孩条件反射似的撵了上去，结果它一下子又跑远了。小男孩竟然把烧卖朝他脚下扔了过来，然后往狗跑的方向追过去，一边跑一边回了几次头，像是在继续向他求助。雷勇华望着被他扔在路中间的烧卖，心里有点怒其不争，于是蹲下身去捡起烧卖，跟在他身后走了过去。"你要让它看到你手里有东西，"他说，"这样它就会想吃。"那狗明显是在跟它的小主人玩，将他甩开后，绕着喷水池转了一个圈，发现他没有跟上来，便又欢快地跑了回来（脸上是天真的表情）。这时雷勇华亲自掰了一小块烧卖，丢到它脚下；不过它好像没看到，仍然激动地朝不同的方向乱跑一气之后，又再次钻进了之前藏身过的杜鹃丛里，趴在那里，不断地往后退，以躲开雷勇华朝它伸过去的手。他蹲在那里，必须很大幅度地挥舞手腕，才能让它注意到他手里拿着的烧卖。它终于注意到了。于是他松开手，让那小块烧卖垂直落在地上。它扑过来开始吃，但烧卖已经沾满了泥土和枯叶屑，它不断地把它从嘴里吐出来，用鼻子去拱它，似乎想要把它弄干净。雷勇华的手要够到它还差了那么一截，于是他又掰了一小块烧卖，在它眼前晃动，喂，吃这个，这个干净，别去管那个了。他想："这次我一定把它丢在离我很近的地方。"它好不容易抬头看了他一眼，他趁机将烧卖一抛，这次的落点确实离他比较近，但那条狗压根没有耐心等它落下，又开始低下头去啃之前的那块裹满泥和叶屑的烧卖，而这一块落下去之后，也立马沾了一身的泥，当然，还有叶屑，总之变成了一坨隐身烧卖，不要说那条狗，就连他自己也很难将它从它所处的环境中分辨出来。他又拿出一只烧卖，掰了一块，这次他决定不扔了，将它托在手心，朝它鼻子底下伸过去，想提醒它：你可以直接从我手上吃。它果然来吃，差点就舔到他的手指，他赶紧将手抽回来一点，它也跟着他的手往外面来了一点，他的手继续往回抽，终于慢慢地把它引诱到他脚下来，然后手掌一翻，拎起它脖子上的皮，将它交给了小男孩。

十几分钟之后，他哭丧着脸来到他妈妈的办公室，把狗衣服和狗链子扔在她电脑前。"怎么啦？"他妈妈吓了一跳，因为她正在填写的电子表格还没来得及保存。她赶紧抬头看了一眼电脑，松了口气。这是一个微胖的中年女人，头发在一个月前烫过一次。

领他进来的那个男科员喜不自禁地告诉她怎么回事：原来是在一楼男厕所的门外跟几个同事家的调皮捣蛋的孩子干了一仗。

"你家儿子也蛮犟的啊，被那几个臭小子摁在墙上，愣是一点都不服软，还要冲上去咬人家。要不是被院子里的门卫大爷拉开，他可能还要吃大亏。"

那女人咧嘴乐了，不过她有点心不在焉，一半以上的注意力仍集中在电子表格上，看上去神情恍惚，似乎自己也不知道是什么事情让她觉得可乐。在键盘上敲了几下之后，才想起什么似的，扭过头来，换了一副严肃的神情对儿子说："别学他们打架。长能耐啦？还咬人。你以前是一只蚊子都舍不得拍死的，那么有爱心。他们是跟你从小玩到大的哥哥，都是院子里的几个人，有什么事不能好好说啊？"

小男孩气得浑身发抖："不是的！他们把狗给放了！"

"放了就放了呗。我刚才就跟你说了，不要去捉它，好好的去捉它干吗？它又不是不认识路，它自己会回家的呀，你去捉它做什么？"

"老子要杀死他们！"小男孩突然咬牙切齿地嚷道。

她在键盘上敲下一个精确到小数点后三位的数据，这个数据关系到全县农业取得的阶段性成果。"你怎么杀死他们，说说看？"她头也不回地问道。她根本不相信儿子会杀人。那个领他进来的男科员也不相信。

"老子用刀子捅死他们！"

"你长能耐啦？你以前是那么有爱心的人，那蚊子吸你的血你都不忍心拍死它。都是从小玩到大的几个哥哥，有什么深仇大恨？就不能好好说吗？还用刀子捅死他们。妈妈跟你说，他们把你的狗放了，是他们不对，我去找他们的爸妈说，他们爸妈会批评他们的，知道吗？都是从小玩到大，一路打打闹闹过来的，你次次都杀死他们啊？他们欺负你是他们不对，他们的爸妈会批评他们，还用不着你去杀他们。你以前是那么有包容心的孩子，就不能原谅他们啦？他们放你的狗是他们不对……他们……那狗……再说了，那狗放了就放了呗，它自己又不是不会回家，你好端端的去捉它干吗？我刚才不是告诉过你吗，不要去捉它呀，你就是不听，你就是不听……"女人终于放下手里的数据，婆心苦口地教育儿子。

春天，县政府大院内铺满了落叶。杜英的落叶通体鲜红，只有背面的颜色稍浅一点，形状有点像桃叶，但明显比桃叶厚一些。而樟树的落叶，相比之下，颜色要丰富得多，有红色、赭色、黄色、褐色甚至金色，又或者是同一片树叶身上就兼具了上述所有颜色，分出好几个色块，有的还布满了黑色的斑点。各色各样的落叶躺在绿色的草坪里，像一大群金鱼挤在水面上：杜英的落叶像小条的红色锦鲤；樟树的落叶像身材宽扁、色彩斑驳的热带鱼；偶尔混迹其中的三五片玉兰叶——性格低调、色泽黯淡——像一种能搅起风浪的阴险的大型食肉鱼；而同样数量不多的苦槠叶，则将一种饱满的黄填充在铁黑色的叶脉间隔出来的区间里，像是被前者啃光了一侧肉身后露出的鱼骨架……他以前从来没留意过：春天，原来也是一个落叶的季节，这个季节有着比秋冬多得多的落叶。

他站在三楼的窗边抽完一支烟，随手把烟头弹到树冠顶上。是樟树。县政府大院的车道两旁种满了樟树，每隔几米就有一棵。

现在是三月，空气中充满了这个季节所特有的腥味。

尽管那些树身上早已经长出无数新叶，绿得养眼，但同时，它们仍在阔绰地——像撒钱币一样——撒下无尽的落叶。这些天，因为观察这些落叶，他爱屋及乌，越发频繁地关注起这些树来。现在，他站在这里，稍微垂下目光就能看到窗边那棵樟树最顶端的那片树叶（原来在一棵树上，真的有一片叶是高于所有叶的），应该才刚长出来不久，它还很新、很轻，毫无下垂的迹象，总体来说，它的叶尖仍在指向天空，而不是眷恋大地。有些树叶几乎触到窗口，一伸手就能够着它们。他觉得从这个角度看树，去认识它的广延性（去接触一棵大树真正的边缘），挺新奇的。要不是被告知坐在对面的女同事怀孕了，他意识到再也不能在办公室里抽烟，他可能还不会获得这样的体验呢。

他在档案局上班，是这个政府大院内最边缘的部门之一。不过他比妻子幸运，他妻子所在的农业局甚至还没有资格挤进这片庄重威严的办公楼群落里来，相比起来，这里的环境更加优美，簇新的办公楼装修得更加豪华（简直不可同日而语），造价当然也高昂得有点吓人。当年，县里的一把手搭上了政治生命才换来这金碧辉煌的"四大院"（除了政府大院，还有县委大院、法院和检察院）。可怜的老书记，现在不知道正在哪里吃牢饭。不过虽然他已经在档案局干了十几年（仍然是干活最多、拿钱最少的科员一个），细算起来，其中有三年是跟老书记同在四大院里办公，但他从来没跟他打过一次照面——人家压根就不知道有他这号人物存在，所以管他娘的在哪里吃牢饭呢。

他讨厌妻子单位门口那个死水一潭、破旧而颓败的喷水池，讨厌喷水池里那座锈迹斑斑、挂满蛛网的愚蠢的雕塑（他有多讨厌它，就有多喜欢巍峨的四大院门口那块八面玲珑的镇宅之石，据说光是这块巨大的石头，就花了政府八十多万），但他目前还只能每天回到那个他已经瞧不上的院子里去（他的岳父是农业局的退休职工，三十多年前用一个很划算的价钱买了单位集资盖的宿舍楼里的一套三居室，就在单位院子里的边边上，后来成了女儿女婿的婚房）。在孩子出生前的那一年，他本来有机会在县城里正到处疯狂开发的各大楼盘中间精心挑选一套大户型的电梯房，从而摆脱这个衰败的院子里的衰败的生活。但是他鬼迷心窍,又或许是爱慕虚荣吧,用攒下来的十几万跑到市里去提了一台长城轿车回来,从此告别了坐公交车上下班的不体面。直到儿子出生以后,他才意识到在这个开车十几分钟就能跑完的小县城里,对房子的需求实在是比对车子的需求更为迫切。他原以为再攒两年,应该能凑个首付,没想到房价上涨的速度赶超了他攒钱的速度,他就像芝诺悖论里那支永远飞不到终点的箭矢,离那套牵引着他渴求的目光的房子之间,永远隔着一段难以消弭的距离。

去看房的那天是周一,他照例是第一个来办公室的。开了灯,将车钥匙往办公桌上一扔,腾起一阵棕色的烟雾。他迷怔了一会儿才反应过来,是数不清的小蚊虫,从他那只玻璃烟灰缸里飞了出来。一只肥硕的桃核(因为没吃干净,留下很多果肉),上周五晚上加班时被他随手扔在了烟灰缸里,现在已经腐烂,招来了蚊虫。他急忙捏起烟灰缸,将它(啊!这恶心的潮湿,这……孳生!)倒进了那位怀孕的女同事桌旁套着黑色塑料袋的垃圾篓里,又从她桌上顺来一瓶花露水,对着自己的办公桌一顿狂喷,然后坐下来吃米粉。那是他的早餐,他从家门口的粉店里打包带过来的。

"谁能料到上周五晚上一只没吃干净的果核,会给今后的日子埋下什么隐患呢?人呐,得多么擅长预料将来的事情才行。如果福尔摩斯在我之前来过这里的话，看到我桌子上的景象，应该就能在脑海里还原出我在那个加班的夜晚所做过的一切，他会默默地想：可怜的人哪！"——这是他在吃米粉时，玩弄过的一些心思。

快十点钟了，坐在对面的女同事才顶着微微隆起的肚子来上班。她先是发现电脑开不了机，让他帮忙叫来技术部的小雷。小雷捣鼓了很久。她便无事可做地坐在他旁边的空位子上，探过头来看他在手机的看房App上挑选心仪的户型，时不时传授给他一点经验之谈（她现在住着很大的房子）。花露水的刺鼻香味弥漫。电脑修好之后，她安静地坐在自己的位子上发呆，直到开口说：你闻到一股什么味儿没有？他闻到了，刚才她坐在身边时他就想说：她身上喷了奇怪的香水。但现在她问起来时，他又闻不到她身上的香水味了（可能是因为她已经坐回去了），只闻到花露水的气味，他只好说，是花露水的香。她说，哪里，明明就是臭味。他真没闻到臭味。另一位男同事也没闻到。但她却发誓说她闻得"真真的"，她以为是地上，比如说柜子底下有什么东西腐烂了（他也有点担心是那"孪生"冒出来的臭味，但他在喷花露水之前也没闻到它有臭味啊），可等她蹲下去闻时又闻不到了，她说那气味有点"影影绰绰"的意思。看来她实在忍受不了那种他闻不到的臭味，只在办公室待了一会儿，就提前下班走了——她前后只待了不到半个小时。在她走了之后大约一个小时，他站起来时，猛地闻到了：一股狡猾的恶臭！

他离开了办公室，几乎是摔门而去。他打算利用午休时间开车去接了妻子（她在约好的地点等他），然后和她一块儿去售楼部看房。

妻子上车后，开始跟他唠叨儿子的事情："我也不知道他怎么会变成这样，以前他是那么善良，那么有爱心的一个人。你还记得吗，他小的时候，有一天你买了一支电蚊拍回来，才用了一次，就被他弄坏了。过了几年他才向你坦白，他是故意把它搞坏的。"

他说："他最近是有一点暴力倾向。那天晚上，你去溜狗了，他在家里还把我打了一顿……"

妻子正在包里翻手机，听到他说"打了一顿"，便急躁地说："你不要动不动就打他，有什么事不能好好说吗？你老是打他，老是打他，以后他有什么事情都不愿跟你讲了。很多时候，你连什么情况都没搞清楚就动手打他，他心里也委屈的呀！那次他把电蚊拍搞坏了，你连问都不问就打他，你打完之后再去问他，他就不愿跟你说实话了呀。"

"能不能闭上你的臭嘴？一件事情颠来倒去地说。

还说我没搞清楚情况——你自己搞清楚情况了吗？你听清楚我说的话了吗？"

"我怎么没听清楚？"

"是你的宝贝儿子！是他把我打了一顿，不是我把他打了一顿，拜托你搞清楚再讲！"

"你不打他，他会打你？还闭上我的臭嘴。你的嘴香，你怎么不去借钱？"

"你以为我借不到吗？你现在就打电话问你那个红姐，那钱还能借不能借。她要是借不了，我找我同事借。"

妻子已经把手机攥在手里，她找手机本来就是想联系红姐。红姐是她的中学同学，现在在县公安局行政科做事，早先答应过她的，等那两万块钱奖金发下来，就借给她买房。她想打电话确认一下。可在电话里，红姐情绪低落："你们还不知道吗？奖金泡汤了，飞啦！"

最后关头，北梁县还是从"平安县城"的名单上被撤了下来，政府慷慨承诺给所有公务员的两万块钱奖金没了。相比红姐，他们家损失更惨：四万。

下面的一个农妇，为了争一笔微不足道的救济款，把村里的负责人和镇上派出所的民警给打了，把自己送进了局子里。公安局从广东找来她的儿子，本来是想叫他劝一劝她，可这个儿子却怨她多事，当面羞辱了她几句。她想不开，用一根鞋带吊死在拘留室里。就因为这个,他和妻子的四万块钱奖金没了。

他顿时不想去看房了,把车停在路边。

那女人不争气地哭了。她打开车窗,探出头去干呕。"那是个什么儿子!他妈的!气死自己的老娘,生这样的儿子有什么用!他妈的!公家都赔给他一百万了,还不依不饶,事情都过去一个多月了,他还要捅出来!他妈的,几百块钱!就为了几百块钱,跟村里人撕破脸皮,搞这么大的事情,这个娘也真是个娘,一家子畜生!"

他发誓再也不想搭理她。

她猜得没错,那天晚上确实是他先动的手,可最终的结果却是他被儿子揍了一顿。

少儿频道正在播放一档户外探险节目,一群八九岁的孩子在一名大学生模样的主持人的带领下,徒步穿过一片荒野,去寻找一处位于峭壁下的深水潭。有人报料说,这个潭底经常发出神秘的声音。主持人站在水潭边上,从背包里无比珍视地托出一台无人机。就在这个时候,儿子起身冲向卫生间。主持人操纵着无人机往水潭中央飞去:"同学们,我们可以看到,水面清澈见底。现在我们让它飞得更低一点,看能不能拍到什么线索……"话没说完,无人机一头栽进了水潭,屏幕瞬间黑了。他心里仿佛有什么东西断了,仿佛有片树叶跌落。刚被切换过来的画面中，主持人难以置信地大叫："天哪！什么情况？我的无人机！"他扯了扯自己的头发，接着做出一个摊手的动作，脸上流露出十分难看的表情。那绝不是一个主持人该有的表情。场外的工作人员陆续进入画面，跟主持人交头接耳，镜头赶紧晃开一个角度，对准了水面上的涟漪。画面似乎凝固了。

他换了一个频道，又换了一个频道。他意识到自己正在盯着一个不知什么产品的广告，于是又换了一个频道。卫生间里响起冲水的声音。一个快如闪电的身影裹挟着一股臭味冲到他跟前，猛然一个急刹、甩尾，扎出马步稳住微胖的上身，将冒着细汗的脸对准了电视机。电视里正在播放一场有黑人和白人的篮球赛。儿子惊讶地扭过头来，望着父亲："无人机呢？"

"你坐下，听我说。"他突然不知道说什么好，该如何向儿子解释这一切。

后来就发生了那件事：他动手打了他一下。在那之前，儿子已经开口骂脏话，惹恼了他。他没想到儿子会还手，狠狠地扇了他一个耳光。他干脆跪在地上，抓起儿子的一双手腕，用力地挥动它们，左右开弓轮番抽打在自己脸上。"你打我吧，你打我吧，你打我吧。"儿子并没有像他希望的那样，抽回自己的手臂。甚至当他像个罪人似的垂下双手之后，儿子仍然挥舞着拳头使劲地击打着他的脸,直到他眼眶发烫,用一种自我陶醉的哭腔说道:"嗯,打我。打我。嗯。打我……"儿子这才如同刀锋上闪过一抹寒光似的露出一丝笑,心满意足地回自己的房间去了。

他想不明白,儿子为什么会变成这样。小时候,他多可爱,曾带给他和妻子多少欢乐。他想起儿子两岁的时候,如饥似渴地说学话,仿佛内心里有一股强烈的欲望:想在最短的时间内认识大千世界里的纷繁事物。那个时候,他才突然意识到一个父亲的责任:领着儿子去探索世界。一个父亲,就是这个世界和自己儿子的介绍人:儿子,这是世界;世界,这是我儿子。他至今仍然记得那年中秋,他载着妻儿回农村去探望他父母,驶过一条乡间窄路时,他停了下来,给一头老水牛让行。那头水牛正慢悠悠地迎面走来,它俯下头,一双潮湿的大黑眼睛贴在车窗上,好奇地望着他。

他指着水牛对儿子说:"宝贝,这是牛。"

"什么!牛吗?"儿子一脸天真地问,"牛会吃我们的车吗?"

"牛不会吃我们的车,宝贝。牛不会吃我们的车。"

希望你健康并且不害怕

说　明

这是我跟她的往还通信,从莫名其妙的第一封(她写给我的)到不明就里的最后一封(我写给她的),我未加删改,全部整理出来发表。

我已征得她的授权。这十年来,我跟她没再联系过。这十年间,我个人的生活乃至整个社会环境发生了巨大的变化。微信取代了QQ,智能手机更新迭代的速度以及互联网领域所取得的一切我看不懂的发展,使得人与人之间的关系更容易建立也更容易淡漠。我们在里面写站内信的那个网站早已式微,她的头像显示"已注销"。我们成了这个世界上互不相干的两粒沙尘。好在(我终于想起)她曾留给我一个网易邮箱,我试着给她写了一封比较官方的邮件,主题就叫"好久不见，有事相商"。

整整一年之后，她回复了。她的回信很简洁，只有两句话。一是表示她同意我发表（"你可以按照你的意愿发表"），另一句则透露出一个信息：我们分手之后，我写的全部作品她都找来看过，"很为你的坚持和才华感到高兴"。

"时过境迁，我现在既能坦然地抽身出来看待当年的两位当事人的生存、情感的处境，又似乎比当年的自己更容易受这种处境的触动和对其做出深刻的理解。我很想把这些文字、这段失败的关系，当作你我献给这个世界的'话'（我本来想说礼物，但是太一厢情愿了），呈现给更多的人，让他们去得出他们的理解。"

这段话是从我写给她的那封"有事相商"的邮件里摘出来的，这段话也解释了我为什么想要发表这些信件。

光看这些信件，很多信息是欠奉的，很多情节是不连贯的，但是请别忘了，我们通过站内信认识不久之后就互换了QQ号和手机号，何况我们经常见面，可以当面交流。

也正是因为这一点，这两个人后面仍然保留着写信的习惯才显得不可思议。但这也是我当时没有意识到的。唉！那时的我根本就没注意到她的信（这些并非出于一个写作者之手的文字）写得有多么好，好得让我嫉妒！

最后要说明的是，我和她没有共同的朋友，我相信没有一个人读到这些信，能猜到是她。至于其他一切后果，我愿意承担。请道德家们免开尊口。

日期：2010-12-01
时间：04:28
来自：小宝
主题：半夜醒来真可怕

今天，一直到凌晨几点的时候，我有一种全世界的人类都死了的感觉，要不就是，人们都跟我没关系。我爸我妈，我哥，以前的朋友，都跟我没关系。我好像病得无能为力，内心恐惧得要死，可是跟他们没关系。我26岁啦。住在一个二十来平米的房子里。外面静得可怕。多希望是白天，能看到很多鲜活的人。

你一定莫名其妙。我不管，我逮住你，就要和你说说。

日期：2010-12-01
时间：19:31
来自：鳜膛弃
主题：Re:半夜醒来真可怕

这是因为你体质虚弱，或者是太累了，心力消耗过多，请搞点有营养的东西给自己吃吃，多晒太阳，给一些朋友打打电话。我昨晚才给一个不熟的朋友打过，结果聊得很开心，她教给我治感冒的秘方：可乐加生姜片煮沸，我现在正喝这玩意儿。恐惧正是因为乏力，身、心两方面的乏力，人一没力量就会感觉自己不安全。

多给自己找些挑战嘛，像我，一感冒就觉得好戏来了，我一定要战胜它，给生活找点乐子。这下有事可干了！我想着去买药吃，把它治好，心里很期盼的样子，日子也过得充实了。吃了药，还是感冒，这可太好玩了！我又有事干了！我打算洗一大桶衣服，出身汗，把感冒治好，想出这个主意非常高兴。后来又开始喝姜煮可乐……今天又想到感冒的起因是天气太冷——我来这里的时候还是夏天，根本没想到会待这么久——所以给自己放了一天假，花了一下午去逛街，买衣服，别提有多爽啦！

你会没事的 :)

日期：2010-12-02
时间：21:05
来自：小宝
主题：随便

一般不会有打电话的欲望。我在的地方很热呐，晒太阳会不会有点傻？（我没有感冒。）有阵子，我老是以为走在楼梯上的人会来撞我的门，并且一定要把门撞烂……后来我很安全，就老想到一只可爱的粉红色小猪在敲我的门……

收到你回过来的邮件我真是太高兴了。有一种想把今天上了几回厕所的事也要对你说说的冲动。我想我还是节制一下吧。毕竟，一想到你可能会讨厌我，那种感觉就太讨厌了。

我的胃现在在胀气，就在敲这行字时，我连续打了几个嗝。舒服些了。我有慢性胃炎和多发性肾结石。所以，我吃东西就像做爱不戴安全套一样小心。反正要让胃舒服，还要让新陈代谢后是弱碱性。太难搞了。你说，我总不能上一次厕所就带上一张PH试纸吧？有一段时间我气急败坏地想要彻底解决这两个问题。后来不知道因为什么我突然想通了，觉得身体上有点什么未必就有多坏。毕竟是人嘛，是生命嘛，都会死的嘛，而不是铁嘛。我为我会这样想感到很开心。人，是可以很牛叉的（昏了头了）。

你说感冒。我感冒的时候相对比较被动，但也不是消极。感冒了，我就在心里说，哦，感冒了。然后该干什么干什么。实在久了，会吃点维C、"白加黑"或"泰诺"什么的（我有点依赖这种药物作用后的感觉：看到的东西鲜明得让人感动，安静、自我感觉良好得以为自己一直是个大方得体的淑女）。不过我尽量不吃药，尤其是抗生素。等我感冒好了，我会在心里说，哦，我感冒好了。然后继续该干吗干吗。

我。没事了。好多了。只是动不动就麻木。很讨厌的。

日期：2010-12-03
时间：15:22
来自：鳜膛弃
主题：Re: 随便

嗯，我今年年初住在你那个城市（不好意思，我忍不住去看了你的主页）的泥岗村的时候，也是很怕楼梯上上楼下楼的人，特别是过了晚上十二点，还赖在楼梯上不肯回家、纪律性又不好的人，我觉得他们什么都干得出来，所以我会把门上所有能用的锁都用起来。

去年夏天还需要每天住旅馆的时候，曾经有几次在凌晨惊醒，然后就躺在被窝里开始怕鬼。

怕，真的是一种很坏的感觉，所幸有所怕的时候毕竟少。有一天住在小旅馆里，半夜被隔壁的几个纪律性很差的男男女女吵醒了，他们放声大笑，而且还推开我的门，冲着我说："五分钟之后，我们会进来杀死你，你现在可以考虑一下怎么逃。"那房间里只有一扇门，还被他们把守着，窗也没有，我根本无处可逃，还好我利用这五分钟成功地睡着了。

以前我看报纸，知道人，很容易死的。

日期：2010-12-03
时间：21:46
来自：小宝
主题：Re(2): 随便

我现在做的，正如你当时住泥岗村时。我那样做已经成了习惯。泥岗村和我现在住的村子，危险性是很高的。不过，大部分老实守规矩的人应该还是可以安全地活着吧。

希望你感冒好了。我想，你总不至于会喜欢病痛吧？（有可能你的确喜欢。）

另，我有点欲言又止，既然我开了话头，索性说了吧，两年前我看了你的《钱德勒舞会》*，随后又看了其他的小说。你知道吗？

日期：2010-12-04
时间：16:59
来自：鳜膛弃
主题：Re(3): 随便

小宝：你好。

我不喜欢病痛，我喜欢健康的生活，芳香的生活。

很惊讶你两年前读了我的那篇小说，然后又看了别的一些……当你告诉我这些时……这是一种很奇怪的感觉，不是自豪什么的，是很不安。虽然我知道，这样的事情肯定会发生：我在一个只有我自己的房间里（世

---

* 指我的短篇小说《我去钱德勒威尔参加舞会》。后文中的"《去钱德勒》"也指该篇。她是我认识的人里面，唯一这样简称的，而我和其他人都仿佛约定俗成地简称它为"《舞会》"。

界的某个角落里）写一些东西，然后一些我不认识的人会看到它们，虽然我的写作完全建立在自己对艺术的理解上，而不会顾及任何一位读者的感受，但是，当一个人，比如你，告诉我读过我的作品时，我还是会感觉到一些压力的。我唯一希望的是你读它们，对你是有用的，是有某种轻微的帮助的。

正是由于这种压力，我为我的读者如此之少而感到解脱。

这是一个美好的下午，夹带着它适量的不足（美中不足）。我刚从出租屋里搬出来，住到啤酒街的一家酒店里，我很喜欢这个新住所，暖气、沙发床，还有一张超出我想象的大床，酒店的服务员向我推荐这个房间时，管它叫"带大床的房间"。两张软垫木椅，靠背和坐垫裹着饰有鲜花图案的布，是大朵的红色的花，这是一个色彩斑斓的房间！有壁纸，有能够反射出灯光的、带花纹的落地窗帘，还有卫生间里的黑色马赛克墙砖……我跑遍了附近所有的酒店才为自己挑选到了这间房。

我在网上买的书也在今天收到了，是美国作家理查德·耶茨的短篇小说集《十一种孤独》，我刚才躺在沙发床上读了第一篇，读到一半就睡着了。醒来后，我将窗帘拉开一条缝，看外面的平房的屋顶，我想到这可能是一年以来我正在经历的最好的时光。而它只会停留短暂的几天。这将会使得这段时光在以后的日子里回忆起来就像一个梦一样，带着它独特的真实和虚幻，无法替代。

希望你能理解我为什么告诉你这些，美好的事物不是很多，而是很少。当我遇上时，我会当作奇迹来看待。而我对一切依然是乐观的。

日期：2010-12-05
时间：08:20
来自：小宝
主题：Re(4): 随便

你的反应和我设想的，嗯，不同。有点讨厌，我让你感到不安。

我恰恰不想与你说的就是写作什么的，或者涉及写作什么的。而被你强调为读者，感觉同样是异样的，也使我明白了你的感觉。

这几天和你说话让我感到了一点点快乐。

日期：2010-12-05
时间：21:51
来自：鳜膛弃
主题：说说你吧

其实我没有把你强调为读者啦，反而我本来想强调一下我不想把你当读者，因为在我看来，读者的意思就是陌生人。既然我们都差不多认识了，我是绝对不想把你当读者看待的。因为那样的话，用你的话说，就是"有点讨厌"。

说说你呀，你的事情，我挺感兴趣的。

日期：2010-12-06
时间：23:59
来自：小宝
主题：Re: 说说你吧

有点恼人，邮件写到一半我按了Esc键，结果全没了。

今天是我的交租日。

晚上，我正在临摹一张素描，房东来敲我的门。他从我手里接过房租并且通知我，从下个月开始每月房租涨50块。我没有反应。等到他下楼梯的时候我提醒他别忘了把楼梯拖了，因为他已经有几个月没打扫了，楼梯脏得要命。我就像是他的主顾，为了取悦主顾他马上回答说明天就打扫。我关上门，继续画我的素描。对于涨租这件事我还没有过多的想法，可是我已经不想画了。早在一年前，他敲了我隔壁的门（也是要涨房租），我正躺在床上看书，一边竖起耳朵来听他们在说什么。我听到他要涨隔壁房租的时候就把灯关了。直到昨天以前，我还在想什么时候让他给我减一点房租呐。

日期：2010-12-07
时间：00:11
来自：小宝
主题：说说我吧

　　瘦瘦的，胸部平平，戴副眼镜。是个后知后觉的姑娘。目前在做一份有点无聊的工作，已经有三年了。预计还会再干个一两年。到那个时候我就28了。

日期：2010-12-08

时间：09:41

来自：鳜膛弃

主题：Re: 说说我吧

嗯，我也是瘦瘦的，胸部平平，戴副眼镜，做无聊的工作。我们的共通点还蛮多的。

原来你会画画，这在我看来是很了不起的，能看看你的画吗？可以发我 QQ，466797704。

我今天要离开这里去另一个省了，由于身份证过期，不能坐飞机，可能要坐上十个小时的汽车。我不用告别任何人，因为没有一个人会为我送行，向来如此，你能想象吗……

日期：2010-12-12

时间：22:49

来自：小宝

主题：现在想吃 KFC 的炸土豆条

再见，一路平安，我会想你的。（送行是不是应该说着这样的话？）

嗯，我在看一个片子。看到主人公站在昏暗的街上吃一包薯条的时候我也想吃了。也要在街上吃，在晚上，在天气冷冷的晚上。我会多穿一点儿……噢……

今早起床，考虑要不要去画室学画。决定还是去了，可到中午的时候，我又溜了。在公交车站等车的间隙，我体味着一点点不负责任的轻松和快乐。

日期：2010-12-12
时间：23:31
来自：小宝
主题：想起一件事

我刚才已经躺下了，然后又起来吃了个面包。我一边吃，一边想起很早以前有个姑娘（又是一边……一边……），她和我住。她每天早上五点半就起来化妆，她经常躺在床上嗑瓜子儿，她说她看见过鬼，她还说，她想生个儿子，叫他干吗就干吗，要是不听话就打，往死里打……

我去睡了。晚安！

日期：2010-12-14
时间：21:31
来自：鳜膛弃
主题：不高兴

今晚喝了些酒，没办法，客户的女儿满月，我们都去了。他们坐在那里喝酒，他们站在那里喝酒，他们张开大嘴说话，又张开大嘴喝酒，他们说说说，他们喝喝喝……我不知道怎么讲，因为我不想直接说那些不好的词，什么厌倦啦，等等。反正你知道，我不是很高兴，我不知道我为什么要出现在那里，就这样。我酒量不会差，但我一见到酒就讨厌，几年前我每年都会醉几次，后来我就完全对酒失去了兴趣（我很怕醉死）。嗯……哦，中途，我老板（一个中年女的）突然点名叫我敬同桌的一个鸟人一杯，我心里很大的火，但又不好发作，就举杯敬那个鸟人，那个鸟人又说不公平，要我敬全桌他才喝。总之，这些事很滑稽可笑。如果是自己朋友，就算在一起喝酒也不会这么麻烦。

早上我还捉弄了我老板一回。她在办公室放歌，我跟她说，你信不信，你放的歌我都能说出歌名。她不信，然后我就说出了歌名。她便换了一首，我又说出来了。她换了好几首都是如此。然后她说，她要找一首偏一点的，就找了一首草原上的歌，我假装听了一阵子，然后还是说出来了。她还要继续，我就说，赌一餐饭吧，她说行。结果，你知道，我又说出来了。她输了一餐饭。

你知道为什么吗？

因为她在用QQ音乐盒放歌，我QQ上能看到她播放的歌名。

日期：2010-12-16
时间：20:49
来自：小宝
主题：Re: 不高兴

没有被他们放倒就好。

我记得我刚做这个工作不久（在这之前我有比较长一段时间没有上班），有一个风雨很大的早晨，我起床洗脸刷牙准备去上班，朝窗外看了一眼，风很大，雨也很大，窗外的芒果树被吹掉了好几根枝丫。我出门后心想，今天肯定没有多少人上班。天很暗，路上的人又很少。我打着伞，顶着风雨往车站走，内心竟然冒出一股悲壮情绪。等我到了车站的时候，我看到了那么多鬼在站台下默默地等车……默默地……

我到现在还觉得那个早晨人不应该去上班，而应该在家睡觉。可是，地球不会绕着我来转。而你，或者我，只能臆想着口袋里揣着一颗炸弹，必要的时候丢出去。

介绍你看一个电影，想看就看不想看就不看，《刺猬的优雅》。里面有个小女孩儿……呵呵……

PS：深圳今天他妈的冷死了。出门前我还戴了帽子，就怕把我这颗宝贝脑袋冷坏啰。

日期：2010-12-17
时间：09:57
来自：小宝
主题：郁闷

天真冷。有太阳也冷，太阳是冷的。

今年冬天我真有点难过，不知道是不是得了传说中的偏头痛。郁闷。

日期：2010-12-17

时间：19:31

来自：鳜膛弃

主题：宝贝脑袋

　　这封信写给你的宝贝脑袋。

　　宝贝脑袋：你好呀……

　　小宝给你戴上了帽子，怕把你冻坏，你好威武噻。

　　而今天傍晚我在这个镇上的小河边独自散步的时候，差不多每隔三分钟，就要仰起你的同类，也就是说我这颗宝贝脑袋，因为天上不断地有战斗机飞过。哦，我这辈子头一回产生了想去打仗的冲动，去抛头颅，洒热血！

日期：2010-12-19

时间：21:32

来自：小宝

主题：明天

　　一年总有几次我会想起十七岁时看过的两个故事。那两个故事印在一本薄薄的书里，题目叫《早熟》。我也不知道我为什么总会想到这两个故事，当我想到这两个故事后，接着我又会想到另一个故事，讲吸毒的，也是差不多那个时候看的。最后，我会想到那个时候我们宿舍楼下大排档炒的土豆很好吃。那个冬天，我在暖暖的午后，看了两个伤心的故事，内心满怀着期待。

那两个故事，其中一个讲的是在一个冷得要死却不下雪的冬天，一个姑娘得了痨病。她咳嗽，动不动就咳，白天咳晚上咳，睡着了也要被咳醒。然后有一个晚上，她像往常一样咳咳咳，她把装了水的水壶放到炉子上后就去睡觉，睡睡睡，死了。死的时候没有一个人知道。她有没有父母？不知道。有没有兄弟姐妹？不知道。有没有朋友？不知道。有没有同事？很模糊。有没有男朋友？也不确定。因为作者没有提，作者只提到有一个男人，一个鼻子又大又塌的男人去过她住的地方，帮她做了点什么事，然后就消失了。死的时候，她28岁。

另一个故事讲一个16岁的小女孩，刚念高中，一门心思想嫁给比她大10岁的表哥。表哥说她太小，她就开始化妆，穿高跟鞋。表哥还是说她太小，她就和班里的一个喜欢她的男同学睡了。又怀孕了。然后表哥就跑来跟她说要娶她……（呵呵，这是什么故事。）

我后来试图在网上找这两个故事，我想再看看，不过没有找到。其实我并不是要讲什么故事给你，而是想对你说那个冬天我感到"幸福"。唯一的一次，时间最久的，我到现在还能舔到一丝那个时候的幸福感。我多少也希望你能嗅到。

明天就是你生日。也许，你的明天和今天没什么不同，和你大部分的时间也没什么两样。但对你而言，明天就是个特别的日子，对你父母也是。无论这是否被强调。因为，我的大部分生日也都是不被记起的。送上一首歌，朴树的《那些花儿》。昨天我在公司无所事事时突然就哼起这首歌来了，也是我 17 岁时最爱听的。祝福你，你所希望的一切。

日期：2010-12-20
时间：10:50
来自：小宝
主题：what are you doing？

如题。

日期：2010-12-20

时间：12:39

来自：鳜膛弃

主题：Re: what are you doing？

我在准备圣诞晚会的东西，道具、音乐、PPT什么的。

How you doing？

日期：2010-12-22

时间：14:21

来自：鳜膛弃

主题：太多声音

小宝我昨晚断网了，聊到一半QQ登不上去，就消失了，我后来觉得挺可怕的，消失是一个不好的词，但当时的状况确实是消失。你要把手机号码告诉我，这样我就可以发条短信告诉你，我断网了，而不是被怪物吞噬了。

断网后我趁机看了那天下载在电脑里的《刺猬的优雅》，那个小女孩是不真实的幻影，我希望你不要迷恋那个形象，反正我没让自己喜欢上她。那个老太婆倒是不错的，她有点真实的味道，因为优雅伴随着自卑，两者融合得非常自然，让人产生希望。我特别关注，自卑的人可以得到什么？他们有什么"福利"，获得哪些尊敬？这部电影告诉我了，答案让我放心。

反正你肯定会问我今天过得怎么样的，我还是自觉点先回答你吧。我好几天没上微博了，今天又上了一下，我感觉这个世界太吵了。以前满大街庸俗的音乐震天响，而网络时代，文字和图片正在制造嘈杂，我感觉他们说太多话了。他们不停地说、不停地写，记录着内心里那点廉价的声音。关键是这声音阴阳怪调的，不管面对悲剧，还是闹剧，他们都是同样的嘴脸，非哭非笑，把声音削得尖尖的……

今天，晴，让人犯困。

日期：2010-12-22
时间：23:27
来自：小宝
主题：Re: 太多声音

是的，我也有太久没有写过一篇日志，或者已经失去兴趣。但至少你依然在写，写你想写的，用心地，带着诚意，让我这样一个偶尔也想"拿起笔"来"写写"的人既满怀敬意而又感到羞耻。当我看到那些人，那些景况（也是你邮件中提到的），我就觉得我写不出什么名堂，但也不要去制造垃圾。同样的感觉，人们说话，说很多话，没有意义，但他们说，总是在说，用各种方式制造声音或是噪音……只有在我清楚地看见我竟然在与社会同流合污的时候，我才会感到世界闹哄哄的可怕。而我又时不时会产生这样的感觉，以至于我异常抗拒第二天要上班。像今天上午，以及今天下班的路上。但又不可否认，人类的声音，人，广告，建筑，网络，等等，在某个特殊的时期，少了这些能让我看见或听见的东西，我同样也会觉得可怕。

说到《刺猬的优雅》，的确，这个片子我也看到了你所说的一部分。（为什么你用"老太婆"用得这么自然和坦荡？）你关注的，那些自卑的人，如果没有别的东西（不用"东西"我就不知道还可以用什么词来形容我想要说的），他们能有什么好的"福利"和其他？另外，我也没有喜欢上那个幻影。

今天，今天，相反，我只想对你说：今天是冬至，但不问你过得怎么样。因为从昨天还是前天开始，我就意识到我每天都在问你这个问题。要是正巧碰到你的确有想说的，那就太好了。但如果没有，你还得想一想，结果发现"每天其实差不多，今天不过是老样子"，我就觉得这有点没趣，所以我决定以后改为不定期问你这个问题。平时的话你想对我说的，你就告诉我。这样我也会开心。

手机号码我已经发到你QQ上了。你早晨六点四十分发短信来我肯定一天都心情好，至少会比往常好。

深圳今天也晴，还热。

日期：2010-12-29
时间：13:40
来自：鳜膛弃
主题：小宝宝宝宝

我在写折页文案，烦人！

最痛恨写折页了，就像在用钢刷使劲地刷自己的脑页，写一个字就对那个字失去感觉，至少要一年才能恢复……

明年我就永别这个鬼行业，哼。

日期：2010-12-30
时间：00:26
来自：小宝
主题：Re: 小宝宝宝宝

嗯嗯……
我又晚睡了。
送给你的画，我已经上色，嗯，画得很糟啊。
晚安！

日期：2010-12-31
时间：22:58
来自：鳜膛弃
主题：今天

小宝，今天下午的时候，一位朋友突然打电话给我，他提到了另外一位写诗的朋友……
那位写诗的朋友，跟我也是刚打交道不久，我跟她甚至还没见过面。好巧的是，今天上午我还写了一封邮件给她呢，中午吃完饭后，我又特意去查看了邮箱，结果她没有回复（直到现在也没回复，当然）。

上一次在网上跟她聊天,是九天前。我问她,寄给她的书收到没有。她告诉我,好像已经到她们小区的传达室了,但因为小区附近正搞拆迁,道路都变成了乱石岗,所以一直没去取。我问她,她家的房子会不会被拆?她说,肯定会,她很有信心会拆。她说她希望用拆迁款在乡下买栋房子,以后就长住在农村,唯一不方便的就是快递到不了农村,而她又经常需要网购。我还开玩笑说,可以在城里委任一个小伙子,专门负责把她的快递送到农村去。她说,哪个小伙子会这么傻?

跟她聊天,我感觉她活得特别洒脱,她过着的生活是那种日常、可信的传奇,而不是不着边际的传奇。会有各种朋友主动寄钱给她,好让她生活得好一些。我觉得这很不简单。她不用工作,不用做违心的选择,多好。第一次跟她聊天时,她告诉我过两天她又要去上班了,她刚找了一份工作,做办公室主任什么的。但第二次问她时,便得知,她一直没去那里上班。她说她病了,精神方面的病,那是唯一一次让我对她产生担忧,而且就像一个微弱的阴影,很快就消失了,因为她的生活正是我羡慕的,我何必为她担心?

她每天看古书,看今书,看各种书,写流水账般的优美日志(所有日志以日期为标题),吃美味,并时时准备隐居乡下、隐居闹市以及云游四方……

可是你知道今天下午我接到的那通电话说了什么吗？那位我们共同的朋友说，她刚刚跳楼自杀了，他说得很慢，当我听到他缓缓地说出她的名字时，我只希望有一种力量阻止他说下去。你知道，当然没有这么一种力量。

日期：2011-01-04
时间：14:06
来自：小宝
主题：我想我知道了

我想叫你，却不由自主地想到另一个名字——海明威。讨厌。

今天我上班。闲。外面出着太阳，我把耳机塞在耳朵里听歌，想着自己的不耐烦。

中午吃饱了饭，现在正喝着给自己泡的柠檬水，感觉没有上午那么平静。这个邮件，我本来是要在上午写给你的。可现在是下午了。你猜怎么着：我对我的拖延还挺得意的。奇了怪了。

那天在电话里，关于你朋友的不幸（愿逝者安息），我也不知道我在说什么，其实我脑子里已经想到了那个故事（也不是什么故事，是我遇到的真实的一幕），但我想，就我这笨嘴，还是别说了吧。我应该在邮件里写给你，这样更顺手。

去年有一个男同事的儿子在学校跳楼自杀了，我们公司都知道这事。那之后一段时间里，我就很怕遇到他，其实跟他也不熟，要是在以前碰了面我可以连招呼都不打（他也不跟我打招呼的）。总之怕什么来什么，那天吃完午饭我跟一个女同事在公司楼下的草坪里散步，远远地看到他一个人郁郁寡欢地走过来。隔着起码有两百米吧，本来可以合理地避开他的，但是女同事说他挺可怜的，我们等等他一起走吧。我说（也可能只是一个很怂的借口），我说他也许只是需要一个人静静。女同事说，你错了，人在这种时候是最需要安慰的。说完，她便冲他远远地招了招手，他也招了招手，就朝着我们还是那样郁郁寡欢地走过来。我当时挺紧张的，手心都出汗了。出息。因为我不知道应该对他说点什么。结果你知道吗，他走过来以后，冲我们笑笑（虽然笑得很颓丧），说两位美女，你们闻到香味没有？我那女同事就说她闻到了，好像是茶花的香。他就吸了吸鼻子，说，什么茶花的香，差老远了，这是桂花的香！女同事说，这个季节呀，怎么会有桂花的？他说，这你就不懂了，有一种桂花是四季都开花的。女同事说，哦，是吗，你对花挺有研究的呀。就这样，两个人你一句我一句，很认真地探讨起来，还弯下身钻到灌木丛里去闻，去找他们提到的各种植物。我当时挺震惊的。我总是把人想得很脆弱，可事实上，原来一个刚丧子的男人是会跟你谈论花与香的。

日期：2011-01-11
时间：14:29
来自：鳜膛弃
主题：昨晚的梦

小宝，我昨晚梦见一列好看的火车，是一条白色的蟒蛇，从头到尾一般粗细，柔软，洁白，只有头部两盏巨大的椭圆形眼睛是紫色的。它不是在行进中，而是搁浅在荒凉的山谷里，身体折成一个V字，奄奄一息。它有一个好听的名字，叫"陪伴、爱与春天号"列车。后来，忘了发生了什么事，我被吓得半死，像逃命似的重新登上了这趟列车，幸好这时它开动了。我坐在温暖的车厢里，乘客们都非常nice，他们好心地提醒我衣服上有很多泥渍，我说因为刚才逃命的时候从山坡上滚下来了，但是他们当中有人撇了撇嘴说，对于这个，我们毫无兴趣知道，我们只是想提醒你把衣服洗干净（我怎么感觉有点自讨没趣呐）。于是我向列车员要来一盆清水，当场把衣服脱下来，泡在盆子里洗，结果发生了一起真正的悲剧——我把上回跟你视频的时候给你看过的那枚一分钱硬币给洗坏了，它泡水之后变得软趴趴的，捏一下就糊了。我想怎么办呀怎么办呀，这下我没有一分钱给小宝了。嘤嘤嘤嘤嘤。

日期：2011-01-11
时间：19:31
来自：小宝
主题：Re: 昨晚的梦

不怕不怕，你醒来后有没有看看硬币在不在？在就没事了。天这么冷，你还做洗衣服的梦。

天这么冷，我有一个很有风韵的女同事，现在还只穿一件白衬衣和一件单薄的黑色外套，外套是敞开的，白衬衣的领子也是敞开的，敞得很开。

"陪伴、爱与春天号"列车，也太可爱了吧。我现在对它产生了强烈的向往。感觉你做梦也像在搞创作一样。

日期：2011-01-11
时间：23:21
来自：小宝
主题：希望你健康并且不害怕

  也同样希望我。

日期：2011-01-11
时间：23:25
来自：小宝
主题：外面还在下雨

  滴滴答答的。真好。

日期：2011-01-12
时间：04:12
来自：鳜膛弃
主题：Re: 外面还在下雨

  还是噩梦。不过这次吓醒了。

呃，看到你发的短信。本来想回过去，问你睡着没，但又怕吵醒你。烦人。

无聊，便上网，看到了你的邮件，你说的那个女子挺形象的。

喉咙痛。妈呀，果然感冒了。还肚子饿。什么世界？

你那边下雨？我这边没下。

才反应过来，昨晚睡着之前躺在被子里看书，手臂一直露在外面，能不感冒吗你说！

你正梦见什么呢？

日期：2011-01-12

时间：12:41

来自：小宝

主题：Re(2): 外面还在下雨

喉咙还在痛吗？吃过饭了吧？后来你睡着了吗？下次这样你可以发短信给我，没有关系。

你昨晚又梦见了什么？瞧把你吓的。

日期：2011-01-12

时间：13:34

来自：鳜膛弃

主题：Re(3): 外面还在下雨

买了点药吃，好像不痛了，为了照顾喉咙，今天戒烟一天。

后来5点左右入睡了。

你知道为什么你发那么多短信都吵不醒我吗？因为我的短信提示音只有一声"啾！"，就没了。

好。下次我就直接发短信给你。你知道半夜醒来，这种事情，挺烦的。

昨晚梦见打人。反正挺吓人的。

日期：2011-01-12

时间：17:44

来自：小宝

主题：嗯

还有十几分钟我就下班了，我6点钟下班。

你没事就好了。我今天还好。就早上有点虚惊一场，我刚从床上爬起来不久，听到开门的声音，吓了一跳，以为有人在开我的门，不过很快就知道是隔壁。

日期：2011-01-20
时间：12:31
来自：小宝
主题：昨晚

　　昨晚，我睡着后就一直在做梦，我梦见喝酒的女孩，喝着喝着，就死了。天阴得可怕，我到处找公交车站，可总也找不到，我不知道我要去哪儿。然后，我又看到一个好端端的人，一个看上去很正常的人，突然目露凶光，掐死了另一个女孩。

日期：2011-01-20
时间：14:17
来自：鳜膛弃
主题：Re: 昨晚

　　会不会有点怕怕的？还是有点急急的？还是有点烦烦的？

日期：2011-01-20
时间：19:16
来自：小宝
主题：Re(2): 昨晚

嗯，就像是我被死亡软乎乎地包裹着，可我还能顺畅地呼吸，还能高兴地哈哈大笑，同时感到一丝恐惧的阴影。不是急，不是怕，也没有烦。

日期：2011-01-25
时间：00:04
来自：小宝
主题：我爬起来了

吃药。

你在车上，应该睡着了吧。估计你回家过年的这段时间都不能上网了，但我还是想给你发邮件。你回你的家，我竟然感到寂寞，寂寞啊。格老子。

我感冒了好几天，我去社康中心拿药的时候，大夫说了，吃药会好些，停了，又会复发。我现在的症状正应了大夫的话。所以我又吃药了。大夫说，要是症状严重，就要吃点头孢，但她说还是有些危险的，叫我饭后两小时吃。我没敢这样做，继续吃前两天拿的中成药，毕竟过敏不是开玩笑的。可，昨天晚上我在一个人的博客里看到一篇文章，说，女孩子月经提前三五天且量多行经期久，是因为免疫低下的缘故。你说烦不烦人？

我真的很想爆发出无限的力量，一脚踹掉这份工作，不要见让人心烦的人和做让人心烦的事，每天煮饭洗衣服洗澡打扫卫生，每天早早地起床去跑步身体总他妈的会慢慢调整过来吧。他——妈——的！

日期：2011-01-26
时间：09:22
来自：小宝
主题：大晴天

我感冒还没有好。

今天天气真的很好，大晴天。早上在公交车上，听卖票的一路上跟司机没完没了地叽叽喳喳，很讨厌。可是，今天天气实在太好了。我不知道天气为什么要这么好，妈的。

日期：2011-01-28
时间：03:26
来自：小宝
主题：什么是孤独

我睡觉睡到一半，醒了。脑袋似疼非疼，咳嗽，被子里很热，而脑袋是冷冷的，可是我在出汗，我不知道这是怎么了。

我现在坐在这里，并没有多么难受，可是我感到我正在失去耐心，和一丝不知道对什么的不信任感。（当你无数次从我的嘴里听到我对你诉说我的身体情况时是否感到烦恼？原谅我吧。）我不知道我还能不能睡得着，而且要挨到天亮还有几个小时呐。

我会再去医院，问大夫接下来我该怎么办。

日期：2011-01-28
时间：03:41
来自：小宝
主题：鸡叫了

我听到外面公鸡叫了。呵呵

日期：2011-01-28
时间：03:46
来自：小宝
主题：睡了

　　嗯。我折腾得差不多，有一点点想睡了。好了，我去睡了。晚安！

日期：2011-01-28
时间：09:00
来自：小宝
主题：嘿嘿

　　嘿嘿。

日期：2011-01-30
时间：21:36
来自：小宝
主题：啦啦

　　今天下班的时候，拿到了领导给的一个红包，接着她说了些做领导的都喜欢说的话。我笑笑的，尽量让她觉得我拿到红包很开心。她问我为什么过年不回家，有没有结婚，有没有男朋友。我还是笑笑的，对她说爸妈在深圳，没有结婚。我不知道她为什么每年都问同样的问题。

这几天，我的心里满是春潮的气息，而到了晚上，我就变得很忙，像个疯子一样在外面不知道干些什么。

日期：2011-01-30
时间：21:44
来自：小宝
主题：忘了对你说

忘了对你说，我下班后一走出公司就拆开了信封，是500块钱。我拿出这500块钱就直接把信封扔了。我把钱放进口袋里，又握在手里，坐地铁的时候我时不时想一想我手里拿的是钱而不是纸。

日期：2011-02-01
时间：08:58
来自：小宝
主题：做梦了

昨天晚上我洗了一堆衣服和被单，准备迎接新年。累累的。当晚睡觉我就梦见抱着被子到处找地方晒。我咳嗽，我醒了，我做梦。我咳嗽，我又醒了，我又做梦。我梦见四川的一座很高很高的山，很多很多的人，我梦见了船，梦见了像迷宫似的回廊，梦见了周迅，梦见了破旧的房子，和好人。

日期：2011-02-06
时间：16:29
来自：鳜膛弃
主题：嗨

你好啊你好啊

日期：2011-02-06
时间：23:26
来自：小宝
主题：Re:嗨

我好啊我好啊
傻瓜

日期：2011-02-14
时间：17:21
来自：鳜膛弃
主题：情人节高兴

你要下班了，等你回来，情人节夜晚就要开始了，高兴吗？

我们在家里吃烛光晚餐吧，听音乐。你到楼下发短信给我，然后我们一块儿去买菜，晚上你掌勺，我在一边指导你做菜。怎么样？

吃完饭，我们去逛一会儿？

告诉你个好消息，我没那么快出差了，刚才老板打电话给我，让我在深圳等他，跟他一块儿去。可能还要好几天吧。

　　想你。

日期：2011-02-14

时间：17:25

来自：小宝

主题：Re: 情人节高兴

　　高兴，真的很高兴。我们就按你的安排来。

　　等我，我快回来啦！

日期：2011-02-14

时间：17:27

来自：鳜膛弃

主题：Re(2): 情人节高兴

　　嗯，路上小心。

　　你今天出去上班时下着雨吧？

日期：2011-02-20
时间：23:45
来自：小宝
主题：你在火车上

这个时间你睡着了吗？还是在看电影？

我刚擦完地板，把你的书再整理了一下，比之前整齐干净了些。然后，我从冰箱里拿了一个橙子和一个苹果，冰冷冰冷的，我吃了一点，就不想再吃了。为什么我不在家的时候你不拿来吃呢？

等我写完这个邮件我就去睡了。我感到累累的，还有一点点忧郁。

那个我和你提到过的老家伙，是我04年在网络上认识的。以我这么些年对他的认识，他应该是一个积极向上、为人善良的老头，曾经给我的生活带来过不少好的影响，关心我N次，鼓励N次。所以，我一直对他心存感激。我也不是一点都不敏感，想想，以我的脾气，要是他对我心存不良企图，那会是一件多么恶心的事，值得庆幸的是这事从来没有发生过。

……

我刚看了看这几年我和他通过的邮件，再想了想他现在对我的态度，我想是这样的，他一开始应该是喜欢我（可能我比较讨喜），后来我总是很"失意",所以他慢慢地转为好心了吧。

呵呵，不知道什么滋味。

晚上我从妈那里回住的地方，快到的时候，一辆小轿车的头蹭到了我的包，我回过头，面无表情地对车里的人说："怎么开车的？"副驾上的一个妇女一脸的傲慢："撞到你了吗？""怎么没撞到？"我这么说，可我不想闹事，只是那个妇女很讨厌地又重复了一句："撞到你了吗？"我就有点不耐烦了，我大声地说："妈的，我操你妈。"我后来想想觉得很可笑，怎么操？我一时也没想到别的词。还有，要是我不是一边走一边说，车里的人会不会下来打我？反正，我是不想闹事。

我可真泼啊。

日期：2011-02-22
时间：08:57
来自：鳜膛弃
主题：南通发往深圳

何纯，亲爱的，我会多给你写信。如果可能的话，每天写。

在火车上，我翻看了以前写的日记，我发现有一段时间的日记写得非常好看，从这些日记里面可以看出我当时所处的状态，那是一种良好的状态，正是依靠这种状态，不久后我写出了《舞会》。所以我打算多写，给你写信的同时，我也要多写些日记和片段，慢慢地找回以前的状态，甚至争取是更好的状态。到那时，我才终于可以离开这里，换一份更适合我创作的工作，换一个更有利于我写出新作品的环境。刚才我制订了一个计划，除了看书和写信、写日记之外，我还计划每天用一个小时来学英语，一个小时来锻炼身体，而看电影则放到周末晚上，平时不看。另外，上网时间也被我限制到了每天一小时，当然除非我想你，或者你想我时，我会不顾一切在网上和你约会一番。

短信里我说，我今天在火车上，还不错。因为我那时还在车上，怕你为我担忧甚至伤心，才那么说。其实火车上很糟糕。我现在已经不在那车上了，所以我说它的不好和不愉快也没什么，就像在谈论别人一样。我已经没受它的罪了。我一向不喜欢坐火车，太不安静了，人很多，又混乱，座位安排毫无道理，人们面对面坐着干瞪眼。卧铺就更可笑了，人像腊肉一样平躺着挂在墙上……窗外的风景也单调得很。这趟车很脏，被子和枕头居然是绿色的，这样一来，他们以为哪怕十天半个月不洗也看不出来。我的那个铺，枕头上有点血，床单、被子也脏得可以，当时我想，如果你看到了这张铺，看到我在上面睡了，你可能以后再也不愿跟我睡一块儿了。实在太脏了。我只敢用被子盖住腿，然后脱下外衣盖住上身，一只手抱住我装电脑的包睡着了。

早上七点，我醒来，头探出床沿，看到窗边那一排狭长的座位已坐满人了，我同事也坐在那里。我只好继续躺在床上，看完了一本书。然后起了床，洗了把脸，在窗边捡了个空位子，看外面。很大的雾，外面一片白色，吞没了单调的风景。

可能是在上海转车的时候，我收到了银行发来的短信，工资收到了，是全薪，没扣放假几天的钱。我心情好了很多。尽管到南通时，等来接我们回项目地的车等了很久，但也没有烦烦的。这边天气很好，太阳很灿烂。

到了项目地，已经下班了，就吃饭。吃完饭，回宾馆，洗澡。我把身上的衣服（除外套外）都洗了。

我们还是三个人睡一个房间，我和我上司，还有一个新来的小伙子，88年的青岛胖男孩。他向我问了很多问题，我写这封信的时候，他就躺在旁边的床上不停地问。他还不停地笑，因为他同时又在看电视。所以，这封信里没有什么"肉麻"的话，你应该原谅我。这实在不是一个很适合调情的环境。

我坐在床上给你写信,身上穿着你给我买的和你紧紧拥抱过的睡衣,上面有着你的气味。我特意提一下这一点,会让你高兴一些吗?

你那边是什么情况?

吻你。

日期:2011-02-22
时间:20:16
来自:鳜膛弃
主题:Re: 你在火车上

我的何纯,今天傍晚去吃晚饭时,我走出售楼部大门,看到正前方(几乎就在我额头上)一枚小小的落日。

晚上宾馆里是开空调的,早上起床不知道外面冷暖,也不知道要穿多少衣服出去。我看了看窗外,很大的雾,我估计一会儿肯定是大晴天,所以没穿毛衣,只穿了红格子衬衣和休闲西服。结果,真是晴天。

你的来信很可爱。我读了三遍。为什么我不拿你冰箱里的水果吃呢?是啊,我现在想起来有点后悔,为什么不呢?

关于你那个网上认识的朋友，我知道我担忧得没道理。希望你不要觉得我冒昧。我希望我们以后可以无拘无束地谈论他。

我昨晚睡觉前还在想你那天送别我时说的话，你说如果哪天有人碰了我一下，你便追着他大骂时，我就可以抛弃你了。我想象了一下那场景，觉得挺不错的，我认为那绝对不是我抛弃你的理由，如果是那样，我就冤枉了一个好人。我发现你有时会从道德层面上去考虑及言说一些事情和问题。我认为道德从来没有到了要去考虑和谈论的时候，道德应该一直埋在心里某个妥当的地方，永远不要拿出来使用。这样就不会有从舌尖滚落并不小心滚到脚下的危险。一个可爱的人是没有任何道德风险的。而在我想象的那个场景里，你就是一个可爱的好人。可是出乎我意料的是，你真的马上遇到了这样的事情，展现了一把你的泼辣，倒也让我为你捏一把汗。如果你真的被那可恶的女人（肯定是可恶的）跳下车来打了，我会非常后悔的——我不知道我后悔什么，但我就是会、确实会万分后悔。

我下班了。今天就写到这吧。外面开始冷了。你要好好的。

日期：2011-02-23
时间：21:50
来自：小宝
主题：你走以后

　　剑斌，你可知道，你让我癫狂。（瞧，我把这个词用到了我身上。）

　　我想你。我可以在心里想着你，然后一个人去厦门。当然，也不一定非是厦门，也可以是别的什么地方。可是，又有什么地方好去的呢？

　　你走以后，我把你的相片贴在了墙上，电脑的上方。我正在使用我们共同的杯子喝柠檬水。那个从天而降的零钱桶在老地方待着（我把你给我的一分钱硬币也存在里面）。我有点担心，小侄女来时是否会盯着你（的相片）看，所以我决定在她来之前把你藏好。

　　我感冒了。白天我吃了一粒康泰克，不久前我又吃了一粒。现在我很安静，所以你不要担心，不要打电话或发短信来，我睡一觉就好了。

　　为了想你，我再次把你的《去钱德勒》看了一遍，我相信比起之前，我现在更能理解这篇小说了。

　　下班的时候，我看竟然有夕阳，很想一路走回家。如果夕阳可以延长几十分钟或一个小时，那么，在差不多到家的时候我还可以看到夕阳的余晖。可是，我还是选择了搭乘地铁。我讨厌地铁，讨厌公交车。我不知道为什么总有那么多人出现在地铁里，公交车上，地面上。

日期：2011-02-24
时间：03:45
来自：小宝
主题：我醒了

　　我醒了。

日期：2011-02-24
时间：05:04
来自：小宝
主题：圆圆的脸蛋

　　剑斌，下次给我回邮件时，记得不要把我的内容也回了过来。
　　我想你。

我睡不着，如果这个时候打电话给你，你是否会像我每天早上亲你时一样，只顾着自己睡觉？所以，我没敢给你打电话。

外面有鸟叫了，还有清洁工扫地的声音。我撩开窗帘，外面漆黑一片。海棠的叶子又黄了不少。有点烦烦的，不清楚自己养的植物为什么总那么快死掉。

你知道我床底下有个小鱼缸吗？去年我养过几次金鱼，都很快死掉了。

日期：2011-02-24
时间：14:00
来自：鳜膛弃
主题：Re: 圆圆的脸蛋

亲爱的，我希望你哪都不要去，我希望你只在一个地方想我。现在你在深圳，这是一个只有你而我不在那里的城市，我不希望这样的城市多出一个，甚至越来越多。我希望你的下一次出行由我陪伴。这就是我的一个希望。

说句"肉麻"的话，海棠已经在我心里了，它在这里不会死。所以你养不活它，实在用不着烦恼。

你还可以在任何时候打电话给我。如果实在不方便接听，我会接听了之后再告诉你："亲爱的，我一会给你打过去。"

我喜欢你。这你已经知道了，不过我想再告诉你一遍。也想你。

早上醒来看到你凌晨发来的短信，心里有种被蜇痛的感觉。可是，我想，你并不会信。我那时没醒来，我有点责怪自己。

一个有趣的现象，说给你听：上司开始叫我彭经理（以前叫我小彭），这应该是为了在新来的胖男孩面前给我树立威信，但我无法不感到滑稽。公司总共就四个人，两个老板（上司也是股东嘛），再加上我这个"经理"，就只剩下胖男孩一个是兵了。将多兵少，就像一棵树，三根枝干，一片树叶，很好笑。新来的胖男孩喜欢看电视，吵得我无法专心地看书，但我又不能说他。他其实有时候也很忐忑不安，新来的都这样，更何况面对三个上司。昨晚和他打乒乓球，他简直就是乱打。他很不会打。

透过我办公桌靠着的窗玻璃就看到一片工地，并不总是感觉到嘈杂，可是当机器偶尔停下细小的鸣响，却立刻感受到一阵可怕的安静。似乎连我正常的心跳都可以被人听到。怪不舒服的。

但总的来说，我活得好好的，没什么能让我动怒、焦躁。我在保养我的意志和耐性。

得知你感冒，我又难过起来。你要好好照顾我的女人。想想我的时候，就多想我，不想想我的时候，就少想一点。

日期：2011-02-26
时间：13:05
来自：鳜膛弃
主题：好起来

何纯，虽然我脑子里闪过"宝爷"两个字，但我还是不敢这样叫你，怕你会杀了我。"宝爷"来自朋友的一篇小说，说一个叫小舞的姑娘喊另一个漂亮的姑娘："小宝。"但小宝没答应她，于是她又叫了一声："宝爷。"所以当你不怎么爱搭理我的时候，我脑子里就浮现出两个字：宝爷。

我早上去跑步了，昨天早晨就开始跑了。7点钟起床，绕着宾馆外面跑一圈，这一圈还把宾馆围墙外的一片菜地、一座寺庙、一些农民的房子和商铺包括进去了。今天跑的时候，我半道一闪就闪进了寺庙里。等下再给你讲讲寺庙。

昨天是低着头跑的,因为老有路人扭过头来看我们,怪不好意思的。今天我才开始注意到早晨的天空、树木和田野、房屋。天空就像"打翻的牛奶",很光滑,很白。落叶树比常绿树更容易融入天空里,常绿树肥肥的,一堆一堆的,以其轮廓破坏着天空的形状。但落叶树就不同了,首先它更高、更瘦,其次它高出地平线并进入天空的部分都是一些线条,细而硬,既混乱又有一种呼之欲出的神秘秩序,使得树和天空都那么耐看,就像我有时不知道我喜欢的是切割天空的电线,还是电线切割过的天空。

今天跑的只有三个人,胖男孩坚持了一天就不愿意起来了。

那是一座墙面刷成黄色的庙,建在高高的地基上,正面像宫殿似的,有很多级台阶。许多门框上贴着手写的对联,红纸黑字,大门贴大对联,小门贴小对联。正对着台阶的那副主对联写着"中华人民共和国万岁!世界人民大团结万岁!"这座寺庙的四个角上都挂着风铃,所以当我绕着它跑的时候,就能听到丁零丁零的响声,早上有风嘛。四个墙角各有两根大柱子嵌进墙里面。柱子是开始褪色的红。一些图案值得注意,比如墙上一个圆形的小窗,围栏上梅花形的小孔,旁边单独站立的公共厕所的大门是六边形的……讨厌，关于这个寺庙，没什么好说的。

那天走在去吃饭的路上，不知谁说了一句：春天来了。在这乡下地方是很容易接触到春天的。可，也就这样。什么都改变不了。就像一阵风吹过你，你改变了什么？

我很想让你的感冒好起来，让你能精神百倍，让你舒舒服服地想着我，而不是难受地想着我。在你难受的想念里，我也难受得想晕过去，并且同样难受地想着你。

真想讲点高兴的事给你听。我们少说那些烦烦的事好吗？

你快点好起来吧！我太心痛了。

日期：2011-03-01
时间：09:23
来自：小宝
主题：早

早，剑斌，我喜欢的人。昨晚我穿着外套依靠着墙壁睡了一个晚上，睡时应该是一点半。我的眼睛疼了很久，想吐，等我睡着后就什么也不知道了。醒来就到了第二天早上。直到现在，我的头一直在疼着，眼睛不再那么疼。

我是说如果，如果，去广州对你写作好的话，你是可以考虑去的，而不用考虑我。我希望你惦记我，而不是牵挂，无论我是心情不好，还是生病。

我宁愿这样。

日期：2011-03-02
时间：14:46
来自：鳜膛弃
主题：公主

从天而降的何纯公主，你病了。也许现在还病着。我说什么也无助于你。

昨晚我很晚才睡，因为昨天搬完家我休息，下午睡了一觉足的；另外，我想到自己的前途，有点焦虑，所以睡不着。我多么渴望有钱啊！而我跟我的钱又有着深深的隔阂，就像黄灿然诗里说的，他跟他的快乐产生了隔阂。我的钱就像一个惧怕父亲的孩子一样，不敢到我这个父亲的身边来。而我的未来……它……莫非是这孩子的妈？那是怎样一个妈？

我可能会去当记者。这事还没谱，所以你也不要太以为然。不过，我挺不安。我看到有个记者的博客首页写着："无视文学倡导的准则而过的生活，是卑琐的，也是无价值的。"说这话的人太恐怖啦，简直有点邪恶。相比起来，我是那么尊重那些无视文学倡导的准则而过的生活，尊重大多数人的生活。这话让我对记者产生了警惕，让我对去当记者大倒胃口。

你那天问我迷恋什么，我说没有。而我现在发现，我正在危险地迷恋着我现在的身份——一个得不到确定的综合而破碎的身份，或者说迷恋着这个现状——一切都未确定的现状。我迷恋着一个希望还是希望的时候，当一个希望变成现实，或变成不可能，心里都将承受巨大的空白：下一个希望在哪里？

我发现当我说这些时，心里很愉悦。

今天又天晴了。昨天还飘了一点点雪*****

亲亲你发烫的额头。

日期：2011-03-03
时间：07:05
来自：小宝
主题：Re: 公主

忧郁的J：

不到6点我就醒了。我感冒一直不好，同上次一样，晚上睡觉虚汗不止，睡眠不稳。我猜测是我的体质比以往又差了些，要不，如何解释感冒多日不好以及容易过敏？在以往感冒可是很快就好的。

我写这个邮件给你时内心是淡定的，可我已经失去了对待病痛的耐心。我不知道这意味着什么。健康时常影响着我的身心，在没有死去以前，我是那么惧怕生病，而如果我没有钱，我不知道我该怎么办。

我的爱人。我可以这样指称你吗？当我们讲述自己的时候，彼此似乎都会感到无助，可是又都在静静地听着。是不是，这个时候我们更像是朋友？是的，朋友。想要保护好创作的好感觉、好状态，对于你而言，也许真的最好是不要上班，不要为了如何赚钱而忧虑。所以冯俊华也许是对的，他叫你不要上班。

你可以不上班吗？回答是不可以的。所以你一直在权衡如何在不伤害写作的情况下，做一份维持生计的工作。这很纠结。可是没有办法。

至于那个记者说的话,既然你瞧出了邪恶的意味,那就不要理他。你也可以在牛逼的时候说一些危言耸听而又邪恶的话,大家都这么干,以为自己有什么了不起的。

我要去上班了。

抱抱你。

日期:2011-03-05

时间:16:54

来自:小宝

主题:渴望

亲爱的,剑斌。今天是个发春的日子,我想着你。想你亲我,抱我,摸摸我的身体。我太渴望了……

不知道你是否偶尔也像我渴望你这样渴望着我。

你喜欢的纯。

日期：2011-03-12
时间：22:57
来自：鳜膛弃
主题：Re: 渴望

亲爱的何纯，当我想写点什么（不是为了表达，纯粹是为了向文字做出一次亲近），努力回忆，才发现这种生活是多么可怕。它没有任何实质，没有向我展示一幅真正的画面。我求助于语言和词汇，看看它们能找回一些什么，可是连它们也被这肤浅的生活埋没起来了。将我和我的语言埋在不同的地方，隔断。

我自己得负很大的责任，是我纵容了生活。我会品尝这苦果，直到苦味在肚子里慢慢消去。亲爱的，我不会自甘这样下去的，希望我说这些不要徒增你的苦恼，为我而苦恼。这只是一个挑战而已。而接下来的生活，我相信，是一种表面平静而实质浓郁的生活，我们可以将它过得有滋有味，大有收获。

生活就是在一张空唱片上刻录声音。我承认有一段时间，我的指针悬空了，只剩下唱片在快速地转着，什么也没有刻下。浪费啊……不可追回。

我为此羞愧。

嗯，关于这个就说到这里，因为我不想无形中给你增添安慰我的压力。你一定不要安慰我，因为我不沮丧，不绝望，仍然充满着自信。关于我这样一次反省，我们不再提起了好不好？你如果给我回信，请回点别的，不要像我这样空谈。讲讲你所见所闻的，我很喜欢知道那些事。

另外，我想让你知道的是，和你共同面对生活（包括和你做爱），跟我的写作一样，都是真正的生活，彼此并不排斥。

日期：2011-03-13
时间：13:14
来自：小宝
主题：我想你

虽然我没有打电话给你，也没有发信息，但你在我心里。我感到充实，而又心如止水。

上午在看一篇介绍中药及中药饮片区别的文章，注意到"药"字很奇怪，仿佛跟我以前认识的"药"大不相同。后来我去了趟洗手间，回来继续看，"药"字回到了原来的"药"，再平常不过。

日期：2011-03-18

时间：16:29

来自：小宝

主题：我没有告诉你的

就像聊天时想到的什么，然后拿出来说一说一样。

我刚工作的时候，脾气很直。我的领导是老板的亲戚，字写得很丑，又老是加班到晚上十一二点。我那个时候做他的助理，每天被要求和他一起加班。我很恼火，但一直没有说什么。后来他老婆也被弄进了公司，在别的部门。他老婆是客家人，很体贴他，每天中午都要我去帮她老公端汤端饭，还要我给他倒水。我做了。后来有一次，在上午的时候，因为一件什么事我跟他闹翻了。我把工牌扔到他桌上，理直气壮地说不干了。后来不知道怎么弄的，把我调到了卖场去做收钱的工作。我去了，做了一个来月，还是辞职了。辞职的那天，我去对一个一直很关照我的老头说我要走了。没想到他当时就去找了老板，把我留在了他的部门——财务部。就这样，我又干了半年的样子，直到老板安插了一个自己人进来。

有一次我上洗手间，在厕所里，我听到那个鸟人的老婆在厕所外跟人说："如果她要还在我老公的手下，我非整死她不可。"她说的是我。然后我从厕所里走出来，很凶恶地说："信不信，老子他妈的现在就整死你。"因为当时，我有个很高大的朋友在外面等着我。

剑斌，想到你要回来了，我既期盼，又不安。虽然你经常说你如何讨厌这份工作，但我还是会忍不住想，你是因为我才辞掉工作回来的，可是我又该拿什么来证明你的决定是对的？

日期：2011-03-26
时间：16:49
来自：小宝
主题：有点冷的下午

我睡了一个沉闷的觉。醒来后，我脑袋昏昏沉沉，很多事情都搞不清状况。我从床上爬起来，到冰箱里拿了一瓶益力多，想着这封邮件的内容。你走的时候是三点半，现在是四点半，这一个小时里，除了面试你还做了什么吗？又看见了什么，是什么感受？

我做了一个梦，在这一个小时里，我梦见自己变成了一个滑稽的模仿者，模仿民国时的一些戏子，把头发绾起，跑到台子上跳舞。我目睹了一名长得俊丽的戏子——姑娘——在拒绝一个粗野的军长后跳楼自杀的整个过程。我连只有几级的楼阶都爬不上去。你和F，始终待在一个我看不见的地方，牵制着我的一举一动。

我觉得我喜欢你的感觉是不会变的。是一种很纯粹的感觉。你明白我的意思吗？

日期：2011-03-29
时间：11:43
来自：鳜膛弃
主题：无题

宝贝，我要出去了，可是不知道外面是冷还是不冷。上网查天气也不靠谱，你知道，找房子的那天查的是20度，可最后还是冷得够呛，还下了雨。我8点就起床了，可是困困的，就想找本书看，看到睡着。先是看你自己打印的我的小说集，看了一半，睡不着。然后又换了《猎人笔记》，看了两章终于睡着了。11点醒来，我心里说：这个时间点正好！于是煮了面，热了菜，舒舒服服地坐在电脑前，边看《家有儿女》边吃面。

现在我得收拾一下东西，等下就坐车过去我的出租屋，在那里像母鸡生蛋一样地写小说，并且想着你。

日期：2011-03-30
时间：22:00
来自：小宝
主题：Re: 无题

彭彭，我回来已经有一个小时，洗了澡，并且喝了药。上火让我的口腔长了两个溃疡，生疼生疼。可到了晚上，我还是吃了点辣椒。听人说，补气的药也会使人上火，就像补药一样。

勤奋的母鸡，想你。

日期：2011-03-30
时间：22:52
来自：鳜膛弃
主题：桌子、椅子、写作和头疼

何纯：宝贝。

先说头疼，今天也许是冷到了（反正脚一直冰冷的），头有点疼。是疼，不是痛，所以没关系，就当我终于惦记了自己的脑袋一天吧。平时谁会记得它。

嗯，当你口腔溃疡时，你一定时时惦记着你的嘴巴。呵呵。

今天读了福克纳和博尔赫斯两个人的短篇小说，开始找到了一点感觉。我下午写了一个小说的开头，写得好不好我自己都不知道，可毕竟开始写了，而且我发现我对自己的要求还是很严格。

那么我上午在干吗呢？我去买桌子了。你看哦，我有一张黑色的书桌了，这你是知道的。后来我还买了一张椅子。厨房里的洗菜盆旁边有一块空地方，我后来又淘到一张小圆桌放在那里，可以用来放碗，当我一个人的时候，我也可以坐在那里吃饭、喝茶（厨房感觉挺宽的，而且卫生间也很干净）。但我还是想再买一张桌子，放在房间里，因为床尾还有一块挺大的空地方，完全可以用来作餐厅嘛，你来的时候我们就能坐下来好好地吃饭。而且我不希望在书桌上吃饭，因为对我现在来说，书桌是我工作的地方。所以，我需要再买一张餐桌，最好再添一张椅子。

嗯，我去到村里的一家旧货店，去得真是时候，一对中年夫妇刚好在那里卖桌子给老板。那桌子我一看就喜欢上了（为了给你想象空间，我不描述它了），我问老板：这桌子多少钱？老板说：你问他们吧，这是他们的。那对夫妇，男的在管事，就让我自己开个价。我不说，我让他自己说，他又让我说。"随便你说，你看着给。"他说。但我还是不说。他后来就说："你就给30块吧。"我说："20块还差不多。""可以，可以。"那人挥舞着手说。我心里想，妈的，这么便宜，我真想两张都买下来呢，不知道30块两张他肯不肯卖。这时旧货店的老板（一个思想阴险、行为老实的年轻人）在一边心怀鬼胎地笑话我：你看都不看就买了，他那桌子会摇晃的，摆都摆不稳！我摇了摇桌子，确实有点晃，但我知道这不是问题，自己钉一下就行了。我故意说："原来是坏的哦，那就太贵了，15块还差不多。""可以，可以！"他还是那样挥舞着手，"要不，你两张都买了吧。"我其实也是挺想买两张，就说："20块两张卖不卖？"他稍犹豫了一下，最终还是挥舞着手说："拿去，拿去！"嗯，这时他老婆不干了，骂他疯了，问他这是干什么。但最终还是男人说了算。嗯，我赶紧付了20块钱给他。还有个小插曲，那个旧货店老板看着我拿钱给那对夫妇，心里不爽了，笨拙地用一副老不高兴的语气说："你在我店门口买的，你不给我10块钱吗？"

我靠！但我想了想，这好像也是应该的。我有点拿不准。于是我说，老板，别急嘛，我本来是来买椅子的，我在你店里买把椅子吧。后来我就花15块钱在他店里买了把椅子，那种椅子在别的店只要10块钱，我想就当是给了他5块钱吧。

桌子和椅子被我搬回了家，摆在家里非常好看！我现在有一个小餐厅了。

嘿嘿，我很啰唆，是不是？亲亲你。

日期：2011-04-01
时间：08:57
来自：小宝
主题：狗

彭，你瞧，今天天气多好。早上我坐地铁过了站，出了地铁，我又被一只小花狗追了很远。我在地铁里用手机看新闻，其中的一条是深圳的水价今天开始涨八毛。我发现，地铁站里很多人手里都拿着一份报纸，以往常走的路被拦住了。我想从旁边绕过去，结果遇到了那只狗。它把我追得大喊大叫。我发誓，它如果咬了我，我一定会烤了它。昨晚我睡得不好，你知道了。你也没睡好呢，我也知道。很烦人的是，原来我不要和人睡觉，我只喜欢一个人睡觉。结论是我睡不好就总想冲着什么发脾气。还会使坏。你是不是郁闷？不要啦，我对爹妈也一样。嗯。这个邮件我是蹲在厕所里完成的。

日期：2011-04-02
时间：22:43
来自：鳜膛弃
主题：无题

宝贝，你还没睡吧。

想到你可能在画画，我就很高兴。当然你不画画，只要你能感觉充实、高兴，我就高兴。我刚吃完饭，今天整个地晚点了。起得晚，早餐吃得晚，午餐吃得晚，晚餐也就吃得晚了。今天也过得很快，写的时间多过看书的时间，小说完成了，我感觉还不错。每天三餐，我都会看你推荐的《成长的烦恼》（已经完全取代了《家有儿女》），即使是在做自己喜欢的事，休息也真好。

我真的好想你。我想到你一个人在那里生活，上班下班，吃药做饭，我就会有种怜惜，我发现你躲在我心里最柔软的那个位置。

我好久没给妈妈打电话了。我也挺想她。（这种话我从来没跟任何人说过，我没告诉过别人，我想妈妈。）

有时我也怜惜妈妈。

你放假过来好吗？我是那么想你。我觉得只有你到我这里来住过以后，我在这里才不会孤独，因为那时你的鬼魂会在这里陪我。

日期：2011-04-05
时间：21:17
来自：小宝
主题：温柔的彭彭

彭彭：

我刚洗完澡，想到可以练练画，睡前看杜拉斯的《物质生活》，心情又好了些。而在回来的车上，我多少感到有些低落。所以，当我还在你房里收拾东西时我问你：当一个人感到寂寞就要临近心脏，是否可以控制它的到来。（原话好像不是这样。）因为我不希望寂寞什么的离我太近。谢谢你一路上给我发短信。不知道我是不是和你的做法一样：把你放在我心里最柔软的位置。

这两天我被你惯着，实在是很舒适，都有点忘乎所以了。好在，我现在又恢复到了去你那里之前，可以独立面对自己的生活的状态。

我的粉红色睡衣上留着你房间里的烟味。

日期：2011-04-06
时间：10:18
来自：小宝
主题：上午

剑斌：今天是个阴天，我还没有从昨天的低落中走出来，好在今天上午不忙。

收到礼拜天从卓越买的一本凡·高的画集，很失望。不知道自己为什么经常会搞不清状况断然做出决定。

刚停了一下，想对你说的什么话一时之间忘了，现在想了起来，又觉得不说还好，就像有些答案不必知道得太透彻。嗯。另一个是，我想知道，你是否有时会逼迫自己去做一些什么，在你真的一点也不想做的情况下？

日期：2011-04-06
时间：10:54
来自：鳜膛弃
主题：Re:上午

我刚起床，何纯。
你昨晚的信我昨晚看了。上午的信现在也看了。

我等下要出去走走，我嘴巴里的那颗越来越痛了。

我当然有时候会逼自己去做一些不想做的事，比如说，去广告公司上班，等等。但这些事情没有一件会坚持做下去。

我好想去一趟图书馆。

日期：2011-04-12
时间：09:39
来自：小宝
主题：早

剑斌：可能是感冒，昨晚睡得不安稳，早上起来头还在痛。是痛，不是疼。昨天应该也是痛。不过，现在已经好些了，所以不用担心。

出门的时候，我又想了想辞职的事，历往的经历使我不再相信会发生什么奇迹，所以我有所顾虑和后怕。事实上，我从去年开始，大部分时间都在感觉着身体的不适，精神状态也大不如前。

我很想过一段沉静的生活，所以昨晚我对你信口说度假，还说和你一起去广州，嗯，我现在想告诉你的是我不会去广州，所以你别信。

日期：2011-04-14
时间：13:39
来自：鳜膛弃
主题：无题

我在这里都好像没有经历过任何事一样，所以真不知道写什么给你。每天都是一样的。对了，今天我炒的西红柿炒蛋太难吃了，于是我想到上周在你那里时，你说过要煎荷包蛋给我吃的。想到这个，我当时就高兴了。这两天有试图写小说，但很不顺利。

还有一件事就是刚才得到通知的，我写的一篇书评刊登了。我大概能得到500块，或者1000块。嗯，如果一个月能发表两篇书评，那基本上不用找工作了。

日期：2011-04-14
时间：23:16
来自：小宝
主题：嗯

写完这个邮件我就睡了。
我现在每天坚持练两三个小时画，逐渐开始养成了像刷牙洗脸那样的习惯。但我听说，要养成一个好的习惯，至少需要二十几天，比养成一个坏的习惯要久得多。所以我还要继续坚持。这样就不会动不动偷懒了。

你知道我每天上班下班，晚上做饭练画，早上跳半个来小时的操，但心情不适通常还是占据着一天的大部分时间（除去睡觉）。不知道为什么会这样。而克制到底会让人变成什么样呢？我有时候就会有意克制，因为心情低落沮丧抑郁什么的，最容易长出悲观。可我的克制从来没有奏效过。

你能得到一小笔钱我很为你高兴。打心眼里高兴。

日期：2011-04-15
时间：05:21
来自：鳜膛弃
主题：宝贝！

宝贝，今夜看来有点失眠。唉，话都说不清了，什么叫看来有点失眠？是已经严重失眠了好不好！

今天下午我好像写了一篇小说。很短。但我不知道它好不好，写完之后我认为是可以的，但也许明天再看时，就很差了。我打算先撂着，过几天再去看，再修改。

但我还是高兴。

你说的情绪，我倒认为不需要过分控制，越压抑它，它越压抑，就是说跟一根弹簧似的，也许它一回劲，把你弹到天上去了。最好是避开它。我认为真正投入到一些事情上去，情绪就没有了，自动滚蛋了。这些事情，也包括玩。玩也很重要，所以偶尔看到你玩连看，我是很高兴的。跟我看到你画画一样高兴。我唯独不高兴的是，看到你不高兴。因为你最不该去做的事就是不高兴。

日期：2011-04-18
时间：03:45
来自：小宝
主题：11

我想尽量不吵醒你，似乎此刻你睡得很香，轻微的鼾声，从我两点多一点点醒来就一直持续着。有风从窗外吹进来，挺凉快的。我睡不着，其实你的鼾声并不夸张，可是我还是醒了。我如果不趁现在给你写这个邮件，白天我就不会有这样的欲望了。因为，理智对我说，微小的事根本不值一提。而就在睡不着的这几十分钟，接近一个小时的时间里，我回想了我们在一起的日子，包括这个晚上，几乎我都没能好好睡上觉。嗯。可怜的你，多无辜。我感到，我们相处的日子里，我并没有让你好过。几乎是没有哪一天是让你好过的。我感觉这样也不对那样也不对，怎么调整都没有用。实际上你也感到为难，对不对？对不对？你也总是想要配合我的感受，可你也不知道我要怎么样，是不是？

从来都是我想见你时我们才见面的，包括你来我这里，或者我去你那里。我是真的想你，才会想和你待在一起的。可是在一起，我又深深感到自己存在的问题（是神经质吗？），以及它直接对你造成的伤害，一次又一次。（让我抱抱你。）我，心里也并不好受，是不知如何是好。我说得太多，也对你提了太多的要求，可是，好像我并没有愉快。这太讨厌了。可是，你有没有感觉到，我每天都在想着你？要是没有，那挺让人感到失落的。或者，也可能是我的行为表现得不明显。甚至相反，你说过，你多次感到，我在讨厌着你。或者还有别的什么的。

我真的很喜欢你，也每天都在想着你。我们一起做饭，或者你做饭，或者我做饭，我们一起看电影，深夜散步，我们彻夜聊天……嗯，有这么多值得回味的。可是，我们相处在一起的情况，其实并不太好。是不是？

我觉得有点痛苦，尤其当我失眠的时候。而你不在的时候，这个问题似乎又不存在，又或者是我忘了。我好像总在重复着相同的问题，而这些问题，我也感受到了它们对你造成了一些伤害。我不知道该怎么办了。所以，我们一个月不联系你是不是真的会感到伤心？你可能真的会。那如果我们只写邮件呢？我只是需要一段时间，来确定一下，我们怎么样才会让你，也让我感到高兴。

可以吗？抱抱你。

日期：2011-04-21
时间：19:12
来自：小宝
主题：彭彭

彭彭，昨晚，还有前天晚上我做的梦里都有你。白天，我每时每刻都在想你。

有些话，我猜想大概有些不合时宜，所以我不打算说了:)

希望你这几天在广州过得开心。

我记得你说过，如果哪天你不喜欢我了，说明我不再是我。

日期：2011-04-22
时间：12:17
来自：鳜膛弃
主题：Re: 彭彭

宝贝，我刚看到你的信。我也想你。昨天没听到手机响，发现时已经是半夜了，所以没回短信也没问你什么事。你可以再打给我，或者我打给你。

我在广州很好，天天晚上吃很丰盛的菜。

日期：2011-04-22
时间：19:15
来自：小宝
主题：开心

彭彭，今天我为你搞到了一个挺秀气的水瓶。
我想你会喜欢的。嘎嘎。

日期：2011-04-23
时间：09:28
来自：小宝
主题：彭彭

　　我来月经了。提前了三天。昨天晚上我在床上翻来覆去睡不着，肚子疼，脑袋也很疼。今天早上我量了体温，没有发烧。我猜也不会是感冒，但为了舒服，我吃了一粒康泰克，不知道对头疼管不管用。
　　今天我会在家好好休息。
　　不知道这个时间你是否还在和你的朋友们聊文学。

日期：2011-04-23
时间：17:34
来自：小宝
主题：下午五点半

　　偶尔还是有雨在滴滴答答。
　　从我睡醒到现在，一直听到外面传来嗑瓜子的声音，稳定的频率让人感觉安心。我累了，趴在窗台看外面的天空，已经渐渐暗了下来。想象着你和朋友们在一起的景象，嫉妒，同时也感到羡慕。下午我睡了一个半小时的觉，然后画了一张画，接着在一个凡·高的网站上看他的作品和相关介绍。作品的颜色比我买的那本要生动得多，不知道到底哪个失真。而我认定的是后者。有什么所谓呢。如果你一直看好的小说，相比之下，你还能接受垃圾吗？下午的那一觉我睡得很安稳，也很满足。我希望我没有对康泰克产生依赖。

日期：2011-04-26
时间：12:54
来自：小宝
主题：一点建议

剑斌，我觉得我在多管闲事，可是我如果不说，那我又算你的什么呢？我是说，广州的书店的工作你或许可以认真考虑一下，我觉得挺好的，至于你说的那些理由——对写作的伤害或不良影响，除非你不上班，比起当记者、写文案，应该都算不得什么吧？我不认为只是写点书评能解决什么问题，它的不稳定性太明显了。我反而觉得，你可以在你上班之余，在你没有进入写小说的状态的情况下，先写点评论，一方面培养感觉，另一方面赚些外快，不用担心经济问题，写作又可以从容进行，这样不是自在些吗？我觉得，如果你去做了，这份工作并不会像你想象的那么具有伤害性的，它会被你适应，并且从容应对的。

我也不是说你一定要去做份工作，你可以认真考虑考虑，而不是让一时的心情决定你的选择。

我只是觉得这份工作对你来说合适。其他的工作我实在想不出。

只是一点点建议，不是干预。我一点也不想干预你。

日期：2011-04-26
时间：15:25
来自：鳜膛弃
主题：Re: 一点建议

宝贝，你好！我刚回到家，一回来就把家具重新布置了一番，感觉上空间更大了。然后坐下来，一边听王菲的歌，一边打开电脑，打算写封邮件给你。结果先看到了你的信。我还是先写我本来想告诉你的事，再回答你的问题吧。

同你一块儿吃完早餐，在回你住处的路上，看到楼下的药店还没开门，我就直接上楼了，有点困，我想等到九点以后再下去给你买葡萄糖，所以我打算看个电影，边看边等。可是看了一会儿我就很困了，就想再睡一会儿。不知为什么，下面很硬很涨（可能是晨勃），很不舒服，所以我就脱了内裤睡。我梦见和你做爱，你特别温柔，特别淫荡，我很快就射了，射在你身体里面。结果当然是乐极生悲，你和我吵架。醒来后，我想起梦里的事情，想起射在你身体里面的那种非常真实的快感，马上知道糟了。我掀开被子一看，床单上果然湿了一团，还散发着一股草汁般的气味。我先用纸巾擦拭，又打来一盆水，把那一团湿的地方浇了些水，洗了洗，然后用吹风筒吹干了。我相信我处理得比较细致，不会留下可疑的气味和痕迹。这是我第一次梦见和你做爱，我想告诉你，很想告诉你。早上你去上班前，我问你昨晚有没有醒，其实是因为我起床后回想起，我在半睡半醒间亲过你，还抚摸过你的胸。我以为你知道。

把床单弄干净后，我把电影看完了，不好看。然后把饭菜热了热，吃了饭，就回来了。坐在车上才想起，我忘了把你搞给我的那个很气派的水瓶带回来了。我很喜欢它，你知道吗？我也很喜欢你，比你以为的和我以为的更喜欢你。

在广州时，我经常会回忆你在我这里把你跳操的动作演示给我看。在我的脑子里，总是以慢动作进行，把你的每一个动作都放得很慢很慢，就像时间快要停滞一样。

至于工作的事，我很高兴你跟我说这些。但我注意到你的语气太小心了，我心里很内疚。也许昨天的事会让你以后对我说什么都小心翼翼的，这不是我的目的。昨天我着魔了，可能因为我那么不愿意接受你不高兴的事实，一想到你那么不高兴，我就疯了。希望你谅解我。

我不想去书店工作，主要的原因是复杂的人际关系。这个很难说清楚，总之我觉得它是可以考虑的选项，但不是最好的选择。所以，没必要放弃过多的东西去争取它。我不想离开你那么远，到另一个城市去，也不想离开我正在努力建立的这个自己的环境。你总是想让我离得你远远的，这让我非常伤感，虽然你有那么多理由。我觉得没有任何事情比两个亲爱的人在一起更重要。现在，已经没有任何人能给我力量了，除了你。

等你辞职后，我会去找份工作。我希望我们能住一起，以合租的形式，一人一间房，你在家好好地学画。当然这只是我的想法，你不愿意也没关系。我有时想想也觉得足够了。我很多时候都是靠憧憬就能过得很快乐。

日期：2011-04-27
时间：06:54
来自：小宝
主题：早

剑斌，假如你不选择去书店上班，自然是你有充分的理由，没有关系，我只是一点建议。不过我没有把你推得离我远远的意思，因为我觉得广州实在是一点也不远，一个小时的火车就到了，不是吗？当然，你基本上不打算去了，那就没有多说的必要了。

你的建议我会考虑的。:)

昨天你说的春梦事件，呵呵，我看了挺开心的。

时间很紧我就不多说，要准备去上班了。

抱抱你！亲亲你！水瓶我这个星期休息给你带过来。

日期：2011-05-05
时间：21:47
来自：小宝
主题：诗集

剑斌，你上次提到的那本有"钱德勒威尔"那首诗的诗集*找到了吗?

日期:2011-05-05
时间:23:00
来自:鳜膛弃
主题:Re: 诗集

没有找到。我自己弄丢了。没关系,它对我并没有你想象的那么重要:)

日期:2011-05-06
时间:00:03
来自:小宝
主题:Re(2): 诗集

看到你的回邮,突然想到它是否可能掉到床底下去了,果然,我在床底下找到了它 :)

---

* 指缄斯翻译的《英美现当代诗选》。"我去钱德勒威尔参加舞会"这个标题即出自这本书。

下次一起带给你。

日期：2011-05-10
时间：20:51
来自：小宝
主题：不是感情用事

　　剑斌，我今天梳理了一下，我觉得你的性格和你的行为方式有很多是我不习惯和感到不安的。（也许对于你来说，我的性格也一样。）之所以我总是突然之间情绪化和神经质，是我们太仓促就做了恋人。我其实并不太了解你。尽管我们现在有三个月了。所以我想，如果你真的喜欢我，就给我半年左右的时间，让我们从朋友做起，让我熟悉你，并让我确定，我到底是喜欢你的人，还是你上次提到的，我喜欢的不过是一个理想的"你"的形象。这不是要轻易放弃，而是给予一定的相互了解的空间和距离。

　　可以吗？

日期：2011-05-11

时间：07:29

来自：鳜膛弃

主题：Re: 不是感情用事

何纯，可以。

日期：2011-05-11

时间：11:40

来自：小宝

主题：Re(2): 不是感情用事

我会去看你的。

保重自己，好吗？

日期：2011-05-11

时间：11:41

来自：小宝

主题：Re(2): 不是感情用事

我还会和你去看你说的有很多画家画画的地方。

日期：2011-05-15
时间：14:17
来自：小宝
主题：石竹

剑斌：

星期五下班回到家后我就把石竹枯黄的枝叶剪掉了，剩下的虽然不多，但看着还是舒服了很多。我现在每天都给它浇两次水，天气热的时候就多浇一浇，平时早晚各浇一次。它现在表现得还好，没有再继续枯下去。我希望它能够继续维持，然后长得茂盛起来。

你送给我的百合，我已经换上了一个很大的矿泉水瓶装着。现在已经有三朵花开了，第四朵也正含苞待放。它现在在冰箱上，挺漂亮的。

还有，我电脑旁那株用水养着的，我也换了一个更好看些的、小一点的矿泉水瓶。挺好的。

虽然有时过得并不太开心，可还是希望自己好。也希望你好！

日期：2011-05-21
时间：11:46
来自：小宝
主题：健康快乐

剑斌，不知道你这几天来怎么样，如果你短信里说的都属实，那就是说，你也是一个情绪反复无常的人。而我的感觉也是这样。

虽然我有时会想你，但我节制了。我不写作，情感的节制对我来说更有益处。我向往健康、积极并且简单的生活。而这几天我也的确过了一段相对平静，并且我感觉慢慢能自控的生活。我觉得这样很好。但是我今天收到你的短信看到你说你不好时，我的情绪瞬间就低落了下来，甚至感到不安和抑郁。你的情绪就是这么轻易地影响到了我。我不是责怪你。还记得吗？我在你那边的时候，我给妈妈打电话时脾气很暴躁？我今年已经有多次因为一些微不足道的事情表现出这种完全不能自制的情绪了。

我陷入了一种人们常常说的心理疾病中。所以，不要对我说任何会诱导（或暗示）我发病的东西。我希望自己会好起来。

我也希望你好。不管是身体，还是心情。

日期：2011-05-21

时间：17:36

来自：鳜膛弃

主题：Re: 健康快乐

没事了，没事了。我今天有点低落，于是就跑到广州来玩了，心情好了。

以后不影响你了。对不起，对不起。我考虑不周全。

祝你安心养病，快快乐乐。

日期：2011-05-22

时间：21:05

来自：小宝

主题：Re(2): 健康快乐

好好玩儿。开心点。

日期：2011-05-31
时间：12:27
来自：小宝
主题：病

早上的时候，很期盼你发来问候我病情的短信，我承认，这个时候我很需要你的关心。
你今天的面试顺利吗？

日期：2011-06-01
时间：13:51
来自：鳜膛弃
主题：Re:123

哦，昨天很晚才起床，你打电话给我的时候我刚洗完脸吃午饭。我本来要打电话给你的。:)

日期：2011-06-09

时间：22:53

来自：小宝

主题：今天

剑斌，

每一次我想逃避的时候，就会想到隐居，或自杀……从我考虑现实越来越多开始，我已经把自己束缚了。大概在一个月前，我在网上看到一篇文章，是关于各种死法的可行性的，之后，我想我再也不会去考虑自杀了。至于隐居，我同样看到一篇报道，一对年轻的夫妇隐居十年，自己接生孩子，养了很多牛羊等动物，除了书本和盐，其他都是自产的。十年，总共花去约350万，最终还是为了经济和孩子的教育问题入世了。所以，隐居也是不可行的。而当我确定这些方案不再可行的时候，等于我再一次把自己折腾得累了。我还是只能过我现在的生活。一种慢性自杀的生活。

27岁。我不知道我能不能接受自己33岁，34岁，或者44岁。但是我想，既然我能接受自己现在27岁，我也许就能接受自己33岁，或44岁。就像我22岁时怀疑我能否接受27岁的自己。答案是可以。我不知道。

日期：2011-06-10
时间：15:06
来自：鳜膛弃
主题：Re: 今天

何纯，生活是庸俗的，庸俗是美好的，而梦是假的。诗人说过，生活是伟大的失眠，人的一生都是在焦躁不安（想一想失眠）中度过的，但它又是很伟大的。每个人都很不简单，每个人的心灵都是了不起的，因为心灵走过的路太长了。

对日子本身感兴趣吧，不要用善与恶、好与歹去评判事情本身。我记得有一晚，我们走在小巷子里，一个送外卖的因为偷懒而站在打开的大门口打电话给那个客户："门锁了，你下来拿一下。"可是门根本没锁啊！我当时觉得这是生活本身向我展示的一个奇迹，让我可以从中受到感染。如果我是一个厌倦了活着的人，那么这一幕至少可以给我多活五年的勇气。

我真的希望你快乐，而快乐来自别人，从别人那里索取快乐。

日期：2011-06-12
时间：10:47
来自：小宝
主题：Re(2): 今天

昨天下午，我又得知我今天必须来加班。现在，我正在公司加班。日——日——

日期：2011-06-12
时间：10:56
来自：鳜膛弃
主题：Re(3): 今天

加吧，加吧，我亲爱的宝贝……我今天也要去找工作了。

日期：2011-06-13

时间：09:45

来自：小宝

主题：Re(4): 今天

　　昨天真的很累很累，我回到家就睡了，一直在睡，中间醒了一次，又继续睡，直到今天早上七点……

　　希望你找到好工作。

日期：2011-06-13

时间：11:10

来自：小宝

主题：Re(5): 今天

　　不知道是不是因为昨天整晚做梦，直到现在还感觉苦闷……

　　我是昨天下午三点半到家的，到家就睡了。

日期：2011-06-14
时间：06:51
来自：鳡膛弃
主题：Re(6): 今天

你睡得真久！我昨晚8点钟也睡了，一大早醒来，真爽！

日期：2011-06-17
时间：09:52
来自：鳡膛弃
主题：Re(7): 今天

我今天迟到了，总共上了三天班，两天迟到，一天早退。
不知道要罚多少，管它呢。
你好吗？想你。

日期：2011-06-20
时间：00:28
来自：小宝
主题：thank you

  剑斌，谢谢你送我的书。希望你今天上班开心点。

日期：2011-06-22
时间：22:52
来自：小宝
主题：动物

  剑斌，

  自从电脑上那个硬盘被拔下来后，我就再也找不到你曾经告诉我的那首歌了。就是你《无声》*里提到的那首，"不再甘当温驯的小动物"。可以再告诉我一下吗？我很喜欢听的。

  你可以再推荐一些好听的音乐给我吗？

  以及一些电影。

---

*　指我的短篇小说《在异乡将承受减少到无声》。

日期：2011-06-23
时间：09:21
来自：鳜膛弃
主题：Re: 动物

I go to sleep。但你也可以听听专辑里其他的，专辑叫 Lady Croissant。

音乐我听得很少，电影可以推荐一些：

盲井

巴贝特之宴

我曾侍候过英国国王

解构生活

一片好心

李安的几部《推手》《喜宴》《饮食男女》

两个只能活一个、枪火

侯孝贤的电影里面我最喜欢《南国再见，南国》

末代皇帝

如果你喜欢科恩兄弟的《老无所依》，也可以看看《巴顿·芬克》和《黑帮龙虎斗》

《杰克·布朗》，昆丁比较正常的电影，但也很好看的

黑店狂想曲

不介意看老片的话，可以看看希区柯克的，我很喜

欢他的,《鸟群》《电话谋杀案》《贵妇失踪记》《后窗》《迷魂记》

老片中还有两部也不错,费里尼的《大路》,1957年版的《十二怒汉》

谭家明的《烈火青春》

先看这些吧:)

日期:2011-06-30
时间:09:12
来自:小宝
主题:早

近来由于一些原因,工作每天都很繁忙,还要在一种嘈杂吵闹的环境中度过,我感到焦虑不堪。再加上,姨妈来了。其实,也还好的,主要是工作上。我已经辞职你知道了,也许这也是我有时焦虑的原因之一。我不知道在与这个社会发生关系的过程中,有多少时候我努力让自己内心沉静,而又有多少时候,在不知不觉中我又回到了失魂落魄的状态。这样的循环,让我产生了西西弗斯推石头的绝望感。我无法体会到,人在这样的情况下是如何做到享受的。是不是,这个社会发展得太快了?

日期:2011-09-03
时间:03:09
来自:小宝
主题:抱歉

  没接你电话是事出有因。我很晚看到你短信,才知道你到过我楼下。
  请不要对我念念不忘,否则只会让你更难过,伤心,或失落;当然你也可能否认。
  但,请忘了我吧。

日期:2011-09-03
时间:11:06
来自:鳜膛弃
主题:Re: 抱歉

  没有对你念念不忘,是我把你想得太可怜了,所以想在你离开深圳之际让你知道,我是真心喜欢过你的,你遇到的并不是一个混蛋，以为这样会让你心里好过一点。没有别的意思。

不过现在知道，你并没那么可怜，我打心眼里为你高兴。而你在我眼里，也将跟任何人没有区别了。

附录：一封没有发出去的信

草稿箱（1）

日期：2011-05-11
时间：07:25
来自：鳜膛弃
主题：闪光的瞬间

共同生活的艰难，为陌生、同情、快感、胆怯、虚荣所迫，只有在底下深处也许流着一条浅浅的小溪，它能够对爱情这一称号当之无愧，但它是无法寻到的，仅在某个瞬间的瞬间向上面闪一下光。（《卡夫卡日记》）